DU MÊME AUTEUR

Aux Éditions Gallimard

LE DÉSARROI DE L'ÉLÈVE WITTGENSTEIN, 2003 (*Arléa-Poche* n° 262, 2021)

LA PART DE L'ABSENT, 2004

MONSIEUR BOVARY, 2006

LA CONJECTURE DE SYRACUSE, 2008

PORTRAIT DE LORENZACCIO EN MILICIEN, 2010

LE PHÉNOMÈNE, 2012

MAURICE BARRÈS OU LA VOLUPTÉ DES LARMES, 2013

OTAGE DE MARQUE, 2016

FANTAISIES MILITAIRES, 2019

Chez d'autres éditeurs

L'ANNÉE PROCHAINE À NEW YORK, *Arléa*, 2017

LE SOLDAT ULYSSE

ANTOINE BILLOT

LE SOLDAT ULYSSE

roman

nrf

GALLIMARD

à la mémoire de Frédéric et d'Émile

Je sens comme une aisance à n'être plus personne.

ALAIN BOSQUET

Le cerf est immense qui se redresse, cabre ses bois vers le ciel. Entre ses pattes nerveuses gisent deux corps inanimés. Partout autour de lui, aussi désolée que l'aube qui se lève, une vaste toile d'araignée se dilate, grise, sans bord visible. La vue se perd à la surface du Mort-Homme – lacis de longs fossés évidés, bouts d'arbres noirs, cratères éparpillés. La lumière liquide coulant sur la terre dévoile le fatras des morts et les ronciers luisants des armes abandonnées. La bête ignore le ciel, la dévastation, pétrit la boue, le sang, écrase l'un, enterre l'autre, de ses sabots fouille les restes pour, d'une langue gourmande, les lécher en frissonnant. La bataille s'achève ici, dans sa gueule poisseuse.

Le hussard tend les mains – paumes à vif, doigts ensanglantés. Sa vareuse bâille sur une poitrine blanche. Il marche à découvert. Ses yeux fixent deux corps étendus sous le ventre du cerf – à l'épaule de l'un, l'insigne du 5ᵉ hussards. En demi-cercle, silencieux et prudents, l'index sur la détente, ils sont une poignée qui l'escortent. Les voyant approcher l'animal relève la tête. Sa bouche est rouge. Il les dévisage, renverse bientôt ses bois sur son dos, tend son encolure vers l'avant, ouvre sa gueule, lèvres arrondies, et brame. Le hussard sent, coincée entre sa ceinture et sa peau, la présence d'une matraque anglaise dont les clous lui lacèrent le flanc à chaque pas. Il s'en saisit lentement, la lève et l'abat en visant une entaille ovale qui fait au cerf comme un œil à la base de ses bois. Les pattes de l'animal tremblent. Il hoquette, vacille. Ses naseaux frémissent. Un filet de sang s'écoule de ses babines. Il s'effondre en râlant une dernière fois.

CHAPITRE PREMIER

I

Moulée dans le drap noir de la vareuse où pendent deux médailles et trois insignes la bedaine s'avance torturée par le ceinturon – képi altier, botte rutilante.

— Qu'est-ce que tu fais là, toi ?

Quelques mètres plus loin un bataclan de grogneurs empêtrés les uns dans les autres se vautrent dans une paille imaginaire. Il y a la pluie, le brouillard, la pénombre humide, la vapeur des bouches d'égout, la fumée des locomotives sous la verrière de la gare, une gare d'après l'Armistice, d'après la guerre, avec drapeaux, pilastres pavoisés, cocardes pendouillant du plafond au gré des courants d'air telles des chauves-souris tricolores, fanfares et notables aux barbiches de chèvre triturant leur haut-de-forme à la manière d'un marié sur les marches d'une église, soldats démobilisés dormant en grappes sur leurs paquetages délavés, casque bossué sur l'oreille, yeux cernés, égarés, face poilue – une armée de trimards aux regards de zombis, ombres animales et bleutées qui parfois se réveillent, courent attraper le train qui les ramènera chez eux, Rennes, Tourcoing, Dijon…, un train à bestiaux qui les rendra à leurs sillons, leurs labours familiers. De leurs méchants croquenots pleins de terre ils écrasent au passage les pieds vernis des civils, des planqués, des vieux lions de l'arrière, chargés de famille gris de poil et verts de queue qui roucoulaient auprès de leurs compagnes restées au pays pendant qu'eux, les héros, se faisaient fumer au nom de la République. La bedaine insiste.

— Qu'est-ce que tu fais là, toi ?

Le bougre ne peut pas baisser la tête davantage, elle traîne déjà entre ses jambes. La bedaine ose un coup de botte sur son genou, se retourne, vaguement inquiet. Devant lui des femmes en noir errent auprès d'officiers à badine propres comme des statues qui sentent l'eau de Cologne, décomptent en mouillant le bout de leur crayon d'intendance les survivants en capotes que déversent les wagons réquisitionnés avant que d'autres wagons moins mercenaires les avalent bientôt pour les régurgiter en rase campagne. Mères de morts, sœurs épouses amantes de morts – le ballet des endeuillées arrache un sourire au brigadier. Il en oublierait le bougre silencieux.

— Ton unité ?

Un faisceau de soldats oscille jusqu'au quai où fulmine un convoi. Ils chantent en pleurant, pleurent en chantant. La quille leur féminise la gorge autant que les yeux. Le gendarme reprend.

— Eh, toi ! Tu appartiens à quelle unité ?

Le bougre se remet d'aplomb – le temps pour son calot de glisser sur son épaule, laisser voir une tignasse jaune pâle.

— Alors ? Tu t'appelles comment ?

Ses yeux sont d'un bleu laiteux, sa peau d'une blancheur de craie. Il regarde le brigadier sans le voir.

— Foch, murmure-t-il en se grattant la poitrine sous le manteau épais, Foch.

Une vapeur de charogne monte au nez du gendarme qui hésite à déranger plus longtemps ce corps crasseux, aisselles poisseuses, ventre souillé. Une odeur de viande, de pisse, de tabac froid le fait tousser. Il distingue pourtant le bout des oreilles, ourlé et blond, qui s'évade d'un embrouillamini d'étoffes où s'entremêlent le drap de l'uniforme, le coton d'une écharpe autrefois blanche et la douceur soyeuse d'un foulard bariolé. Il fouille dans le cou du bougre – sans ménagement. Il transpire, le malheureux brigadier, en aurait presque les poumons qui tremblotent au creux du coffre. Il cherche maintenant à contrôler son souffle. Il ne faudrait pas qu'il inspire trop fort, surtout pas trop fort. On ne sait jamais ce qu'ils peuvent nous ramener de là-bas, tous ces indemnes qu'on ne comprend même pas comment ils ont fait pour en revenir. Mais c'est sa fonction, au cogne à bedaine, de ramener à la vie civile les spectres militaires qui s'abandonnent sur les trottoirs, menacent la paix, la réalité de la paix, en salissant de leurs silhouettes brisées l'avenir désormais quiet du pays. C'est son boulot, son office. Il appuie sur la nuque du bougre avec la vigueur d'un bourreau, en fermant les yeux plonge son poing ganté dans l'odeur épouvantable de crottin et de rat crevé qui afflue de la capote.

— La plaque ! La plaque !

Le gendarme pèse de tout son poids rassemblé à l'extrémité de son gros index sur une plaie ronde enfouie sous les premiers cheveux du bougre, à la base de son cou, sous une géographie tourmentée d'écailles – tout un désordre de poils, de peau, de sang séché. Mais pas de plaque là-dessous ! Une croûte bleutée encore enflammée bariole la frêle nuque naguère blonde comme un éclat d'obus dans le remous de la terre. Mais pas de plaque, non ! Bernique ! Au col, au poignet, rien ! Pas l'ombre d'un bracelet d'identité, d'un écusson, d'une fourragère, d'un galon ! Rien ! Du bleu déchiré, oui, le manteau comme un long hématome, les jambes cyanosées sous les bandes molletières, la croûte purulente. Où s'est-il fait érafler, le bougre ? Dans quelle tranchée ? Le brigadier se relève en soufflant, réajuste le baudrier sur sa bedaine, repousse le képi à l'arrière de son crâne, s'essuie le front du revers de la main. Pendant ce temps-là le bougre s'affaisse à nouveau avec la facilité nonchalante d'un sac de blé. La tête pareille à celle d'un nouveau-né, énorme et lourde, entraîne le corps en avant. Le gendarme fait signe à deux de ses collègues dont un lieutenant moustachu qui approchent en matant le bougre d'un air dubitatif. Son calot puant tombe sous les roues d'un wagon. Le lieutenant recule après s'être accroupi.

— La vache, il fouette, le biffin !

Gant sur le groin l'officier fouille les poches du linceul putréfié sans que le malheureux ne réagisse.

— Papiers ! Où sont tes papiers militaires ?

À deux ils le soulèvent. Il se laisse faire – poids mort. Ils veulent découvrir son visage tapi sous la puanteur, ses traits d'homme sous le fumet de la bête. Voilà qu'il se débat soudain.

— Nivelle ! Nivelle !

Sa bouche est immense, un cratère à l'instant de l'éruption, dilatée, brûlante avec dans sa profondeur sombre, derrière le muscle affolé de la langue, des bouts d'os couronnés de chancre brun. Le lieutenant réfugie son nez dans un mouchoir. L'odeur de ses gants, une odeur de clebs mouillé, ne suffit plus. L'haleine soufrée de la bouche du soldat lui emplit les narines. Pire que le gaz moutarde !

— Qu'est-ce qu'il dit ?

— Je crois qu'il dit Nivelle, mon lieutenant ! s'étonne le brigadier qui n'y comprend rien, se gratte la joue avec insistance.

— Nivelle ? insiste l'officier, Nivelle, comme le général ?

Il se cambre en un imperceptible garde-à-vous. Ses moustaches frémissent d'émotion. Il se souvient d'avoir aperçu le grand artilleur sur la place d'armes de Saint-Cyr en novembre 14, à la présentation de sa promotion dite de la Grande Revanche. À l'époque Nivelle étrennait ses premières étoiles – tête dans les cieux, torse bombé, face couperosée.

On commande un brancard. Le bougre ne sait plus marcher. Ramper à la rigueur il pourrait mais ce ne serait pas décent – déjà qu'il grogne. L'infirmerie militaire où sur ordre du lieutenant on va le transférer est située près de l'entrée de la gare, là où pénètre la lumière grise du boulevard, du côté des cornettes aux yeux prudes et des jeunes toubibs à parements bordeaux qui reluquent les fiancées émues des rescapés en enfonçant un doigt dans les balafres mal ravaudées qu'on leur présente. Saint Thomas de la Grande Guerre, c'est plus fort qu'eux, faut qu'ils fouillent la carne, écarte les lèvres nécrosées, s'introduisent dans la chaleur saignante pour inspecter. On ne sait jamais, sous-entendent les fonctionnaires du ministère qui comptent les morts au mètre carré, en concession de cimetière, on ne sait jamais à qui on a affaire… C'est qu'il y a tant de faux blessés, de faux malheurs. Des estropiés de la rente, ça oui ! Un vague coup de baïonnette dans le gras et, hop, une pension à vie ! De quoi nourrir tout un hameau avec poules et cochons ! La République n'est pas chiche avec ses marmots. Pour sûr qu'il faut traquer les usurpateurs, les contrebandiers de la dernière vague, ceux qui se sont tiré une balle dans le pied entre deux assauts pour se défiler tranquilles, finir couchés entre des draps d'une blancheur nuptiale quelque part à l'arrière plutôt qu'en léchant la terre à quatre pattes sous la mitraille – des couards bien vivants sous la toge médaillée du martyr. Sans compter les tarés, les débiles, les nigauds qui disent avoir entendu dans la nuit la pelle du Sapeur Teuton creuser leurs tombes, qui tremblotent en bavant une mousse venue d'on ne sait où, poumons estomac viscères, des nigauds hagards aux yeux en bataille, incapables d'articuler le moindre mot. Des singes, quoi, mais qui imitent le haut mal pour faire reculer les crucifix et les veuves de charité – toute la race de l'encens. Qui sait ?

Deux infirmiers arrivent en courant, saisissent le soldat sous les aisselles, le déposent sur la toile du brancard. Il y siège assis en tailleur comme un fakir, tête ballante, le foulard en guise de fanion, le fumet pour écume. On le brinquebale à travers la gare tandis que d'un œil amusé la foule observe le cortège des gendarmes qui escortent le brancard – serait-il dangereux, le bougre ? C'est un trône qui passe, une chaise à porteurs ! Sa majesté le roi des béquillards ! On l'observe en hésitant à sourire, à pleurer. On se demande quel homme il a pu être, comment la guerre s'y est prise pour tout détricoter à l'intérieur de ce corps jeune, jadis vigoureux, débrancher les fils de la raison sous le jaune des cheveux, avarier déjà cette chair faite pour l'amour, le labeur, les joies simples. En lui on reconnaît un père, un frère, un fiancé, un amant mort, broyé, mélangé à la tourbe, dissous dans la merde et la boue, envolé. Il devient l'espace d'une seconde tous les morts assemblés dans le cœur des badauds – un bien curieux monument.

II

Une infirmière s'approche du baroque équipage, salue les gendarmes, ordonne aux deux brancardiers de déposer là leur bagage, au milieu du corridor aux murs sales sur la peinture de quoi s'étale encore l'affiche officielle du second emprunt – celui de 1915. *On les aura !* On y voit sous la poussière grasse et la suie fripée un très jeune soldat qui sourit de toutes ses dents – ratiches d'arsouille. Une vraie face d'ange prolétaire, rigolard et courageux comme la République les aime. Avec lui c'est l'histoire du pays qui se bidonne sous la capote, c'est Valmy, c'est Jemmapes, c'est Fleurus. La victoire est au bout de son nez retroussé de Gavroche enrôlé. En tendant l'oreille on entendrait presque Hugo – *Paris a un enfant*... Il n'y a qu'à le suivre – *On les aura !* – pour atteindre la ligne de front, écraser les Alboches à toute pompe et s'en retourner pénard à la maison fêter la victoire. *On les aura !* On reconnaît le casque Adrian fiché sur la nuque comme une casquette d'apache, le fusil Lebel dans la main droite tandis que la main gauche se dresse vers le ciel, invite la cantonade à le suivre. La geste du héros ! L'infirmière à cornette ne la voit plus, cette affiche. C'est que la gentille gueule du Gavroche est tellement ébréchée après quatre ans de guerre qu'elle préfère oublier à quoi il ressemblait du temps ancien de la paix.

Elle relève le menton du bougre d'une main douce afin qu'il consente à la regarder mais ses yeux demeurent clos sous les mèches blondes. En retour il oscille sur lui-même. Le mouvement de son corps maigre a quelque chose de religieux – un Juif devant le mur des Lamentations. Peut-être qu'il prie ? se demande l'infirmière qui malgré tout n'a pas oublié sa vocation.

III

— Matricule ? Unité ?

C'est d'abord viril puis le ton se fait plus amène. Perce alors une nuance d'humanité dans la voix brouillée de tabac.

— Nom ? Prénom ? Date de naissance ?

Le médecin-capitaine, trois barrettes dorées à l'épaule et autant de mèches moroses sur le crâne, ne s'inquiète pas. Oui, le soldat est muet mais grand bien lui fasse. Il sort son stéthoscope d'un air las, par habitude, par métier. Que son cœur soit malade, au bougre, ses poumons en charpie, du mou pour les chats, quelle importance après tout ? Les gestes du médecin sont lents, mécaniques. On dirait une locomotive qui s'ébranle. Il n'a plus d'âge depuis longtemps, plus de pitié non plus. Des pauvres hères de cet acabit, désemparés, farouches, il en voit plusieurs dizaines par jour. La gare en grouille depuis la démobilisation – des troupeaux de troupiers vêtus comme des fantômes qui se prendraient pour des clowns ou l'inverse aussi bien. Nul n'est habillé pareil comme si tous ils s'étaient donné le mot pour détruire l'idée même d'*uniforme* en mélangeant guêtres jaunes et croquenots verts, molletières de flanelle et leggings de boue, jambières de cuir et bas de grosse laine – avec des spirales de ficelles ou de fils téléphoniques enroulées autour des jambes, là où en guise de houseaux s'agrafe aux mollets des malheureux, hirsute et touffue, une croûte de chiffons, de feuilles de journaux, de bouts de pansements.

Le toubib fait signe à l'infirmière de déshabiller le pauvret qui n'a toujours pas moufté. C'est que le fakir est somnolent, retourné comme une peau de bête, les yeux en dedans. Glisser le stéthoscope dans ces conditions, c'est une gageure. La poitrine se dérobe – une veine sous l'aiguille. L'infirmière n'a plus le souvenir des pudeurs à quoi ses vœux la préparaient. Les hommes en morceaux qu'on lui confie ont trop souffert – comme son Jésus sur la croix – pour qu'elle s'effarouche longtemps d'une proximité d'où s'échappe parfois une nature fâcheuse qu'elle feint, amusée, de ne pas voir. Elle tend une main ferme vers lui afin de désenchevêtrer les écharpes, le foulard. Ça empeste – un miel de purin et de poivre mêlés. Mais elle a l'habitude. Ses narines se sont amidonnées à force de flairer les soldats perdus qui se retrouvent sous son aile. C'est alors qu'affolé le bougre se réveille, agite les bras, grogne et grince. On dirait qu'un nuage d'abeilles vient de l'attaquer. Sa tête jaune tangue en tous sens au sortir des étoffes – un apiculteur trahi par ses ruches.

— Pétain ! Pétain !

Elle recule effrayée. Un fils de général ? Faut prendre soin des importants, qu'elle se dit en interrogeant le médecin du regard. Parbleu, un fils de général ! Elle n'ose plus y aller de la main. Sûr qu'il est blond comme un bourgeois. Et de reluquer ses doigts – fins, si fins, féminins presque malgré des paumes vigoureuses. Les doigts, c'est comme la bouche, les lèvres, ça ne trompe personne, surtout pas une femme – même une nonne. Elle imagine un fume-cigarette coincé entre l'index et le majeur, une chevalière désormais perdue. Elle entend du piano sous les ongles. Elle s'y connaît un peu en demi-queues et autres crapauds, invente un salon élégant dont les fenêtres donnent sur un parc aux arbres impassibles à l'ombre desquels s'assoupissent en rêvassant des femmes de soie. Impossible de croire qu'ils se soient frottés un jour à la poudre, à la craie, à la pruine militaire, ces doigts d'artiste, de virtuose, impossible qu'on les ait manucurés au riflard des tranchées, nettoyés dans la boue, le sang.

— Comment tu t'appelles ? chuchote le capitaine.

— Pétain !

L'infirmière hoche la tête puis va chercher la fiche que les gendarmes ont remplie en le déposant à l'entrée de l'infirmerie. Foch, Nivelle, maintenant Pétain. Elle observe le médecin qui insiste, ronfle comme une turbine.

— Comment tu t'appelles donc ? Tu vas parler, bordel de Dieu ?

L'infirmière se signe en souriant.

IV

La toise est semblable à un jeune arbre dont on aurait élagué le feuillage. Son tronc est frêle – une espèce de bouleau étique devant quoi le toubib appuie sans ménagement le corps glabre du soldat seulement troublé par une cicatrice au flanc.

— Pour vous, ma sœur, ironise le médecin en avisant la balafre.

Par contraste l'homme paraît presque robuste malgré les côtes qui lui dessinent autour du torse un escalier à double vis, lequel escalier se hisse jusqu'au cou, là où pend la tête – le menton pèse sur la poitrine lardée de squames comme un fruit pourrissant au bout d'une branche.

— Redresse-toi, soldat !

Le ton est viril mais affectueux. Un mètre soixante, ça ira bien. L'infirmière note la mesure sur la fiche. Un, six, zéro. C'est un numéro. Pas un matricule encore. Ils le traînent jusqu'à la balance. Ses pieds collent au carrelage froid, s'y étalent. La peau des talons recouverte de poussière, malgré la corne épaisse, adhère au sol – et ça fait des pschitts et des flocs tandis qu'il trottine. Il est presque nu. Son dos est strié de longues balafres verticales qui rougissent sous la crasse. On dirait la coquille d'une moule avec des furoncles sur les omoplates en guise de balanes. Sur sa nuque une plaie de la taille d'une pièce suinte le long d'une petite entaille en forme de croix. La peau autour brûle d'un méchant feu. Un pauvre linge lui enserre les reins qui bâille sur ses fesses plates comme un chiffon sur un panier de victuailles – afin d'empêcher l'œuvre des mouches. Il frissonne, une fois, deux fois, étire les bras, les noue autour de ses épaules pour se réchauffer après s'en être giflé les côtes. La cornette en écraserait même une larme – la flagellation, ça l'inspire. Il y a tant de misère, de désarroi dans ce corps épuisé.

— Quarante-cinq kilos !

Elle note deux nouveaux chiffres. Quatre, cinq. Plus une once de gras autour de la tige, rien que l'essence, cette fibre dans laquelle se tissent les armées de la République – chair, sang et poils.

— Mais tâche de te rappeler, bon Dieu ! Tu viens d'où ? Tu étais où ? Quel front ? Quelle division ? Quel régiment ? Quarante-cinq kilos ! Allez, on l'expédie !

Le bougre ouvre des yeux apeurés.

— Foch !

Le toubib retient un sourire. Il n'y croit plus.

— Tu te nommes Foch, alors ?

Les doigts du soldat quittent ses épaules, glissent sur son ventre, soupèsent l'organe en lorgnant l'infirmière.

— Barbo !

Il tripote dans ses plis, se gratte les linges, soupire, louche sur son bâton exsangue, l'extrait lentement, fouille du regard la femme sous la coiffe blanche – un minuscule bout de vie couleur de fer surgissant d'entre les doublures.

— Barbo !

L'infirmière détourne les yeux. Le médecin s'amuse.

— Nivelle ? Foch ? Barbo ! Tu hésites, le maboul ? Qu'est-ce que tu veux nous dire avec ton engin ?

Le bougre est prostré au fond de la salle d'examen. On entend le bourdon de la rue d'où s'extirpent parfois le son d'un clairon ou celui d'une clameur. Il contemple ses pieds immenses et nus. Cela semble l'étonner, ces deux sabots de chair qui respirent à l'air libre pour la première fois depuis des semaines. Il pouffe tout seul, sourit en agitant ses orteils comme s'il sortait de l'eau par une chaude après-midi d'été et qu'une proche prairie l'attendait où il irait s'allonger au soleil, entre les herbes, se faire sécher à la douce. Il ne sent pas l'odeur de cadavre que dégagent ses arpions fantassins, sourit encore. Sans doute qu'il imagine les berges d'un fleuve ou les bords d'une piscine à partir desquels, été 12, printemps 13, il plongeait dans une eau vive sous le regard admiratif de quelque jeune femme. Barbo ? De la main il touche ses chevilles, semble s'inquiéter de leur vulnérabilité, s'aventure peu à peu jusqu'aux mollets où frise un duvet laineux comme de l'étoupe – chanvre de poils blonds. Ses effets militaires, capote, braies, linges de corps, sont entassés sur ses genoux. Ses brodequins au cuir écorché traînent sous la chaise où on l'a abandonné après qu'il s'est bricolé le cache-sexe en visant l'infirmière. Nul ici n'a le courage de l'aider à renfiler ses guenilles – trop sales, trop puantes. Dans son dos le médecin et l'infirmière se consultent en murmurant. Ils ont des faces de conspirateur. On sentirait presque, qui s'embrouillent, l'haleine de perlot brun du capitaine et l'effluve d'eau de rose de la béguine infirmière.

— Non ! s'écrie-t-elle, non !

Simulateur ? Elle n'y croit pas, c'est qu'il ressemble trop à son cousin. Même face d'ange, même regard pers, même détresse d'enfant enracinée dans un corps d'homme. Adolescents, dans l'autre siècle, ils se croisaient chaque dimanche à la sortie de la messe – elle promise au couvent et lui à la caserne. Simulateur ?

— Non…

La voix est pleine de nostalgie. Qu'est devenu son cousin ? Est-il vivant ? Officier trépané sous la drille allemande ? Hibou gaulois abattu au clair de lune ? Elle insiste par fidélité à sa famille, à ses vœux, à ce qui depuis des lustres la travaille sous la robe dès qu'elle pense à son cousin.

Le médecin se retourne à contrecœur pour observer une fois encore le soldat qui continue d'explorer son anatomie comme s'il la découvrait, comme s'il inspectait là celle d'un autre. Il en est à présent aux genoux dont le renflement osseux ne manque pas de l'intriguer au point que de l'index il en choque la rigidité cagneuse. Le médecin se lève en maugréant, va chercher un miroir d'intendance dans l'un des tiroirs de son bureau, s'approche du bougre, lui tend la glace afin qu'il s'y mire.

— Tu te reconnais ?

Le soldat interrompt l'examen de ses genoux pour jeter un œil rapide sur le miroir.

— Ouh ! Aïe !

Repousse la main du médecin.

— Ouh ! Aïe !

Détourne la tête et n'y revient plus.

— Ouh ! Ouh !

Se met à trembler, frissonne.

— Ouh ! Ouh ! Ouh !

L'infirmière se précipite pour le couvrir de sa capote – sans se soucier des relents d'urine, de sueur. Le Christ aussi, quand on lui perçait les mains, les pieds, le flanc, quand on le clouait au bois de la croix…

— À Bicêtre, proclame le toubib en se saisissant d'un tampon dont – vlan ! – il frappe la fiche du soldat d'un grand coup sourd tel un juge après la sentence, tant pis, ma sœur, il est bon pour Bicêtre, même les cochons se reconnaissent dans un miroir.

V

Vive la France ! Vive la République ! – au milieu des cris, au milieu des prières de quelque curé bassinant d'eau bénite la foule des éclopés que des familles en pleurs s'acharnent à dévisager sous le drap des uniformes, sous les calots, les casques dans le bossage mouvementé desquels se lit la violence des derniers combats d'où la Providence a cru bon de les extraire sains et saufs sans que nul ne sache pourquoi, tandis que chacun, père mère sœur épouse fiancée, s'étonne du miracle – Pourquoi lui ? Aurait-il été lâche, embusqué, fuyard ? –, au milieu de la liesse une ambulance tirée par un cheval s'arrête sur le parvis de la gare. Le diable flanqué de deux gendarmes s'avance, effrayé. Il est intrigué par le canasson, se ratatine.

— Sinon ! Sinon !

Il tend un doigt insistant en direction du cheval.

— Sinon !

Son cri est un murmure.

— Sinon quoi ? s'interroge l'un des gendarmes.

Une joie craintive égare la foule du côté des quais, là où arrivent les convois militaires en provenance du front, une foule d'émeute, imprévisible et revêche. Sur le pavé les pieds nus du brave Foch, du héros Nivelle, du preux Pétain, du mystérieux Barbo, sont ceux d'un condamné à l'échafaud. Ses godillots liés entre eux par des lacets de coton tressé lui battent les côtes. On dirait un marmouset de Calais qui s'en reviendrait défait de la guerre de Cent Ans – corde au cou. C'est que l'infirmière l'a rhabillé à la hâte. Elle était épouvantée à l'idée qu'il irait dès ce soir rejoindre l'asile de Bicêtre, ses salles nauséabondes, ses allées de cimetière, ses murs de prison. Elle sait la rumeur de l'hospice, le martyre honteux de ses résidents, vénériens, vermineux, vieillards, tout un congrès de réprouvés. Elle tremblait de tous ses membres en s'efforçant d'enfiler les bras maigres de l'infortuné dans les manches de sa capote qui craquait aux aisselles, ajoutant de nouvelles béances au vêtement déjà usé jusqu'à la trame, en tentant de resserrer l'espèce de câble qui lui tenait lieu de ceinture afin d'empêcher que le pantalon ne tombe sur ses hanches étroites. En l'apprêtant elle se demandait à quoi songeraient ses parents lorsque dans quelques jours ils iraient le reconnaître à Bicêtre, découvriraient ce que la République avait fait de leur enfant après qu'il s'était sacrifié pour elle. Un aliéné à qui peut-être sous les restes d'une adolescence naguère solaire ne manquaient qu'un peu de bonheur, quelques douceurs, de l'amour et du soleil, pour renaître de l'enfer où le pays l'avait jeté. Elle entendait déjà les médecins. Il a bien une fiancée, votre fils ? Il y avait péril en la Patrie, non ? Des noces dans l'année, non ? Des Germains aux portes de nos maisons ! Retour aux champs, au grand air, et dans six mois il n'aura plus que des bons souvenirs de la tranchée ! Des Boches dans nos rues ? Vous y avez pensé ? Deux brancardiers se sont substitués aux gendarmes. Ils hissent le bougre dans l'ambulance. De loin l'infirmière chuchote une dernière prière à destination de son cousin en espérant que sa modeste oraison sera là-haut reçue telle une pluie imprécise de dévotions, qu'ainsi il y en aura bien pour eux deux, son cousin et le bougre – quelques gouttes d'huile sainte sur les cheveux jaunes du malheureux qu'on envoie ce soir patauger dans les douves du Schéol.

VI

C'est une cambrouze tout en pâturages paisibles – deux ou trois rochers nonchalants entre les racines des arbres puis, au-dessus du bétail ou de la prairie, une voûte tordue de branches nues. Est-ce que ça lui rappelle quelque chose, au simplet ? Là, ce village, ce clocher ? Ici, ces labours et ces bosquets avec, traversant la brume qui est la matière même, élastique et froide, de la campagne, un étroit chemin où s'enfoncent les sabots du bidet, un chemin pareil à ceux que le bougre empruntait avant d'atteindre le front, avant de se laisser glisser dans la tranchée ? Parfois pointe une cabane de branchages entre deux charmilles d'où montent des cris d'enfants qui jouent à la guerre avec des épées de bois. On se croirait presque à Mort-Homme, une heure avant l'assaut. Manquent plus que la marée bleue des uniformes, le sifflet des obus, les creux artilleurs, l'entrechoc des baïonnettes à l'instant d'armer le flingot. Mais tous les paysages se ressemblent vus de l'arrière d'une ambulance. La Poterne des Peupliers, Gentilly… Paris se devine – vapeurs tremblant au loin. Les deux brancardiers sont silencieux, offrent du tabac au bougre qui refuse en toussant. Le cocher frappe un grand coup sur le toit de l'ambulance.

Blong !

— On arrive…

Blong !

Le soldat se tord le cou pour tenter d'apercevoir l'hospice où le capitaine lui a expliqué qu'il serait soigné.

— Au Kremlin, va, ils ont l'habitude des amochés, ils s'occuperont bien de toi.

Les ailes et les angles, les linteaux et les tympans gracieux se dévoilant dans les rayons du soir, tout cela raconte à première vue un passé féerique – fêtes à perruque comme avant la République, orgies pleines de musique, de poudre et de champagne. C'est un château royal, un château dont les terrasses, en souvenir des guillotines où se sont autrefois entaillées les nuques nobles de ses locataires, décapitent le sommet boisé d'une colline derrière laquelle le soleil disparaît. Magnificence déchue, beauté misérable, c'est splendide et lugubre – pignons en ruine, fenêtres borgnes, murs lépreux. Le malheureux hoche la tête comme s'il acceptait l'invitation d'une voix invisible, comme s'il avait le choix de la refuser. Ça lui va bien, ce lustre décrépi, ça lui ressemble.

Dans la cour principale cernée de grilles l'ambulance s'arrête devant un aréopage de blouses blanches et de robes noires qui se précipitent afin d'ouvrir la portière arrière par où les deux brancardiers aident le soldat à descendre en le maintenant sous les épaules. Il y a là des infirmiers, des sœurs à cornette comme celle de la gare, un médecin au visage osseux, glabre et racé qui demeure en retrait. Spectateur élégant dans son uniforme de parade il fume une fine cigarette de couleur au filtre doré. On s'empare du patient avec des précautions d'artificier, le fouille, inspecte ses godillots, retourne ses effets, le pelote entre les jambes. Couteau ? Fourchette ? Juteuse ? Rien ne doit dépasser. Lisse, le gaillard ! Ça pourrait être de la délicatesse, ce n'est que de la prudence. Ils hésitent. Un homme au physique de fort des Halles – il ne porte pas de blouse mais un long imperméable de mastic brun – déballe un sac de toile, le déploie devant lui à la manière d'un matador sa cape. Sur chaque côté, telle la langue d'un chien mort, pend une lanière de cuir. Il guette l'ordre du dandy galonné. Ce dernier s'approche du bougre sans dire un mot, à l'abri derrière la fumée de sa cigarette le dévisage. Première auscultation.

— Soyez le bienvenu, soldat !

Le bougre fixe de ses yeux clairs le cheval qui s'ébroue. Il se raidit. Les traits du médecin esquissent un sourire. Sans attendre il lui palpe d'une main gantée le front, le crâne, la nuque, la mâchoire. Où se niche donc l'oubli ? C'est un trou qu'il devrait chercher, le diafoireux, pas une bosse ! se dit le fort des Halles en roulant la camisole avec un certain regret.

VII

Troisième étage, salle pleine, parfum de chambrée. Trente patients, jeunes la plupart, abîmés tous mais de l'intérieur – tics nerveux, sursauts involontaires, feulements, cris, braiments glaçants. Un musée de la plainte mais aucune gueule en charpie. Pas de corps mutilés, de cul-de-jatte, de manchot, d'estropié, non – rien de très impressionnant en vrai pour qui serait sourd. Deux rangées de quinze grabats numérotés chacun au moyen d'une affichette accrochée à la feuille de soins. Deux rangées face à face (la numérotation est pareille à celle d'une rue, les nombres pairs d'un côté, les impairs de l'autre) – un dortoir de pensionnat où gémiraient des pupilles. Au-dessus des deux doubles portes desservant la salle quatre veilleuses mal allumées pleurent un éclairage de sacristie qui ne contrarie guère l'œuvre de la nuit tombante – six crucifix au mur, un entre chaque paire de fenêtres, et un poêle au centre. Sœur prognathe, infirmier borgne, une main-d'œuvre de cirque s'applique à écarter deux lits sur les matelas desquels macèrent des hommes en liquette, visage en bataille, membres tordus, qui grognent et frissonnent à chaque tangage, cela afin de glisser un nouveau lit que la sœur indique à l'arrivant.

— Étendez-vous !

Obéissant, le bougre se couche, respire avec contentement l'odeur de lessive qui monte des draps, hésite à effleurer le lin blanc de ses mains sales, pose ses pieds sur le cadre métallique – suspendus comme des fanaux de cimetière.

— Cinq minutes, à la douche, le bizut ! braille le borgne en lui giflant la plante des pieds au passage.

Autour, ça souffle, ça ronfle. Une vraie usine ! Il fait chaud comme dans un fourneau. On allume des lanternes de veillée qui flamboient jusqu'au plafond à la surface de quoi guinchent des ronds de lumière crue étouffant la lueur d'un rose paresseux que sèment les veilleuses tubardes.

Une porte s'ouvre sur un cortège de fantômes – ombres blanches surmontées chacune d'un képi ou d'une cornette. Ça froufroute en s'avançant jusqu'au premier lit. Ça donne de la botte ou du capuchon pour se rapprocher d'un géant rubicond dont la blouse entrebâillée sur un torse de forain arbore des brassées sonnantes de bananes à rubans – médaille de ceci, croix de cela. Le forain géant est peut-être général. Sous le manteau blanc on ne voit pas ses barrettes ou ses étoiles mais il a le front hérissé de feuilles d'or. Il cahote sur ses bottes de cuir rouge – on dirait que c'est pour accompagner en le dissimulant le mouvement de ses yeux d'un beau vert d'épinard qui roulent de droite à gauche. Il défile devant les agités en posant le bout de sa badine sur leur poitrine

– ils ont l'air plus braque encore qu'avant l'inspection –, leur effleure le menton ainsi que le ferait, au moyen d'une règle en fer, un instituteur à des cancres ne comprenant rien à ses leçons, lui ricanant au visage à défaut de l'entendre. Il bougonne, marmonne, ronchonne. On ne sait s'il est furieux ou surmené.

— Numéro 3, ferme la bouche !

Une seconde de répit – deux bruits de talon.

— Numéro 4, tisane de réglisse.

Il se retourne vers sa cour, déclame à l'adresse d'une jeune infirmière au profil d'Aphrodite un commentaire savant d'une voix aussi maigre que son corps est épais. Il y a du latin là-dedans, du grec, du charabia de carabin mêlé de sabir militaire. Nul n'y comprend rien – pas plus Aphrodite que les autres mais tous approuvent en branlant du chef.

— Numéro 8, cesse de baver !

— Numéro 11, tisane de réglisse.

Le numéro 15, un jeune sergent barbu dont les jambes sont entravées afin de l'empêcher de se lever, se saisit de la badine, s'y accroche avec la dernière énergie, d'une bouche écumante gueule des injures qui effraient l'aréopage.

— Espèce d'enculé ! Mort aux vaches ! Frappe-moi ! Allez, le planqué ! Vas-y !

Le géant s'arc-boute, visage courroucé – ça lui fouette l'orgueil, cette rébellion – tandis que derrière lui on s'affole. Il vacille tellement qu'on entend chanter ses breloques. Il chavire. On lui prête main-forte. C'est maintenant quinze doigts qui se cramponnent à la badine mais le sergent barbu résiste, s'entête tant et si bien qu'à l'instant précis où il lâche prise les huiles s'écroulent en retour entre les plis blancs des bonnes sœurs qui poussent alors des cris pleins d'ombrage. La chambrée est hilare, joyeuse en tout cas. Le géant aux lauriers d'or se redresse sous les hourras ironiques des malades, nettoie ses bottes rouges en les giflant du plat de la main, se cherche une contenance martiale. Autour de lui on s'affaire à effacer les traces de sa chute en brossant sa blouse, en lui bouchonnant le dos.

— Vous me foutrez ce débile à la diète ! Bordel de merde, écrivez, ma sœur, bromure, thyroïde de mouton et tisane de réglisse.

Les blouses reprennent leur déambulation. Les rires sont à présent éteints. Les corps se figent en attendant que gagne la nuit, qu'elle enténèbre la chambrée – le géant en paraîtra bientôt presque humain tandis que la pénombre lui réduira l'envergure. Aphrodite tient serré entre ses bras, tel un nourrisson emmailloté, un paquet d'effets qu'elle dépose sur le lit du nouvel arrivant. Elle lui sourit en agitant avec une élégance inquiète les longues mèches blondes qui flottent autour de son joli visage et expirent sur ses épaules en anglaises dorées.

— Après la douche, il vous faudra les enfiler.

Voix de marraine, de sœur, de fiancée. Le bougre la regarde sans la voir, l'écoute seulement. Cela ne lui rappelle rien, cette parole de miel, sinon peut-être un prénom, un son autant qu'un prénom, auquel il ne parvient à associer aucun visage – est-ce l'effet des mèches blondes ? Il ne comprend pas ce qu'elle dit, Aphrodite, entend bien des bruits, doux et sucrés, et ces bruits lui évoquent l'adhérence soyeuse du velours, la fourrure d'un chat. Il voudrait fermer les yeux, s'endormir vite d'un sommeil sans rêve. Mais le géant s'arrête maintenant devant son lit coincé entre le numéro 26 et le numéro 28, se tourne vers l'autre rangée où s'affiche le nombre 27 à l'avant d'un châlit où tremble un corps nu sous la camisole, ôte son képi, se gratte la tempe. C'est qu'il est face à une difficulté arithmétique insoluble.

— Quel numéro on lui donne au bleu-bite ? Faudrait pas me prendre pour un con !

La puissance du continu, le puits infini des nombres, il n'y entend rien.

— 26 bis, ose Aphrodite d'une voix presque inaudible.

— Comment ça, ma sœur ?

VIII

Allongé dans son lit le bougre sent contre sa peau la morsure froide d'une lime. Il attend, se félicite des ronflements autour de lui dont il lui semble que le tapage le protège, l'assiste dans son projet. Des images traversent la nuit de sa mémoire – à la faveur du grondement. Grognements de chambrée, grondements d'artillerie. D'abord il rêve d'un immense corps uniforme émaillé de balafres et d'hématomes, un corps martyr où il voudrait mettre le doigt, fouiller les blessures. Là encore ce ne sont que des hommes couchés. Nez plantés dans le purin et bien qu'ils soient encore gluants de leur propre sirop ils ronflent à poings fermés dans la boue, ne s'éveillent que pour manger, pisser ou boire, se résument à l'aventure de leurs organes, dépouillés qu'ils sont jusqu'à l'os de tout ce qui, civils, les distinguait naguère les uns des autres – nom origine famille conviction instruction. D'eux il ne demeure, là-bas dans la tranchée comme ici dans l'asile, que salive, sueur, urine et merde. Uniques et identiques à la fois. Ensuite il invente, entre deux boyaux imaginaires dont il croit apercevoir les lèvres enflées par les sacs de sable, une fumée épaisse qui pue la bigorne, un nuage qui le submerge. Il se retourne – dans son lit comme sur le talus. Il n'y a plus derrière lui ni surgeons de remblai ni fruits de barbelés. Venue de l'oreiller pourtant propre une odeur de foin mêlé de poudre et d'os brûlé, de crottin, de mort envahit ses narines, un cornage irrésistible d'écurie et d'infirmerie embrouillés, poivré, épicé qui cogne fort dans les sinus, conquiert les yeux, éveille les tempes jusqu'en haut du crâne, pulse sous la cagoule, une odeur de parquet moisi, de latrines, d'intimité excrémentielle. Seraient-ce les toilettes de l'asile ? Les feuillées du front ? Non, les biffins chient à l'anglaise, au revers du front, cul patriote, dos tourné au no man's land, là où pourrissent les cadavres au gré des vents, sous un débris artilleur, dans un trou d'obus. La glèbe militaire, sens dessus dessous, dissout les charognes, les digère, elle est comme l'entraille d'un dieu nouveau. Peut-être n'est-ce alors que cette satanée plaie dans son cou qui ne guérit pas, pue chaque jour davantage ? Sa main quitte le manche de la lime, erre dans son cou, gratte, écorche.

C'est le sergent barbu, le lit numéro 15, qui lui a donné la lime.

IX

Le sergent est ému comme presque tous les internés par l'infirmière au profil d'Aphrodite, ses grands yeux, ses longs cils blonds, ses dents parfaites, et celle-ci n'est pas insensible à son calvaire depuis qu'il a été décidé de lui brider les jambes chaque soir à l'aide d'une longue lanière enroulée autour du matelas et supportant deux petits colliers de cuir où l'on enfile ses chevilles – des cadenas complètent le dispositif afin qu'il ne puisse pas quitter son lit pendant la nuit, s'évader mais surtout afin de dompter son tempérament, cette violence qu'il retourne contre les soignants dès qu'il aperçoit sur leurs épaules l'ombre d'une barrette, à leur poitrine la langue pendante d'une décoration. Depuis plusieurs semaines il profite de son attendrissement pour nouer avec elle une relation privilégiée, badine d'abord puis plus amoureuse à laquelle elle ne cherche guère à se dérober, par compassion, oui, mais aussi par sympathie – ce gaillard tout en poils, en mufleries, la bouleverse, la remue. Elle ne néglige jamais de passer le saluer au moment où le soir venu, après la visite quotidienne des médecins, on éteint les lanternes. Dans l'obscurité il lui prend alors la main qu'elle retire de plus en plus lentement. Il se confie d'une voix chuchotante, joue avec ses doigts fins, lui révèle qu'il souhaite lui confectionner une bague, lui ciseler un souvenir dans le fer, une alliance qu'il aimerait lui voir porter à l'annulaire tant qu'il sera interné à Bicêtre – des fiançailles d'acier, en somme. Elle rit, s'étonne, s'agite. Une telle bague nécessite une lime et un morceau de fer. Elle refuse, hésite, ne promet rien. On verra, dit-elle en se retirant. La paume de ses mains est moite – tromper le Christ…

Un matin, tandis qu'elle virevolte au milieu des patients, une bassine à la main droite, un nécessaire à piqûres à la main gauche, se faufile sans rougir entre quelques indiscrètes propretés auxquelles certains se livrent devant elle pour l'offenser ou la provoquer, tandis que les premiers rayons du soleil brisent l'ombre allongée des barreaux de fenêtre, elle fait en passant un signe prudent au sergent dont les pieds ne sont pas encore dégagés des colliers qui les retiennent – j'arrive bientôt, semble dire son regard bleu qui s'égare sous les ailes du bonnet. Quelques minutes plus tard elle se présente devant son lit, apporte une assiette fumante sur le bord de quoi luit un ongle parfait, délicatement taillé.

— La soupe est épaisse ce matin, pour une fois, mangez pendant qu'elle est chaude…

Le sergent est de mauvaise humeur – c'est aussi qu'on tarde à l'affranchir.

— Qu'on me détache d'abord !

Le joli sourire d'Aphrodite se fige.

— Non, tout de suite, et jusqu'à la dernière goutte, dit-elle en se servant de la cuillère qui trempe dans la soupe afin qu'il entende qu'en l'agitant dans le potage elle heurte au fond de l'assiette de biens curieux grumeaux.

Chaque nuit, quand tous dorment le sergent sort la lime, le morceau de fer – un épais fer à cheval que la jeune infirmière a déniché dans l'atelier de l'hôpital en même temps qu'elle y dérobait l'outil qui devait le travailler –, et s'escrime jusqu'au petit jour à arracher peu à peu l'alliance, sa rondeur creuse, de la matière sombre et pleine. Parfois ses mains saignent encore tandis qu'il range son attirail sous l'oreiller en guettant l'arrivée des médecins à l'heure de la première visite. Il suce ses doigts ensanglantés pour que nul ne s'interroge et le goût de fer qui lui emplit alors la bouche est comme le goût en lui, dans sa bouche, de cette liberté à laquelle il ne renonce pas. Il s'inquiète – combien d'heures sont-elles nécessaires afin qu'il achève la bague ? Le temps presse et la nuit il est enchaîné. Il mate autour de lui, cherche dans la troupe des aliénés de la chambrée 3A quelqu'un de suffisamment discret pour l'aider sans le trahir. Et quoi de mieux qu'un amnésique muet ? Le lit 26 bis est loin du sien mais le sergent profite d'une après-midi froide passée dans le préau des fous, un jour de plein hiver où le vent est si aigre qu'il écorche la peau, pour s'approcher du bougre qui, le nez en l'air et les épaules grelottantes sous les élans brusques de l'air glacial, semble observer les nuages longs et fuselés comme des pirogues qui naviguent dans le ciel.

— Je n'ai pas froid, tu veux mon écharpe ?

Le soldat abandonne les nuages un instant, regarde le sergent bouche bée.

— Ouh !

— N'aie pas peur, bon Dieu !

Le sergent lui noue l'écharpe autour du cou. Le pauvret lui fait pitié avec ses grands yeux aussi bleus que ceux d'Aphrodite et les quelques boucles blondes que le rasoir du coiffeur a bien voulu épargner sur son front.

— Tu viens d'où ?

Le bougre grommelle en désignant du menton l'infirmier borgne qui les contemple bizarrement.

— Fous-lui la paix, hurle soudain le cyclope infirmier à l'adresse du sergent, sinon ce soir je te serrerai tellement les chevilles que tu ne pourras pas fermer l'œil de la nuit !

Le sergent hausse les épaules, lui tourne le dos, frôle le bougre, baisse la tête pour lui parler à l'oreille.

— Que dirais-tu de respirer un peu l'air des champs ?

Le dessous du nez du soldat gèle, se mouille. Il passe une langue chaude sur ses lèvres puis tend une main bleue de froid, paume en l'air, vers le sergent comme s'il voulait conclure un accord avec lui. Sa bouche demeure fermée mais ses yeux sont éloquents.

— Tope là, le sinoque ! répond le sergent en frappant la paume du bougre avec néanmoins une certaine retenue à cause de cette couleur d'ardoise qui lui bariole les phalanges.

Ça lui fait peur, au sergent, cette gouache de cendres sur les extrémités, ça lui rappelle la teinte que prenaient les morts qui pourrissaient durant des semaines dans le no man's land parce qu'au retour de l'assaut on n'avait pas pu les ramener dans la tranchée, leur donner une sépulture, et qui faisandaient au soleil, gonflant puis dégonflant, tandis que tout un peuple de mouches les visitaient en grésillant de bonheur et qu'en contrebas les survivants, Boches ou Français, enfouissaient leur visage dans les capotes en évitant de regarder les cadavres – c'est une couleur qui a pour lui trop d'odeur.

— Tu vois les cabanons au fond du préau ? reprend-il en surveillant du coin de l'œil l'infirmier borgne en sorte qu'il ne surprenne pas leur conversation, si on monte sur le toit, on atteint la crête du mur, il suffit ensuite de sauter de l'autre côté pour tomber dans la campagne.

X

Chaque soir après l'extinction des feux le soldat se lève, rabat le drap sur son oreiller après l'avoir ballonné en le secouant, pieds nus traverse le dortoir en fixant les veilleuses qui palpitent faiblement, s'arrête devant le lit numéro 15. Une main s'extirpe aussitôt de la couverture, lui tend la lime dont il se saisit à tâtons. Une cloche parle doucement et dit l'heure – bientôt minuit. Derrière la porte de la salle 3A un couloir plutôt étroit s'ouvre dans le mur, son plancher craque sous les pieds du soldat, de vieilles lattes, longues et vermoulues, rejoignent le bout du monde, là où brille une lumière pâle, intermittente qu'il fixe dans la pénombre. Ne pas se perdre, avancer. Dans une petite pièce en face de la chambrée ronfle le borgne. Souvent on dirait qu'il halète, s'étouffe même, puis le grondement recommence, profond et régulier comme s'il venait de gravir une colline et qu'arrivé à son sommet il reprenait son souffle. Le bougre regarde un instant l'infirmier étendu dans son lit dont la poitrine nue sous le linge ouvert malgré la fraîcheur de la nuit – une poitrine sans poil – lui fait penser à la chair lisse d'une femme. Mais ses épaules renflées, ses bras mafflus sont pleins de muscles rouges et gras, pleins de cette force avec laquelle il gifle les uns, fouette les autres et les menace tous – aux ordres toujours de la gradaille savante, des sabreurs en blouse blanche. Quelque chose trotte parfois entre les pieds du soldat – un rat aux yeux minuscules et empourprés file au bout du monde en couinant tristement. Le bougre veut le rejoindre, n'a pas peur des rats qui là-bas rampaient en nombre dans les boyaux, s'accrochaient comme des corbeaux à la jungle des fils électriques surplombant la boue, les abris, les tentes de fortune et sans prévenir s'abattaient en piaulant sur les biffins médusés. Il se rappelle qu'il y a un escalier qui descend au rez-de-chaussée, aboutit dans une sorte d'antichambre éclairée seulement par un œil-de-bœuf d'environ cinquante centimètres de diamètre donnant sur le préau des fous et défendu par deux barreaux assez minces. Il avance la lime à la main, la tient comme un poignard.

XI

Le soldat se lève comme chaque nuit mais ce soir-là il ôte la housse de son oreiller, prend son foulard bariolé, un calot, une paire de godillots, les glisse dans la housse évidée, fait un nœud au ballot, l'accroche à sa ceinture, rejoint le lit numéro 15, s'assure que nul n'est éveillé dans la chambrée, prend la lime que lui tend le sergent et se saisit de l'un de ses pieds coincés sous le cuir des colliers. Dans l'ombre le sergent l'encourage, sa voix résonne étrangement aux oreilles du bougre qui fixe la lime au creux de sa main puis le pied nu sans oser encore approcher la première du second. La lime lui paraît menaçante, dure, tendue entre ses doigts – son extrémité est élimée. Il détourne les yeux.

— Lèche le cuir ! Vas-y ! Qu'est-ce que tu attends, bon Dieu ?

Le bougre se penche sur le cuir épais qui retient la cheville, aussi épais que celui d'un baudrier. Il bave, salive, liche, ses lèvres crevassées embrassent la basane pour la détendre, ses gencives brillent dans la pénombre. Il vomit un peu de cuir en crachotant une poussière brunâtre sur les orteils du sergent avant de présenter la lime à angle droit de l'attache, frotte, râpe de longues minutes – le collier cède enfin. Bruit clair du verrou qui tombe à terre. Merde ! s'exclame le sergent en lui prenant la lime des mains avant de se libérer lui-même de la seconde entrave. Il saute hors du lit, enfile des sandales, jette quelques affaires dans la housse de son oreiller, comme le soldat la noue à sa ceinture afin de garder les mains libres, retire ensuite un petit anneau grossier du tiroir de sa table de nuit, le glisse entre les pages d'un roman de Veuillot, *Rome et Lorette*, que lui a prêté Aphrodite, dispose le livre bien en évidence sur le drap de son lit.

— Allons-y.

Les deux hommes rejoignent à pas feutrés le couloir derrière la porte de la chambrée. L'humidité imprègne les murs auxquels ils s'appuient en descendant l'escalier à tâtons. Leurs yeux s'habituent, ils ont l'impression que leur regard pénètre l'ombre de plus en plus profondément, que ce sont des sédiments et des sédiments de nuit qu'il leur faut percer avant de pouvoir rejoindre la lumière, le bout du monde – l'autre côté. Le sergent parvient déjà au rez-de-chaussée tandis qu'en amont le bougre, lui, se fige, n'ose plus avancer – abruti soudain. Devant lui, dans un rond de jour une sorte d'aube se lève, gravit le mur. À la surface des briques, profitant des irrégularités du mortier qui les conjoint, un visage de femme apparaît peu à peu. Bel arrondi, joues lisses, cou fin, chevelure dense – Barbara ! Le soldat en a le souffle coupé. Il discerne mal ses traits dans le mur mais sait que c'est elle, l'a reconnue. Son ventre se noue. Il se penche, baise le cou délicat, de sa langue repousse les grains du collier qui lui tombe entre les seins, voudrait l'attirer sur lui, l'arracher, la tirer hors du mur. Sa langue hésite pourtant. Une odeur de champignon, de ferment conquiert sa bouche. Les perles du collier ne sont que de vulgaires spores, le visage une tache de moisissure… La peau est d'un vert humide, oui, et les yeux plus verts encore, le regard est un suintement luisant et la bouche est rouge d'avoir profité d'un accroc dans la tache pour se farder de brique.

— Qu'est-ce que tu fous ? demande le sergent qui ne voyant pas descendre son complice vient à sa rencontre dans l'escalier, bon Dieu, qu'est-ce que tu fous ?

À contrecœur le bougre suit le sergent, abandonne la femme de levure derrière lui mais sa face brille d'émotion – il a vu une petite goutte d'eau perler à l'endroit de ses yeux à l'instant qu'il la quittait. Le sergent s'est mis au travail, écarte les barreaux de l'œil-de-bœuf dont durant plusieurs nuits le bougre s'est appliqué à scier la base.

— Dépêche-toi, le sinoque, on est pressés !

Le sergent gratte le mastic autour de la vitre afin de la desceller sans la casser. Des éclats sentant l'huile de lin jaillissent au bout de la lime grâce à quoi, yeux plissés, il détache la pâte séchée centimètre par centimètre puis retient la vitre qui déjà oscille, la fait basculer vers lui avant de l'extraire de son cadre, la dépose avec précaution à ses pieds. Dans son dos le soldat attend, la tête pleine encore de la femme aperçue dans le mur – hébété, heureux peut-être.

— On y va !

Le sergent insiste pour que le bougre se glisse avant lui. Après s'être contorsionnés, bras en avant, le sergent poussant le bougre par les pieds, ils sont debout tous les deux au milieu du préau désert. La nuit est silencieuse. Ils marchent jusqu'aux cabanons, se hissent sur le toit sans parler, escaladent le mur, sautent. En bas une bourrasque les accueille qui court vite entre les arbres, accompagnée d'un bruit de timbale. Le grésillement d'une pluie d'orage. L'eau est hostile qui asperge leurs visages, brouille leurs regards, obscurcit longtemps la route qui longe les murs – jusqu'à ce qu'elle croise une allée forestière.

— Par là !

L'hôpital est enveloppé dans un tricot de végétation, se dresse au centre d'une clairière aux bords arrondis à main d'homme. Le bougre tremble en suivant le sergent qui avance tête baissée à travers l'échafaudage des arbres – ce n'est que poutrages colonnes poteaux fûts. Ils ne distinguent pas leurs pieds sous lesquels ça craque et ça gémit sans cesse. De loin en loin, au gré du fouet de la pluie ils voient s'ouvrir des corridors dans l'épaisseur vernissée de la forêt. Le bout du monde est tantôt spongieux et sombre, tantôt inflexible et éblouissant sous la foudre.

HÔPITAL BICÊTRE

ASSISTANCE PUBLIQUE DE PARIS
HÔPITAL PROVISOIRE DES ARMÉES
SERVICE DE PSYCHIATRIE

25 février 1919

RAPPORT

1604502
Salle 3A
Lit 26 bis

Le soldat au matricule provisoire 1604502 (taille, poids, mois d'enregistrement) paraît âgé d'environ 25 ans lors de son arrivée en janvier de cette année à l'hôpital de Bicêtre où le médecin-chef de la gare de l'Est a décidé de l'interner après un rapide examen. C'est dans cette gare qu'il a été découvert quelques semaines après l'Armistice, hagard, perdu, souffrant de troubles évidents du comportement et incapable de dire comment il s'appelait, quelle était son unité, d'où il venait... Son uniforme ne comportait plus ni écusson ni étiquette susceptibles de révéler dans quel régiment il avait servi. Tous les écussons et les symboles militaires avaient été arrachés de sa capote sans qu'il soit possible de savoir si c'était lui qui les avait arrachés comme le font souvent les déserteurs ou si, prisonnier en Allemagne, il avait été contraint par sécurité de les faire disparaître. Un foulard de femme ceignait son cou en plus d'une écharpe de laine blanche.

Il a exigé qu'on lui rende le foulard après qu'on l'eut déshabillé et que ses affaires eurent été expédiées à la blanchisserie de l'hôpital.

Il souffre à l'évidence d'une amnésie rétrograde dite d'identité.

Cette amnésie se caractérise par un oubli systématique, une éclipse de mémoire suspendue à la perte du nom qui entraîne par contiguïté psychologique l'oubli de l'ensemble des souvenirs liés à l'identité soumise au nom. Cette éclipse n'empêche néanmoins pas l'activation des compétences acquises préalablement comme la lecture, l'écriture, le calcul, la pratique du piano ou des langues étrangères... ni même l'acquisition de nouvelles connaissances en cours d'amnésie.

La durée de cette amnésie est imprévisible. D'autres soldats traités dans le service et souffrant de la même altération de la mémoire, en particulier à la suite de bombardements massifs et ininterrompus durant une longue période comme lors de la seconde offensive de l'Aisne ou à Verdun, ont parfois mis six mois avant de recouvrer leur identité. Encore étaient-ils aidés par les sollicitations répétées d'une famille accourue auprès d'eux, ce qui n'est pas le cas du soldat matricule 1604502.

Depuis son internement, s'il présente sans conteste des signes psychotiques dévoilant parfois, sans doute malgré lui, certains éléments de sa véritable identité, il ne cesse pas de brouiller les pistes sans que l'on soit encore en mesure de déterminer si cela procède d'une démarche volontaire de dissimulation ou plus simplement d'une difficulté authentique à se concevoir d'une part dans un temps historique (disparition de l'occurrence autobiographique) et d'autre part dans ses relations naturelles avec autrui (disparition de la possibilité d'interaction complète).

Ainsi, lorsqu'il s'adresse aux soignants de sexe masculin, il s'exprime parfois en anglais, en grec ou en latin, comme s'il souhaitait ne pas être compris d'eux tout en verbalisant néanmoins à destination d'un interlocuteur invisible (son «moi» d'avant le choc émotionnel qui l'a rendu amnésique ?).

Il adopte souvent un comportement théâtral reposant sur un grand nombre de rites qui forment alors comme une sorte de charpente mentale dessus laquelle il adapte sa conduite.

Par exemple, depuis qu'on lui a rendu le foulard qu'il portait en arrivant, il ne cesse jamais de le tenir dans sa main, de le pétrir, il refuse de s'en séparer, que ce soit pour dormir ou pour manger. Ce foulard semble avoir pour lui la même fonction qu'un objet fétiche pour un enfant, celle de le rassurer. Depuis le choc émotionnel initial (nous n'avons pas encore pu en déterminer les circonstances et son corps ne comporte d'autre cicatrice qu'une petite entaille sous le sein droit), il ne perçoit plus la réalité qu'à travers le filtre des soignants, médecins et infirmières, une réalité dont la pleine conscience lui révèle alors une angoissante dépendance en même temps qu'un attachement contradictoire. Comme ce conflit provoque une désillusion source de violence, pour le résoudre il construit une sorte de zone intermédiaire entre la réalité et lui, et le foulard symbolise cet entre-deux, à la fois une liberté et un lien.

Il prétend ne pas avoir de parents ou qu'ils sont inconnus de lui. Il se présente comme un «pur sauvage», affirme avoir compris que ses parents n'étaient pas ses parents génétiques et, en conséquence, avoir préféré changer de nom. Depuis plusieurs semaines, peut-être plusieurs mois, il aurait ainsi remplacé son nom d'état civil par d'autres noms (avec un tropisme certain pour les généraux français) qui ne lui rappellent pas son origine, sa famille «de sang».

Il est particulièrement anxieux et son comportement est globalement de type paranoïde.

Il dit souvent qu'il «se sent à l'écoute», se targue en se frottant l'oreille de façon convulsive de vérifier ce qu'il y a à l'intérieur de ce qu'il appelle son «thermomètre auriculaire». Il est méfiant et pense qu'on va l'envoyer en prison. Il présente des symptômes hétéro-agressifs. Il dit voir dans la cour de l'asile des individus louches qui vendent des armes, échangent des couteaux sous le manteau. Il a peur d'eux, «de se faire contaminer», de «perturber son hémoglobine».

Il affirme qu'il n'est pas marié mais qu'il a un enfant dont toutefois il ne connaît pas la date de naissance, ni le prénom ni l'endroit où il vit.

Il exprime des idées délirantes, exige qu'on lui fasse des analyses de sang parce qu'il y aurait des gens qui utiliseraient son sang pour faire des expériences, le mélanger à celui de son chien avant de lui réinjecter ledit mélange durant la nuit, dans son sommeil, cela pour l'empoisonner.

Il dit qu'il n'a jamais été hospitalisé en psychiatrie mais qu'il a jadis travaillé dans une unité psychiatrique, que sa profession consiste à «chanter des livres de philosophie», il se dit parfois chanteur d'opéra, metteur en scène ou géomètre. Il précise qu'il n'a jamais subi de traitement médical, qu'à la place il a toujours fait du sport, vécu au «grand air».

Il prend difficilement son traitement actuel. On l'a rapidement sédaté avec une forte dose de barbituriques, en particulier de phénobarbital. Dès son arrivée, il a posé de tels problèmes au service, il était si agité, qu'un traitement sédatif puissant a aussitôt été mis en place.

Lors des séances d'entretien bilatéral, il est délirant la plupart du temps et son attitude d'écoute est révélatrice d'une activité auditive hallucinatoire. L'échange avec lui est donc compliqué et tourne vite à l'affrontement, voire à la violence physique. On est parfois amené à le placer un certain temps en chambre de sécurité. Durant cette réclusion, on renforce en outre son traitement. Une fois sédaté, choqué à l'extrême, il lui arrive de se rendre compte qu'il peut alors aisément échanger avec l'équipe médicale. Il se détend en conséquence au point même de devenir de plus en plus indiscret avec les autres patients, de fouiller dans les placards, d'explorer les affaires personnelles des uns et des autres et d'exiger à n'importe quel moment de son médecin référent un entretien immédiat...

De manière générale, au-delà d'une sévère amnésie d'identité, le soldat matricule 1604502 présente toutes les caractéristiques d'un délire de persécution. C'est clairement, de ce point de vue, un cas typique de «voyage pathologique» à variante rétrograde.

Médecin-général Machaon

CHAPITRE DEUXIÈME

I

Le village de Banon est un squelette qui pionce au pied des collines – sac d'os fracassés à l'assaut duquel, automne comme hiver, s'échinent les trombes qui rugissent en contrebas. Hier encore le bruit joyeux des sabots, des galops résonnait dans la rue principale. Le soleil semblait neuf chaque matin. La pluie avait toujours un air de printemps, le ciel des reflets de marais. Certains, jeunes et forts, hurlaient dans les ruelles, faisaient au crépuscule le pied de grue à la porte des maisons où ils savaient que se dévouaient des adolescentes, sœurs cousines voisines, qui rêvaient d'épousailles, de ventre gros. Et puis un jour ils ont pris la route en chantant à voix basse un hymne embrouillé, patriotes comme on est chrétien – par tradition, hébétement. Plus tard le garde champêtre a rejoint le front. Le courrier n'est plus arrivé. Ce sont les gendarmes mandatés par le maire qui partout dans le canton ont fait le croque-mort en pointant leurs houseaux au seuil des masures afin d'y tendre le papier bleu annonçant qu'un fils, un frère, un mari ne rentrerait pas. On pleurait en silence, se mouchait, cortégeait le cercueil – village rassemblé derrière le curé – jusqu'au cimetière où chacun abandonnait une poignée de terre dans la fosse en se signant maladroitement. Les oraisons étaient brèves.

Près d'un hameau non loin de là auquel on accède grâce à une route étroite – on l'imagine tracée par un mulet dans la chair végétale –, un jour de mars 1919 les pâturages se mettent à frissonner quoiqu'il n'y ait pas de vent.

— L'enfant de pute ! jurent des paysans aux mentons pleins de jus de tabac qui s'occupent à semer.

Ils songent d'abord à un gros rat roulant dans les herbes.

— Qui va là ?

La créature a plutôt l'allure rase d'un sanglier, des bras qui pendent jusqu'au sol – deux longues pattes étirées. Singe, gorille, elle avance moins qu'elle ne bondit en longues cabrioles bleutées, s'immobilise – poitrine creuse, jambes enflées.

— Qui va là !

Le charbon de sa gueule rougeoie. Elle halète, crachouille. Les bouseux se frottent les yeux. Pardi qu'ils ont peur ! La créature se couche sur le ventre, lève sa gueule en direction du soleil, disparaît, avalée par la terre.

Ça jase au village. Une créature ? Rien qu'un griffu, oui, veulent se rassurer les plus crédules, un lapin de gouttière ! C'est qu'elle a ses pudeurs, la chimère, elle s'éclipse, se dissimule, minaude avec les ombres distantes qui la biglent. Ce n'est qu'après des jours de cache-cache qu'elle réapparaît dans les marais, ruisselante, sauvage, cuisses et râble argentés – une vouivre à tête de bouc qui effraie même les crapauds. Elle s'installe dans un saule qui larmoie au bord d'un marécage, y fait son nid en agençant au creux des frondaisons pleurardes une charpente de feuilles et de branchages. Elle a les mains noires d'un homme qui a gratté la terre, le regard de celui qu'on a battu – soumis au fouet. Sous le pelage son ventre cache des chenilles qu'elle avale en fermant les yeux. Ça lui grouille dans la panse à s'en gratter. Chaque soir, bouche ouverte afin d'attirer les chenilles elle écoute le saule qui craque en tiédissant – tête penchée sur l'écorce.

II

Il y a les corbeaux, les renards, les lapins, les étourneaux, les sangliers. Il y a la chasse – guerre en toc, pacotille militaire, une conscription pour rire. Les vieux vont chercher leurs chapeaux clabaud dans les armoires à linge, chaussent leurs bottes en jurant. Les plus jeunes arment les pétoires, revêtent des vestes à larges poches où glisser lièvres et oiseaux, empoignent une gourde qui sent l'absinthe. Ils partent en campagne à l'aurore, buée aux lèvres – une file indienne de fantassins funambules qui tel un fagot dans l'âtre ne consent à se rompre qu'au cœur du feu.

Un jour où ceux du clan Bonnefoy poursuivent un sanglier au sommet d'une colline – ils forment une brigade de six carabiniers – les chiens se mettent à aboyer à la mort avec dans le jappement des vibratos d'orgue. Les carabiniers s'approchent en dansant, ont l'allure d'une troupe de baladins que le temps aurait bouffis. En avant d'eux-mêmes le canon des fusils prolonge leurs silhouettes, ouvre un œil rond sur la clairière qui se profile. Nuque courbée, agrippés à leurs rifles ils marchent avec délicatesse sur le tapis des feuilles mortes. Le sanglier a dû se réfugier dans quelque grotte, ravin ou fossé, les guette pour les charger. Le cochon a le nez fin, hume le parfum qui s'avance, l'odeur des bastides, celle des mas, sait leurs habitudes, aux hommes du village, la torpeur méridienne, les gouttes de fée verte qui pendent aux poils de leurs barbes, le goût de l'anis, du marc et de l'oignon qui flotte autour d'eux. Les carabiniers progressent en dissimulant l'impatience qui les secoue. Une embuscade – ils en ont la bouche pleine de salive. L'instinct coule entre leurs dents. Ils entendent un bruit de ruche résonner dans leurs oreilles. Grouillement du sang, turbulences de leurs cervelles émues, c'est l'écume de leurs vies, la lie de leurs illusions qui se dégage ainsi de l'antre exigu dans lequel ils macèrent comme des cornichons dans du vinaigre. Une dernière fois avant de s'enfoncer dans les bois ils se retournent pour admirer leurs maisons. La nostalgie déjà leur pelote le cœur. Chaque pas est une aventure. Pas besoin de s'éloigner beaucoup pour gagner le large – un val, un sillon entre deux tertres, l'horizon qui se laisse deviner entre les arbres, un verger qui penche sur le flanc d'une butte, un torrent qui fend la terre, un souffle d'air aussi froid que la gueule d'une catacombe et les voilà en partance. Les chiens se tiennent maintenant au pied d'un arbre au tronc large, se taisent, se lèchent en jetant des regards inquiets derrière eux. Le patriarche Bonnefoy, crinière de vieux lion retenue par un catogan, silhouette trapue, groin de taureau, mufle écrasé, narines épatées d'où s'échappe une fumée légère, front bombé que traversent des plis de chair épais comme des doigts, le patriarche Bonnefoy esquisse un pas puis s'accroupit pour voir ce qui affole les corniauds.

La créature, prosternée, gueule fléchie, pour sûr moins massive qu'un sanglier, s'affaire en grognant autour d'un tas de noix, égratigne le sol avec ses griffes. Plaisir de l'animal qui fait son lit, s'abandonne dans la poussière comme une jeunesse entre des draps frais. Une main nue, piquée de blanc, se suspend une seconde, retombe dans l'herbe. Le regard de l'ancien s'aiguise, compte les doigts, détaille la paume noire, le poignet. De loin on dirait qu'elle glousse, la créature, rigole en silence puis grelotte, sursaute, palpite et s'immobilise. Le souffle s'interrompt. La braise fumante de sa gueule dont le patriarche invente les relents démoniaques exhale des vapeurs qu'il imagine soufrées. Aux tressautements des épaules il comprend qu'elle essaie, la créature, de briser la coque des noix. Son cou s'amollit. Sa bouche s'élargit. Elle se cabre. L'ancien distingue les deux arches blanches des dents, les yeux en forme de grain de maïs. Sa gueule chante. Un ver de fumier lui chatouille le menton. On le voit qui se tortille, l'orvet des ordures, au bord des lèvres dont la pulpe se peint de sang. Le patriarche Bonnefoy frémit. Serait-ce un sabot, cette épaisse pièce de cuir aux sillons pleins de fange sur le bout duquel repose son cul sans queue ? Crac. Le vieux chasseur ose un pas, écrase sous ses bottes une branche morte.

— Bougre de con !

La créature se redresse, décanille vite dans le sous-bois en poussant des cris qui revigorent les clebs.

— Vos gueules ! rugissent les chasseurs, vos gueules !

Les six carabiniers se retrouvent, essoufflés et nerveux, entourés par la meute hurleuse au centre de la clairière. L'aube est rose, leurs faces rouges de stupeur. Ils baissent la garde, savent qu'ils ne rattraperont pas la créature.

— Vous avez vu ! Non mais vous avez vu, bon Dieu de bon Dieu ?

Ils balbutient. Les mots sortent en désordre telles des semences tombant d'un sac, s'emmêlent dans les dents. L'un des carabiniers fouille sa veste pour y dénicher une fiole. Il est impatient de dissiper cet arrière-goût amer qui lui démange le palais.

— Vous avez vu ? Non mais vous avez vu ? Il s'est enfui sur deux pattes !

Les chiens épuisés par leur requiem se contentent de couiner en se reniflant le fion pour se rassurer.

— Gare à la pinte ! conclut le patriarche en attrapant la fiole à son tour.

III

Septembre 19, en bordure d'un long verger deux bessons aperçoivent la créature dont la légende a prospéré de ferme en ferme, de mois en mois après que sa description s'est ornementée de nombreux détails puisés au fond des verres de gnole que les chasseurs s'enfilaient les soirs de battue à la santé des survivants que la mort militaire n'avait tâtés que du bout des doigts – conscrits du soir, martiaux infirmes. La gnole faisait toujours l'âme lyrique, la mémoire confuse en même temps que les mains légères à l'entour des femmes. À la Saint-Sylvestre, neuf mois plus tôt, Barbara Albarède, une Bonnefoy celle-là, jeune veuve en cotillon noir depuis quelques jours, fichu de cendres, s'était débarrassée du vertige de ses nuits solitaires en osant au bal du village une danse dans les bras d'un démobilisé vêtu encore de son uniforme. On s'était interrompu dans les travées, figé. On avait chuchoté au rythme de la musique. Barbo fermait les yeux, étendait une jambe gracieuse, étirait sa cuisse sur la cuisse dure qui s'y pressait. Elle dressait son corps, sentait contre son ventre chaud le ventre rêvé de son mari Balthus. Il avait promis de revenir, était là, bien vivant, en uniforme bleu. Elle fléchissait, l'enlaçait, entrecroisait, serrait, frottait. Ses bas crissaient. Son souffle s'étranglait. Ses mains se tendaient, se détendaient. Sur les épaules du soldat tintaient ses bracelets. Le sang envahissait ses lèvres, les abreuvait – clapotis de salive dans une bouche éperdue. Ses hanches hésitaient. Elle discernait qui coulait sur ses reins la caresse de la sueur puis dans son dos un tumulte glacé venu de l'assistance. Soudain elle ne reconnaissait plus le soldat, le repoussait d'un poing serré, se détachait, s'enfuyait. Les chasseurs avinés avaient craché par terre en la suivant du regard.

IV

— Le loup ! Le loup !

Les deux gamins ont peur du loup à deux pattes. Les chasseurs leur ont dit qu'il arrachait la tête des lapins d'un seul coup de mâchoire, avalait les oisillons sans recracher ni duvet ni osselets, gobait les yeux des chats.

— Le loup !

Les bessons se méfient, se hissent le plus silencieusement possible sur un arbre, rampent le long d'une branche dont l'extrémité surplombe la petite sommière en bordure de laquelle ils distinguent quelques brindilles fumant encore au-dessus d'un foyer de cendres d'où la créature retire une pomme de terre, l'avale en râlant de bonheur. Son cou se tord, ploie à la manière d'une corde. Ils pensent aux brebis éventrées, aux chats suppliciés, aux vapeurs vertes des mouches qui s'en goinfraient les ailes, n'en croient pas leurs yeux.

— Tu vois ce que je vois ?

C'est qu'il a forme humaine, le loup. Sous le pelage on distingue des épaules, des bras, des mains – avec dans le fatras velu de la gueule un nez court, des yeux clairs, une bouche étroite ne s'élargissant que pour porter à ses lèvres une patate dorée. Les bessons ne savent pas encore ce dont les hommes sont capables mais ils l'ont deviné à la rumeur qui trotte de maison en maison, deviné que cet épouvantail qui bave dans l'herbe ne lui est pas étranger, à cette rumeur, aux cliquetis des gendarmes qui les jours de deuil la provoquent au village. La source de la rumeur, c'est lui, le loup. Lui qui colporte, accrochés aux plis crotteux de ses flancs, l'angoisse des mères, la pudeur des pères, le tourment des femmes – et depuis si longtemps. Ils remarquent que son pelage s'épaissit en parcourant le dos, des reins vers la tête, de blanc devient brun à mesure que le corps s'affine jusqu'à ce que la fourrure abandonne ses reflets, gagne la nuque en devenant très sombre au sommet du crâne où poils et mèches tressent à la créature une couronne noirâtre au centre de laquelle subsiste un éclat bleuté de la taille d'une main. Les jumeaux sont silencieux, se retiennent de respirer afin de ne pas effaroucher la chimère, anticipent le moment où au retour de l'escapade ils feront à la veillée le récit de leur rencontre avec le loup. Un flot d'émotions – peur jubilation fierté – s'écoule dans leurs veines, les fait trembler. Ils se rassurent en se disant qu'ils sont à présent les seuls à savoir qu'il n'y a pas de légende, pas l'ombre d'un loup, uniquement un être sauvage qui gratte la terre pour se nourrir, fuit le voisinage des hommes. Ils ont hâte de lire dans le regard de leurs parents une stupeur admirative. Comment pourraient-ils ne pas les louanger, les darons, de s'être avancés suffisamment près de la créature, à l'évidence beaucoup plus près que les carabiniers fanfarons du clan Bonnefoy, afin de distinguer qu'elle n'était qu'un vagabond ? Ils voudraient retenir la peur délicieuse qui leur bricole le ventre. Un gland de chêne roule au pied de l'arbre, s'enfouit au creux d'un monticule de feuilles mortes avec un bruit de caresse. Le vagabond se redresse, s'évanouit dans les fourrés.

V

Tête haute, du soleil dans les cheveux bien qu'il fasse nuit déjà, sourire béant au milieu du visage les bessons franchissent le seuil de leur maison en vainqueurs. Ils resplendissent – pour une fois ils n'ont torturé aucune bête, aucun oiseau, mordu nulle gorge de plumes. Ceinturon à la main leur père les attend.

— Venez ici, espèce de chiassards !

Vlang ! Le cuir est cuisant qui entaille la chair jusqu'au muscle. Les premiers coups s'abattent sur les mollets nus où se distinguent encore les éraflures griffonnées sur la peau par l'écorce de l'arbre. Ils gémissent comme des chiots, se réfugient dans les jupes de leur aïeule qui tricote auprès de la cheminée. Le feu dans l'âtre ramène un peu de calme. L'un des deux jumeaux ouvre les yeux, quémande une caresse en baissant la nuque – face posée sur les genoux noueux de l'aïeule. D'une sale grimace l'aïeule sourit, approche le bout de l'aiguille à tricoter des paupières du besson, effleure son nez, en agace les narines, flatte ses joues de la pointe de l'épingle, y trace des lettres imaginaires puis la plonge dans la bouche sidérée de l'enfant d'où coule alors un tintement de cailloux. Il serre le poignet de l'aïeule, s'abat, crache sur le ventre enflé où se tend le sarrau plein d'épluchures – coquilles brisées, copeaux de fruits, rognures de fromage… Il griffe les osselets décharnés de la main qui tient la tige engagée entre ses lèvres, torche sa langue meurtrie sur le tissu du tablier, glaviote une écume rose. C'est que l'aïeule veut lui arracher des aveux en forçant sa bouche. Oui, ils ont traîné dans la campagne plutôt que d'aller à l'école. L'air était frais, le soleil doux – tirer au lance-pierre sur les grues cendrées, ramasser des noix, armer la fronde, plisser l'œil, viser le moineau, le regarder flancher sur sa branche, imiter des soldats la guerre. L'aïeule exulte.

— Petit bâtard !

Elle enfonce ses doigts aux ongles noirs dans la toison blanche des cheveux de l'enfant.

— Petit bâtard !

Elle relâche son étreinte, retire l'aiguille de la bouche ensanglantée puis la retourne contre sa propre main, se perce la paume d'où suinte un sang gris, se penche afin que sa face fripée frôle la peau lisse de l'enfant qui peine à se relever.

Le directeur de l'école est passé en fin d'après-midi. L'aïeule éclate de rire dans l'oreille du besson.

— Petit bâtard !

Après l'étude. Droit, le pendu ! Drapé dans son cache-poussière de flanelle comme Auguste dans sa toge. Le père gueule en apprenant que ses fils ont déserté la communale.

— Saloperie de feignasses ! Tas de tire-au-cul !

Il les voit comme des insoumis. Par ces temps martiaux la confusion vaut correction.

— Pas de ça chez nous !

Enragé, il songe à Barbara Albarède qui, enceinte, valsait à la Saint-Sylvestre tandis que, disparu au combat, Balthus pourrissait en terre quelque part au nord. Il ne sait pas brider ses pensées – ça les travaille tous au village, le ventre vide de la jeune veuve qui ne s'occupe guère de son mioche, l'enfant Tobias conçu lors de la dernière permission de son mari, en juillet 19. Il la revoit soulevée par le démobilisé, jetée sur une banquette de foin, litière tiède, cheveux épandus sur le sol, à la renverse, tête vague, bientôt heurtée, robe retroussée sur les cuisses blanches que le démobilisé écartait d'un geste brutal avant de lui prendre la bouche, de vaincre la dureté des lèvres, la rigueur de la langue, de se coucher sur elle, déboutonner le haut de la robe, cracher sur les seins aux tétons étrécis par le viol, la secouer, l'ouvrir, la forcer, s'y répandre, lui éclabousser le ventre en se retirant. Pardon Barbo, devait-il chuchoter en rabattant la robe noire sur le nombril pollué, pardon Barbo.

— Petit bâtard ! insiste l'aïeule.

Le père surprend l'injure, lève une main épaisse comme un triquet dans la pénombre, une main qui pour s'abattre choisit l'échine des fils plutôt que le visage répugnant de la mère. Taloches à nouveau, caresses du cuir encore. Cogner la veuve, cogner l'aïeule ! Privés de soupe, un quignon de pain à tremper dans un bol d'eau !

— Au pieu, les morpions !

Peu après minuit le père, humilié d'avoir châtié les jumeaux jusqu'au sang, leur apporte un reste de bouillon – passer l'éponge en passant le potage. Malgré la violence, l'absolutisme, insultes et gnons, il a de l'autorité une conception rédemptrice. Ni brutalité inutile ni vaine injustice – la trique juste, la sanction précise, rien de plus. Une fois vidangée la faute, table rase ! Attendri il dépose la soupe au pied du lit où dorment les bessons, en pensant à l'aïeule – main sanguinolente, regard fou de bête apeurée –, caresse leurs dos violets, leurs mèches blanches à force d'être blondes. On dirait, rangés dans un tiroir, deux couverts au cuilleron jaune. Celui des enfants dont la bouche saigne encore sur l'oreiller se cambre en gémissant, se redresse dans son sommeil puis ouvre les yeux, d'une voix inquiète raconte à son père ce que lui et son frère ont vu l'après-midi même. Le loup fait homme, le garou vagabond.

VI

Une battue est organisée dès le lendemain. À l'aube les hommes se rassemblent devant la mairie. Ils portent des ceinturons où pendent des briquets à essence, ont des cartouches dans les poches, des fusils à l'épaule, des bâtons ferrés à la main. Le ciel est couleur de mousse, émeraude avec des bavures noires. Un soleil frileux provoque en se levant des remous de poussière qui retombent dans un calice de verdure au-dessus duquel l'horizon se déploie tandis que sur les toits s'étire l'ombre féminine des collines. Sur le mail les péquins engourdis s'alignent entre deux rangées de platanes, ouvrent les jambes, les referment sur un canon, une hampe de canne – Repos ! Fixe ! –, caressent la médaille de la Vierge qui sous le faisceau ras des rayons étincelle à leur cou. Une sueur froide mouille leurs tempes, lustre leurs cheveux. Quelques mouches vibrent autour d'eux. Sans se concerter ils se tournent ensemble vers Adrien l'Alsacien, le père des bessons, le cadet de la famille Jost arrivée ici au printemps 1871. Il est leur chef malgré l'étrangeté de ses origines, sa peau blanche, ses cheveux clairs, son accent

– affaire de corpulence, oui, de regard, de tenue. Son neveu Charles, le sous-lieutenant, n'est-il pas mort héroïquement pour la France, aussi mort que Balthus Albarède, l'enfant du pays ? La croix de guerre avec palmes, paraît-il, qu'ils lui ont donnée au Jost, à titre posthume… Grâce aux confidences de ses fils Adrien est monté au firmament des grades, s'est fait général des gueux, défile devant sa légion de francs-tireurs au bruit des corneilles, tire la patte à la pointe du jour, balafré par le coup de bec d'un busard flâneur – galon rouge au front.

— Sus au sauvage !

Ils sont une trentaine à se lancer à la poursuite du faux loup, emmenés par celui qu'en sourdine ils appellent le « poireau », l'étoilé en guenilles, tout auréolé d'une dignité de prophète, de voyant même, et flanqué des bessons – deux candélabres jumeaux aux chandelles d'or. L'air est glacé, les bouches brumeuses, les corps transis. Avec prudence ils s'enfoncent dans la forêt qui borde le verger près duquel la créature a été vue la veille. Leurs casquettes s'effondrent sur un œil à moitié clos. Leurs dos sont voûtés sous l'arme – un accent circonflexe de métal arc-bouté sur une silhouette fumante encore de la tiédeur du lit. Le directeur de l'école les accompagne – sans fusil ni pistolet. À la place il tient dans sa main un volume relié, semble méditatif tandis qu'il en feuillette les pages en branlant de la tête comme s'il approuvait cela qu'il lisait en ajustant ses bésicles. Le patriarche Bonnefoy est venu lui aussi – avec son chanfrein busqué de vieux taureau et son catogan de duchesse – mais à reculons, en arrière de la bande. Il se méfie des étrangers – un Alsacien, c'est un Boche déguisé en Français.

Vêtu comme pour la messe de son surtout noir de toile glacée il s'efforce de paraître goguenard, espère que les chiards Jost ont tout inventé, se cramponne à son hallucination, a bon espoir que sa fable héroïque (de quelle manière il a chassé la créature et repoussé ses assauts au prix de sa vie – c'est que la bête était féroce et féroces ses méchants coups de patte) ne se disloquera pas dans le ridicule d'une chasse à courre où le loup portera une capote de déserteur et des jambières salingues de biffin.

Vers neuf heures, à trois kilomètres de la dernière maison les chiens s'arrêtent à l'orée d'un chemin forestier, se rassemblent en hurlant. Le patriarche reconnaît leur aboiement exalté que rien ne peut interrompre – ni coup de pied ni coup de gueule. Quand le regard des chasseurs plonge au fond du chemin il heurte le treillis d'un bouquet d'arbres à travers les frondaisons de quoi se devine la silhouette verticale d'un obélisque de pierre. Ça les trouble, ce pilastre solitaire qui soutient les cieux à lui tout seul. Et puis le spectacle du lever du jour, c'est toujours intimidant. Autour d'eux, après que les chiens se sont enfin calmés, c'est un concert de cris perçants, de pépiements, de gloussements. La nature ouvre les yeux à la façon d'un dormeur que réveille le tocsin, s'ébroue tandis que dans l'aube méfiante respirent les ornières, palpitent les branches libérant un contingent d'oiseaux qui montent droit dans le ciel. Les jumeaux frissonnent en avançant dans les luzernes, décoiffent les sainfoins, jouent avec les trèfles. Sur ordre d'Adrien le détachement se concentre sur l'obélisque, se positionne en formation triangulaire de chaque côté de la colonne. C'est qu'il y a un vétéran dans la légion des gueux, un gentil amoché, éternel convalo de l'arrière qui s'est pris une mauvaise balle dans la jambe aux premières heures de la guerre, depuis boîte honorablement en ne dédaignant pas parler stratégie à ceux que sa claudication impressionne. À quelques mètres de l'obélisque les buissons frémissent. Une étincelle d'un azur pisseux jaillit d'entre deux fourrés. Les clabauds se rassemblent avant de se liguer, excités et frénétiques, au pied d'un hêtre dont ils éraflent l'écorce de leurs griffes épaisses. L'arbre a des allures de fantôme. On dirait qu'il se penche pour parler à la terre.

VII

Pan ! Pan ! La forêt tressaille. Les chiens se couchent aussitôt, ventre à terre comme s'ils n'avaient plus d'autre ambition que de se dissoudre dans la boue. Pan ! Pan !

— Bougres de bâtards ! hurle alors Adrien Jost.

Il gueule tout ce qu'il sait, insulte à tire-larigot ceux qui autour de lui portent un fusil, jette un œil furieux sur le patriarche Bonnefoy qui ferme la marche. Il croit repérer à la bouche de son canon comme une langue pendante de fumée noire. Même ses fils il les rudoie, eux qui pourtant n'arborent en guise de pétoires que des rameaux en forme de crossettes. Sa guerre lui échappe – et son triomphe. Le loup à deux pattes aura bientôt décampé. La battue donnera naissance au dernier grotesque. Il sera la risée du village.

— Halte au feu ! beugle le vétéran, halte au feu !

Les bessons en profitent pour se faufiler entre les hommes qui baissent à présent leurs armes, courent jusqu'au hêtre mais ne tardent pas à recevoir des projectiles qui les frappent au front, aux épaules, aux bras. Des noix, des glands, même des patates. Ça les ferait rire, les marmots, s'ils ne devinaient pas que la créature s'est réfugiée dans la ramure de l'arbre, à un ou deux mètres au-dessus de leurs têtes.

— Par ici, le bestiau !

Adrien accourt, soufflant, suant malgré la fraîcheur de l'aube. Il a vite fait de comprendre que les enfants, et avant eux les clebs, ont découvert le faux loup, se dit qu'il tient enfin son morceau de gloire, offre son torse, ses jambes, s'offre tout entier en rempart aux dragées qui s'abattent. Après avoir essayé à plusieurs reprises de s'emparer des chevilles boueuses de la créature sur la chair lisse desquelles glissent les doigts humides des chasseurs sans parvenir jamais à la faire tomber il décide soudain de l'enfumer.

— Au gaz le réfractaire !

Il n'y a désormais plus de doute. La chimère n'est qu'un vulgaire flancheur, un « grivier de narquois » comme dit le vétéran qui ne rate jamais une occasion de parler le langage des tranchées, histoire de rappeler à la cantonade de l'arrière qu'il a vu le feu, lui, le vrai, qui brûle et qui pétrole à tout-va, consume les chairs et fait baver les yeux dans le trou des orbites – pas une gentille flambée de bourrée.

— Putain d'insoumis ! À la crame, le renégat !

On va chercher du bois, du petit et du grand, du mort, du sec autant qu'on peut. On prépare à la hâte un bûcher au pied de l'arbre. Ici doit roussir la lâcheté de la créature comme celle qui ronge en secret ceux des chasseurs que la conscription a épargnés au prétexte d'une charge de famille, d'une prétendue faiblesse physique, d'une fragilité mentale, toutes exemptions plus ou moins frelatées, macérées dans les meilleures liqueurs – de quoi pigeonner les couillons en dolman du conseil de révision qu'une fiole de fine, une lettre de notable, une haleine un peu lourde et des convulsions de foutraque faisaient parfois reculer.

Le feu, d'abord timide, se met enfin à bondir malgré le brouillard, le crachin frais. Il montre un tempérament inattendu, une pêche de jeune chien qui ravit les enfants, bondit vers les bruyères détrempées assiégeant le pied du hêtre, les émoustille du bout de sa tronche rouge et verte. Les chasseurs sont étonnés par la ruade brûlante de l'incendie qu'ils ont eu tant de peine à allumer, regardent interdits ce spectacle de joie et d'allégresse – tels des hommes préhistoriques quand jaillit la flamme d'entre deux silex. C'est la promesse de l'enfer qui danse là ! Ils se disent qu'ils sauront toujours maîtriser les flammes après que la créature se sera rendue. Ils pisseront sur les escarbilles et l'élixir doré jailli tout fumant encore de leurs rognons aura tôt fait de les étouffer. Mais le foyer se débat, lève le cul, ondule des reins, se dresse, n'est plus que désir sous l'averse, se tord et rayonne.

— Une donzelle qu'on régale ! ose le vétéran qui depuis sa blessure confond la pitié qu'il inspire aux femmes avec quelque désir dont il serait le secret objet – ça lui donne des audaces, au bancal.

Contre toute attente, depuis qu'il a poussé sa belle tête cuivrée à travers les fourrés le feu ressemble à un dragon dont le ventre écraserait la broussaille cependant que derrière lui sa queue battrait les braises, fouillerait la poussière. Il cabriole, explose, ricoche. Les chasseurs sont devenus cramoisis dans la fournaise, tiennent leurs fusils comme un naufragé la corde qu'on lui tend, ont même oublié la créature perchée dans son arbre à cause de qui ils ont provoqué l'incendie, réveillé le dieu de la forêt. Et le dragon donne maintenant de mauvais coups de griffe, éventre une haie. Sa gueule dévore vingt buissons. Le dard torride de sa langue palpe les chairs, goûte les vents afin de prospérer dans le brouillard où se mélangent fumées et nuées de cendres. Il sait où il va, le brasier… Bosquets et buissons se battent, se débattent un long moment, craquent, éclatent, crépitent comme à Orléans les sarments sous les pieds de Jeanne. On les entend presque jurer dans l'étuve. Un bouquet de flammes fond sur eux et les froisse sous ses grands arpions rougeoyants. Un pinceau d'étincelles vient lécher la casquette d'Adrien qui tient contre lui serrés ses deux fils tétanisés. Le dragon danse autour d'eux, gambille de joie. En dansant ainsi il se rapproche d'un massif de genévriers qui ne se défendent guère et déjà soumis se courbent sous sa caresse embrasée pour disparaître dans une giclée de particules lumineuses. On entend au loin résonner le tocsin. Voilà Dieu qui ameute le village. Il y a de la mobilisation dans l'air. La guerre finit ici sa course. Les muscles du feu se tordent, se tendent. Le dragon est un acrobate qui bande ses nerfs à l'instant de la dernière cabriole. Son souffle fore des trous brûlants dans le ciel, au travers de son corps furieux on peut désormais apercevoir la colline qui brûle.

Une heure plus tard la colline n'est plus qu'un champ nu dans le charbon de quoi s'enfoncent les chevilles des femmes, des enfants et des vieillards accourus au premier bruit de cloche – des chevilles auréolées d'argent. Au pied du hêtre rendu à moitié invisible par la fumée – son tronc semble s'enraciner à l'envers dans le poudrin blafard et arrimer la terre aux cieux – les hommes boivent en silence. Afin de baigner leurs bouches, de purifier du même coup leurs âmes de chrétiens qu'impressionne toujours le spectacle des fléaux ils voudraient que l'eau claire des ruisselets sourde soudain du sol pour accompagner la morsure mécréante de la gnole, qu'elle les baptise. Ils sont là, prisonniers de l'ombre rouge, son souvenir inquiétant tandis que des étincelles rebelles tressautent comme pour signifier que le dragon vient juste de passer, frémit encore. Ils sont figés, coagulés dans la fièvre qui les entoure. Pourtant, grâce aux crampes qui les chahutent tandis que l'absinthe se fraie un chemin au fond de leurs gorges une joie naïve s'épanouit en eux. Ils sont vivants. La matinée est lumineuse derrière les gaz, les vapeurs, pleine d'espoirs qu'ils seraient bien incapables d'exprimer mais qui besognent leur sang en profondeur. Les hommes observent la silhouette des femmes, des enfants qui sur la colline foulent la cendre, s'en éclaboussent comme d'une neige noire. Ils se rappellent la douceur du foyer, la chaleur ronde du corps aimé quand certaines nuits ils se retournent sur lui, s'y perdent, sa docilité de velours par laquelle se dit une tendresse furtive dont témoignera plus tard la peau duveteuse d'un enfant. Ils se figurent la grotte de leur bonheur, les murmures fluides du cher ventre qui s'entrouvre. Les plus jeunes, aux bouches abondantes et désormais affranchies à l'absinthe, guettent dans le mouvement des jupes adolescentes l'aveu d'une ardeur qui par avance les enchante comme ils imaginent un jour l'attiser de leurs audaces. Leurs yeux à tous s'embuent au spectacle des plus anciens dont la démarche lourde, heurtée, dans le sillage des marmots turbulents trace sur l'horizon de petites virgules tremblotantes qui semblent faire révérence à la terre, fléchies qu'elles sont vers le sol.

VIII

— Putain, où il est passé l'autre ?

Et de relever ensemble la tête pour sonder le feuillage.

— Putain de putain, dit Adrien Jost en arrachant le flacon vert des mains d'un de ses fils dont le regard déjà hésite, putain de putain !

Ça gronde là-dedans. Dans sa voix de chef il y a toute la profondeur, la résonance des fosses mystérieuses de la forêt où dit-on, les nuits de pleine lune, disparaissent les voyageurs imprudents. Ils la respectent d'instinct, les chasseurs, cette voix de chef, s'en remettent à elle. Même le directeur d'école ne moufte pas. Même le patriarche Bonnefoy, même les chiens. Tout débute toujours par un homme seul qui affronte le destin et le domine. C'est ça qu'ils pensent, les chasseurs en se réunissant au pied du hêtre, un homme seul qui voit déjà ce que les autres hommes ne voient pas encore – même s'il est un peu maboul. Adrien mâche une tige de menthe en fixant l'arbre. Le patriarche l'interroge.

— Alors ? On fait quoi maintenant qu'on a grillé la moitié du village ?

Le ton est amer, la manière celle d'un roi déchu qui se console en moquant l'usurpateur alsacien. Sous son œil terne la terre gît, brûlée.

— L'est pas descendu ? Hein ! On va le chercher ?

Le directeur, à l'écart, a les yeux rouges d'un lapin inquiet. Il observe la colline fumante, la trouve à la fois allégée, d'une immobilité délicate que menace le moindre courant d'air et macabre. Pétillant par endroits de braises rouges comme des coquelicots un tapis funèbre s'étend jusqu'aux abords du village. De loin on dirait un vieux tibia décharné qu'un chien aurait déterré.

Soudain aux pieds de l'un des deux bessons – le jeune pochard oscille, tangue, se retient à l'épaule de son frère afin de ne pas choir –, soudain la créature tombe droit à la façon d'une pomme un soir de printemps. Quelques soubresauts dans le poussier brunâtre, ploc, ploc, puis elle roule dans l'herbe. Sa tête heurte une pierre qui lui fend le crâne. Il y a du rouge sur le blanc de sa veste, du charbon sur ses paupières. Les chasseurs savent ce qu'ils doivent faire même s'ils s'étonnent de l'étrange récolte. Par principe ils braillent dans les brouillards. Leurs gueulées se mêlent aux aboiements des chiens – une nuée de fantassins affolés qui, d'une tranchée de boue nègre, s'extrairait en glapissant des injures.

— Troun de diou ! Nom d'un foutre ! (Puis honteux :) Sainte Vierge !

Ils se précipitent sur la créature, bras en avant, fusil en baudrier. Adrien n'a pas le temps de comprendre ce qui vient d'arriver. Il est stupéfait, presque défait – bouche ouverte, yeux de carpe, mains ballantes. Les jumeaux en auraient presque honte.

— Bordel de malheur ! ronfle en sourdine le vétéran sans qu'on sache, de la créature ou d'Adrien, à qui il s'adresse.

Chacun veut toucher le loup à deux pattes, lui effleurer l'échine, lui balancer un coup de latte, une châtaigne, un méchant pain. Ça cogne, ça esquinte à l'aveugle comme s'ils se vengeaient ainsi du dragon qui a tout roussi du paysage, tout raflé de leur colline. Serait-ce que le monstre avec ses jambes, ses bras crasseux, son costume étrange, on dirait un pyjama, et ce numéro sur le dos comme une fiche d'identité à l'oreille d'une vache, son calot militaire salingue, sa face répugnante, serait-ce que le monstre leur rappelle que la guerre dont ils se croyaient débarrassés, vainqueurs peinards à l'ombre des genévriers et des oliviers, les a soudain rattrapés ? Est-ce la guerre qui leur dévoile ainsi sa dernière incarnation, une incarnation à laquelle ils n'avaient jamais songé – un mort-vivant allongé dans un couffin de cendres tel un Jésus de crèche ? Ils préfèrent oublier, se rassurer en haïssant – un traître hideux, oui, un salaud de la pire espèce, crapoteux comme un verrat. Dans leurs besaces les chasseurs ont des cordes pour brider le gibier, entraver les sangliers après qu'on les a sulfatés – faut toujours se méfier de leurs canines, aux phacochères, leurs grès courbés comme des faucilles qui ont vite fait de passer l'embroche sous la chair désinvolte. Ils ne tardent pas à enserrer les membres de la créature, bras et jambes, dans une intrigue de nœuds étroits, de boucles complexes et de la ramener au village, pendue par les mains et les pieds à un jeune tronc de cyprès, un tronc que le directeur d'école et le vieux Bonnefoy relèvent jusqu'à leurs épaules en écartant les querelleurs qui rôdent, se fendent en loucedé d'une dernière mornifle à l'endroit du loup à tête d'homme. Les ultimes fumerolles de l'incendie s'accrochent aux buissons. Le cortège avance lentement. Les pieds s'abandonnent à la douceur douillette du charbon. Dans l'argile meuble l'empreinte d'une combe présente la forme replète d'un sein de nourrice. Ils y plongent en rêvant de lait chaud, poitrine copieuse, mère tiède. Ils n'ont plus d'âge, palpent le ventre de leurs souvenirs d'enfance en fermant les yeux, en agrippant leurs mains aux bourrelets tendres de la terre. Puis ils redescendent en silence vers le village. Chacun n'a plus en tête que de se réchauffer devant l'âtre en racontant de quelle façon il a piégé la chimère. Au-dessus de leurs têtes un immense nuage de pierrots trace sa route jusqu'à atteindre la hauteur glacée des cieux, là où ils se saoulent d'air, bec au vent se pintent le cloaque à la pureté de l'harmattan. Mais bien vite ils retombent comme des pierres, tourbillonnent et crient.

IX

Une large demeure apparaît au creux de la pente brûlée qui mène au village. Celle du patriarche qui n'attend pas l'avis d'Adrien Jost pour y attirer les chasseurs, lesquels y pénètrent alors en ordre fantassin, en silence, déposent la créature devant le feu qui crépite dans la cheminée de l'immense salle où sont rassemblées quelques femmes du clan Bonnefoy et s'écartent. Le directeur d'école délie les mains, les pieds du bougre. Autour de lui qui se tient à présent ramassé en chien de fusil les visages se tendent qui sont pleins de suie, les bouches béent, les yeux s'écarquillent. Les vêtements des hommes fument encore. Ils sont tout enrobés de vapeur, réfugiés dans un brouillard de sueur. On dirait des chevaux haletants après une course. Les femmes se tiennent droites, rassemblent les enfants dans leurs jupes, paraissent cependant moins étonnées qu'indifférentes. Il n'y a guère que les bessons pour s'avancer avant qu'Adrien ne les rabroue. Le vieux Bonnefoy ôte son surtout noir, passe devant le corps du bougre sans lui accorder un regard, demande à sa petite fille, Barbara, de servir à boire, ordonne à Aurèle d'accompagner sa sœur au cellier pour l'aider à ramener le vin. Chacun devine qu'il est furieux. Les yeux lui sortent de la tête, son cou est rouge et gonflé sous le col.

— Qu'est-ce qu'on va en faire ? demande le vétéran.

— Les gendarmes ? suggère le directeur d'école.

Barbara et Aurèle reviennent les bras chargés de fiasques rouge sang, les déposent sur la table – ils sont transis de froid. Chacune des bourrasques du vent de septembre est un gnon porté aux pierres, aux tuiles du corps de ferme – après chaque coup s'installe un instant dans l'air humide une odeur de feu de bois. À l'intérieur, près de l'âtre on se serre comme les bêtes dans l'étable, se réchauffe un peu en tendant une main pour attraper une bouteille, on évite de regarder le bougre qui semble endormi comme si sous son flanc le contact du sol irrégulier, tomettes et terre battue, l'avait apaisé. Parfois on entend le cheval Sinon qui s'agite dans son box, donne des coups de sabot contre les murs, hennit douloureusement. Soudain, dans la grange, faucilles houes pioches se décrochent, chutent en un tintamarre métallique. Dans la cour les arbres fléchissent.

— Où est Argos ? s'inquiète le père de Barbara.

Aurèle s'incline vers une fenêtre, en essuie le carreau, aperçoit le chien qui se pelotonne au pied du puits, museau rivé au vent, reniflant. Ses oreilles sont couchées. Il remue la tête comme s'il approuvait le fracas de la tempête, s'y soumettait. Le patriarche ouvre la porte pour le faire rentrer. De sa fourrure ruissellent des relents de campagne – sang de battue sève d'arbre effluves de sanglier, de perdreau, de caille.

— Et la fontaine ? s'écrie l'un des bessons.

Une vieille légende veut que quiconque trempe sa main dans l'eau de la fontaine du village devienne incapable de mentir. Barbara se rappelle qu'elle y plongeait le bras jusqu'au coude dès qu'elle désirait rassurer Balthus ou se rassurer elle-même. Son corps tremblait en abordant la fraîcheur. De sa main libre elle attirait les doigts de son fiancé, les enlaçait afin de les plonger à leur tour, s'accroupissait en le fixant avec gravité – peau ruisselante. Balthus n'osait pas retirer sa main retenue sous l'eau même s'il ne comprenait pas ce qui se jouait là, flairait en souriant la chair mouillée, regardait sous le corps prosterné de Barbo la fourche ombrée entre ses cuisses ramassées, voulait y porter la main mais n'atteignait jamais que la dureté cireuse d'une rotule. Ses yeux filaient alors le long du buste, couraient jusqu'à l'épaule pour au terme de leur parabole rejoindre la pierre de la fontaine. Barbo baissait la tête – bras tordus sur la margelle, menton versé au creux de la gorge. Balthus discernait la courbe pelucheuse de ses joues, duvet brun dans le soleil, celle de ses oreilles dans le tohubohu des cheveux – et, jaillissant par surprise, un éclair de nuque puis à la naissance du cou la trace enflammée d'une incision trop profonde, trop nette pour qu'elle soit d'une griffe de chat.

— La fontaine empêche le mensonge mais ne sait pas dire la vérité, murmure Barbo à l'oreille du besson en fixant le bougre, il ne servirait à rien de le traîner jusque-là pour savoir d'où il vient.

Les chasseurs éclatent de rire – la fontaine ! –, en profitent pour jeter un œil timide sur Barbara. C'est qu'on la convoite au village – presque un an déjà qu'elle est veuve. À force de la voir partout qui s'épuise dans les champs, hante les ruelles du village, ils rêvent souvent de son corps de jeune femme solitaire, l'éprouvent de loin, ce corps abstinent, un peu comme le démobilisé de la Saint-Sylvestre, biglent dès qu'ils le peuvent, qui se mélange aux nuages du soir, sa chevelure cuivrée lorsqu'un rayon de soleil, en le rasant, effleure le paysage. Ils tendent la main malgré eux, inventent que leurs doigts descendent sous son sarrau, palpent ses seins, cueillent sa bouche, la lèchent. Une extase vite consommée leur donne des suées brûlantes. Ils en bavent de joie, les cambrousards. Un parfum inconnu leur flatte le nez. La gorge rêvée se gonfle – odeurs de bains, d'eaux intimes.

Ils distinguent jusqu'aux fines intrigues de sang qui ponctuent ses joues – éclats de suint rouge rappelant justement la toilette. Mais elle les flaire, Barbo, les hommes qui la rêvent, en retour les observe tout en retenant Argos qui voudrait bien aborder le bougre, le renifler. La réunion des chasseurs lui rappelle un autre soir, un an plus tôt, en décembre, quelques semaines après l'Armistice – la même assemblée presque. Ce soir-là elle avait été surprise par le silence épais qui régnait dans la maison tandis qu'elle en entrouvrait la porte comme chaque jour à l'heure du dîner. Même Argos se taisait, gémissait à peine. Pourtant la salle était comme aujourd'hui pleine de monde. Elle se souvient de ce que certains s'étaient signés en la voyant arriver, d'autres n'avaient pas osé la dévisager. La cheminée était éteinte quoiqu'il fasse un froid piquant, les cendres balayées dans l'âtre, l'horloge arrêtée, les rideaux tirés. Main posée sur le battant de la porte elle avait recensé ceux qui étaient venus. Il y en avait tant qu'il lui semblait ne pas les connaître tous – le maire, le directeur d'école, plusieurs enfants, le médecin, le garde champêtre, un couple de gendarmes... Elle s'était efforcée de se rappeler les noms, celui des hommes, des femmes, celui des hameaux lointains dont ils étaient descendus. En revanche la table était nue – pas une bouteille de vin, seulement un bol d'eau bénite quoique le curé fût absent. Quatre cierges en ponctuaient les angles. La lumière tremblait sur les faces graves, jaunes dans la pénombre. Son frère Aurèle s'était approché d'elle. Il avait les cheveux peignés, un sourire triste, l'avait prise par la main afin de l'entraîner au centre de la salle, là où personne n'osait se tenir, réfugiés qu'ils étaient tous le long des murs. Le maire maintenait étroitement sa mère par l'épaule – raidie sous l'accolade singulière. Son père était assis dans un coin en compagnie du patriarche. Une silhouette bleue s'était glissée dans son dos. De brefs chuchotis, raclements de gorge, chacun en avait profité pour tousser, renifler – puis à nouveau le silence. Viens, Barbo, viens. Le maire avait tendu sa main libre comme s'il souhaitait enlacer la salle entière. Elle se rappelle que ses yeux pleins de larmes ne discernaient rien de précis sinon l'uniforme d'un homme qu'elle n'avait jamais rencontré – galons, médailles... Elle avait senti ses jambes sous elle se dérober, avait saisi Aurèle pour s'agripper à lui – tête enfouie dans son col. Le soldat la frôlait, avait ôté son képi. Il portait des gants roux, des bottes noires. Son uniforme était élégant. Il s'était présenté – sous-lieutenant de M. Lors des combats de Cumières il servait dans le même régiment que son mari Balthus, le 5e hussards. Il avait tenu à venir lui-même. C'est une promesse, avait-il dit d'une voix blanche en lui tendant un morceau de fer tordu – la moitié d'une plaque d'identité. Le directeur de l'école avait enfoncé sa grosse main dans un pot de sel qu'il avait apporté, en avait retiré une poignée pour la disperser sur le bois de la table. Une voisine avait sorti un chapelet sans croix de sous son fichu, l'avait noué autour du poignet de Barbara, l'avait enroulé sur ses bracelets. La jeune femme n'opposait aucune résistance. Il était le sel de la terre, Balthus, la lumière, la terre même. L'officier parlait d'une lutte à mort dans un trou d'obus, de la côte 304, la colline de Mort-Homme, d'un poignard, d'un animal fou écrasant les soldats, dépeçant les cadavres. Où est-il ? avait-elle demandé, je veux le voir. Corps absent – disparu au combat... Le patriarche s'était levé tandis qu'autour de lui les femmes en noir, mouchoir à la main, s'agenouillaient, se redressaient presque aussitôt, disaient adieu en baissant la tête, marchaient à reculons vers la porte.

Argos s'échappe d'entre les mains de Barbara lorsque Aurèle et Adrien Jost ouvrent la porte pour aller ensemble chercher le maire et les gendarmes – sur ordre du vieux Bonnefoy. Les jumeaux les accompagnent, veulent sentir la gifle du vent sur leurs visages, jouer dans l'orage, être les témoins des grands gestes de la tempête, essuyer des mornifles d'eau froide aussi cinglantes que des lanières de cuir sur la peau de leurs mollets – pressentent que l'instant est solennel. La bru du patriarche se défait du fils de Balthus et Barbara, l'enfant Tobias qui n'a pas six mois encore, le dépose sur le sol, lui offre une pomme de terre en guise de jouet puis met le couvert pour se donner une contenance, lance les assiettes, empile les verres, il n'y en aura jamais assez, évite le bougre étendu chaque fois qu'elle doit s'approcher de la table au pied de laquelle il est allongé. Elle a sur sa face rubiconde une sorte de moue enfantine par quoi elle veut qu'on sache qu'elle n'est pas impressionnée, que la créature qui se vautre à ses pieds ne lui fait pas peur. Chacun autour d'elle boit, s'esclaffe sans se soucier de l'homme étendu par terre qui n'excite plus que la curiosité d'Argos, lequel le renifle en glissant avec insistance son museau entre les plis de son étrange veste rayée, finit par l'éveiller un peu à grands coups de langue. Il bouge, le bougre, se redresse, ouvre les yeux, pousse un gémissement puis un grognement sourd. Nul ici n'a jamais vu chose plus répugnante que cette tête ébouriffée, galeuse, ce torse nu et noir d'une crasse croûteuse, ces mains crottées aux ongles longs, breneux comme des sabots de porc. Barbara ose un regard sur la silhouette difforme qui rampe vers la cheminée – ce crâne tout en bosses que couronne une chevelure grise, touffue, dans les mèches de quoi s'enfoncent des résidus de feuilles, de racines, de cendres, ce masque de rides profondes, de poils hirsutes qui lui mangent les joues jusqu'aux yeux, dévorent et la bouche et le front, ce nez informe de chair brillante dans les narines duquel s'immiscent encore une peignée des poils poussés dru sur la lèvre supérieure. Est-ce un homme, vraiment, se demande-t-elle en se précipitant pour s'emparer de Tobias à l'instant où la pomme de terre avec laquelle il jouait roule vers la créature, est-ce un homme ?

CHAPITRE TROISIÈME

I

Une morne discussion s'engage un matin dans l'un des cabinets de la préfecture de Digne-les-Bains. Deux clercs et trois képis sont réunis afin de déterminer ce qu'il convient de faire du malheureux sauvage retrouvé la veille en lisière du village de Banon, un malheureux qui persiste à demeurer muet sauf quand il profère des injures antimilitaristes à la faveur d'une agitation toute épileptique qui toutefois ne dure jamais longtemps – il braille pour l'essentiel des noms de généraux, Foch, Pétain, Nivelle, comme autant d'insultes baroques dès qu'on lui demande son nom. Bientôt le numéro tramé au dos de sa veste rayée, 1604502, a raison de la stupéfaction ennuyée des ronds-de-cuir, des gendarmes. C'est aussi qu'un médecin passant par là reconnaît le pyjama réglementaire des hôpitaux militaires. Le matricule 1604502 est donc un évadé sanitaire ! Soulagement – tout vaut mieux qu'un déserteur ou pire encore un subversif. Pas de pâtée pour la presse – ce n'est qu'un maboul, un secoué des tranchées… Une journée est nécessaire pour obtenir l'aval de l'hôpital Bicêtre – on a fini par y retrouver sa trace après avoir écumé les registres des principales antennes médicales – qui recommande son transfert au Val-de-Grâce dans le service du professeur Marcel Briand, un aliéniste de grande réputation appelé par les autorités militaires dès 1916 pour soigner les nombreux désordres psychiatriques que la guerre a engendrés en plus des blessures physiques plus conventionnelles. Une ambulance est dépêchée pour le lendemain. En attendant, faute de mieux, le bougre est invité à dormir dans une cellule du commissariat de police adjacent à la préfecture.

II

Les cahots et les multiples soubresauts de l'ambulance laissent l'homme indifférent. Il ne voit rien des campagnes traversées durant le voyage, se gratte obstinément bien qu'il ait bénéficié la veille d'une douche froide, enfilé des vêtements propres – une veste, un pantalon d'uniforme sans insigne ni écusson –, somnole la plupart du temps, refuse la nourriture, patates et navets, la boisson, pisse dans un seau, vomit régulièrement. Lors des deux ou trois arrêts nécessaires entre Digne et Paris on préfère l'abandonner sur son brancard, portes fermées, à l'abri des regards. Nul ne parvient à ressentir de l'empathie pour lui. Trop agité, fantasque, inquiétant. Parfois les deux infirmiers qui l'accompagnent voient qu'il approche son visage de l'une des vitres de l'ambulance, tend son museau vers le soleil, ouvre grand ses petits yeux enfouis pour goûter la caresse chaude – un chat sur le rebord d'une fenêtre par temps d'été. Un instant il a du soleil plein la barbe, on dirait que du jus lui coule sur les poils, lui enduit jusqu'à la bouche. Plein les yeux, plein les joues. Ils ont presque envie de lui dire de s'essuyer.

Le crépuscule vient vite. Paris n'est plus très loin. La nature autour d'eux hésite, balance encore du côté de la campagne mais la ville pousse déjà une main timide au milieu des prés paisibles, les maisons se font plus fréquentes qui fument bleu, une odeur de fruit blet s'infiltre dans l'habitacle de l'ambulance. Une heure plus tard les faubourgs apparaissent, la lumière décline, le ciel s'amincit, s'allonge au-dessus des toits irréguliers en bandes tantôt roses tantôt bleues tels des fanions tendus entre les cheminées aux montants pourris par la pluie, la suie. L'homme se redresse sur son brancard à l'instant où l'autochir franchit la barrière de la porte d'Orléans, appuie son front sur la vitre arrière, cligne des yeux en découvrant qui s'élargit devant lui le long ruban de l'avenue menant à l'église d'Alésia. De chaque côté les murs semblent dévorés de moisissure, le plâtre des façades éclaté. Il y a de la misère, une misère triste, dans l'accueil de cette ville épuisée encore par les privations, les tourments que quatre ans de guerre lui ont infligés. Puis le regard de l'homme s'éteint, se rétracte sous les paupières comme si le malheureux souhaitait se réfugier dans les profondeurs confuses de son âme, retourner en songe à la terre sauvage d'où on l'a extrait, une terre grasse, lourde au sortir de l'hiver, retrouver la douceur riante des collines qui l'ont hébergé, revoir le profil de l'aqueduc dessous lequel il a sommeillé en attendant une eau qui n'est jamais venue, s'endormir bercé encore par le chant du vent – l'*auro bruno* qui venu du nord-est s'engouffrait sous les arcades en y soufflant comme on souffle dans une flûte.

Il est vingt-trois heures quand l'ambulance pénètre dans la cour de l'hôpital du Val-de-Grâce, ses roues tanguent sur les pavés irréguliers, s'immobilisent dans un couinement qui angoisse l'homme, lequel sent bientôt sur son épaule maigre la main dure de l'un des deux infirmiers qui veut l'aider à sortir de la voiture. D'abord sa tête immense se lève, tout auréolée d'une crinière jaune et comme amplifiée par elle, ses yeux approuvent quoiqu'ils soient brouillés de lassitude, puis il s'arme de courage, se ressaisit, pose ses pieds nus sur le plancher métallique de l'ambulance, soutenu par l'infirmier fait un pas, hésite, manque de tomber en s'extirpant et quand il est enfin debout sur les pavés sa poitrine se creuse pour aspirer l'air comme après un grand effort. Il regarde autour de lui sans parvenir à reprendre haleine, s'appuie sur le bras de l'infirmier qui a soudain honte pour lui de ses pieds nus, de ses cheveux hirsutes, de sa barbe abondante, se sent presque responsable de son allure miteuse, clocharde, devant les quelques sentinelles qui gardent l'entrée de l'établissement et s'étonnent en silence de cette arrivée tardive autant qu'insolite. L'autre infirmier, lui, s'est précipité dans le hall à la recherche du bureau des hospitalisations – une petite sacoche de cuir noir sous le bras entre les plis de laquelle se trouve tout ce qui subsiste de l'homme, quelques fiches, un rapport signé du préfet des Basses-Alpes, un foulard de couleur vive que le maboul a exigé d'emporter avec lui bien qu'il soit d'une saleté répugnante, que les gendarmes aient refusé de le lui remettre après qu'il s'était douché et eut revêtu des vêtements propres.

III

Le médecin-colonel Oscar Milosz est de garde ce soir-là. Il somnole attablé à son bureau en attendant de s'allonger pour la nuit sur le divan qui en plus de deux fauteuils en cuir et d'une longue bibliothèque, le tout noyé dans une épaisse fumée de cigarette, donne à la pièce une vague allure de fumoir anglais. En dehors de son uniforme aux parements bordeaux il n'y a aucun emblème aux murs, nulle arme, nul fanion, rien qui ne vienne démentir cette impression, rappeler qu'on se trouve dans un hôpital militaire. Dans sa tête Milosz compose des vers, n'ose pas les coucher sur le papier, les rumine en sourdine, se sait piètre poète mais ne se résigne pas. On frappe soudain à sa porte. Un soldat passe la tête.

— Mon colonel, un patient vient d'arriver pour vous...

— J'arrive.

Milosz se lève, resserre son ceinturon, boutonne son col, époussette ses épaules du revers de la main, par-dessus sa vareuse enfile une blouse blanche qui lui fait autour du corps comme un large manteau flottant, se contemple dans le reflet d'un miroir de tailleur qu'il a fait installer là afin que certains de ses malades souffrant de troubles profonds de l'identité se confrontent à leur image entière, en soient cernés, ne puissent plus lui échapper. Il ouvre la porte, descend les marches en savourant le bruit mat, sec du talon de ses bottes sur le carrelage, défile un peu en espérant qu'il y aura bien une infirmière dans le vestibule pour l'admirer, avise plutôt un individu qui d'une main tient une sacoche, de l'autre repousse son calot blanc dans le tissu de quoi est tissée une croix rouge – un geste furtif de perplexité signale qu'il se sent abandonné au milieu du vaste hall désert, redoute déjà qu'on l'y oublie.

— Colonel Milosz, que puis-je pour vous ?

L'infirmier sursaute, est impressionné par l'élégance du colonel, aussi bien gêné qu'elle accentue par contraste, cette élégance, l'état abominable de l'homme qu'il a pour mission de remettre aux autorités médicales du Val-de-Grâce. Faut dire qu'il n'est guère présentable, le bougre. Affaibli par six mois de vie sauvage dans une forêt du Lubéron il n'a plus guère apparence humaine, se tient courbé, bras ballants, paraît d'une saleté repoussante malgré les efforts des sbires de la préfecture pour lui bouchonner le poil sous la douche, se montre agressif, toujours muet. La blondeur extrême de ses cheveux a tardé à réapparaître sous le bonnet épais de crasse, de croûtes que le jet d'eau peinait à dissoudre – un bonnet si épais qu'on l'a d'abord cru brun. À présent le médecin-colonel le contemple, se dit que la guerre ne manque pas d'imagination quand il s'agit de casser du péquin, mettre en pièces son humanité. Milosz s'approche, lui offre son bras afin qu'il s'y appuie tandis qu'il l'entraîne dans les couloirs du service de psychiatrie. L'homme se laisse faire sans rechigner. Au bout d'un long corridor, loin des chambrées surpeuplées dont on discerne à cette heure-ci le souffle ronflant en passant devant les portes closes, on lui a préparé une chambre vaste, propre – comme il est réputé dangereux il y sera seul. Sur une table, au-dessous de la fenêtre striée de barreaux, le colonel a ordonné qu'on dispose un peu de nourriture dans une corbeille. Du pain de seigle, quelques pommes, des noix, du fromage et même un verre de vin. Tandis qu'à petits pas craintifs l'homme s'avance vers les victuailles Milosz en profite pour lui demander comment il s'appelle. Le médecin a pris connaissance du rapport de Bicêtre – il n'aime pas le médecin-général Machaon qu'il prend pour une baderne fossilisée dans les honneurs, n'attache pas beaucoup de valeur à ses commentaires –, en conséquence n'ignore pas les réponses que le malheureux apporte semble-t-il immanquablement à cette question qu'on lui a déjà posée mille fois. Mais cette fois-ci point de Foch, de Nivelle ou de Pétain s'écoulant de sa bouche. En l'observant tandis qu'il se contente de saisir deux noix sans répondre, de les enfoncer dans la paume de ses mains aux doigts minces, aux ongles noirs, en remarquant ses cheveux longs et clairs, bouclés comme sa barbe, sa musculature sèche qui se laisse entrevoir sous la vareuse trop courte et mal fermée, la fermeté osseuse de sa poitrine mais surtout son air maussade, buté ou absent, Milosz se souvient de la description d'Ulysse dans le troisième chant de l'*Odyssée*: « Tu aurais cru voir un homme qui boude ou tout bonnement a perdu l'esprit. » Au moment où l'homme se décide à prendre une noix entière dans sa bouche afin sans doute de la broyer avec les dents à défaut d'être parvenu à en fendre la coque avec les doigts le médecin le baptise – comme il le fait de tous les amnésiques du service, Énée, Lotos… Lui, il sera Ulysse, le soldat Ulysse. « Mon nom est Personne. » Après s'être assuré que la fenêtre était bien fermée le médecin se résigne à le laisser seul dans la pièce, lui souhaite une bonne nuit, retourne dans son bureau en allumant une cigarette.

IV

Le lendemain matin, dès l'aube, Milosz se dirige vers la chambre d'Ulysse. La matinée est claire, il aime l'accolade tiède des premiers rayons du soleil qui à travers les hautes fenêtres de l'hôpital semblent lui ouvrir la route, l'éclairer – et n'éclairer que lui. C'est qu'il a des ambitions, le médecin-colonel Oscar Milosz, depuis qu'il a quitté sa Lituanie natale après que sa famille eut quitté Kaunas pour fuir l'immense pauvreté – d'abord les étoiles de médecin-général puis la direction d'un hôpital d'instruction, plus tard l'Académie de médecine… Chaque niveau auquel il accède depuis ses premiers succès à l'école communale de la rue Saint-Paul, chaque montant de l'échelle sociale qu'il parvient à gravir est une victoire qu'il dédie à ses parents, une revanche sur son enfance de petit étranger pauvre. Certains soirs il se verrait bien en Pinel de la psychiatrie militaire.

Milosz lève le verrou, jette un œil dans la chambre sans y entrer tout à fait, se méfie d'Ulysse dont le tableau clinique relu dans la soirée est lourd et excitant – même si le rapport de Machaon a été rédigé avant l'épisode de la vie sauvage dans le Lubéron, six mois auparavant. Amnésie totale, confusion mentale, mélancolie anxieuse, hallucinations récurrentes, idées fixes, convulsions... Un cas d'école, se dit le médecin en osant un premier pas à l'intérieur de la chambre, une aubaine scientifique ! Ce qui tout de suite l'intrigue, c'est le pantalon et la vareuse qui sont roulés en boule sous le lit à côté d'une sorte de serpentin sombre en quoi il ne tarde pas à reconnaître comme un feston d'excréments. Quand son regard plonge plus avant dans la pièce il aperçoit Ulysse qui se tient debout, nu, de dos, contre le mur le corps pressé dans un angle. Tout en gémissant il se balance, projette son front en avant, lequel front émet un bruit mat chaque fois qu'il heurte la paroi, y rebondit violemment. On dirait qu'Ulysse cherche à disparaître, qu'à force d'insistance il espère que les pierres et le plâtre consentiront à l'absorber. Après s'être raclé la gorge en sorte qu'Ulysse ne puisse plus ignorer sa présence Milosz attend plusieurs minutes avant de se décider à le rejoindre. Il s'arrête juste derrière lui, pose une main sur sa nuque, ce qui suspend alors son oscillation, puis il avance sa bouche près de son oreille.

— Revenez, ne partez pas.

Ulysse ne bouge plus mais son souffle est court comme s'il était furieux, contenait sa rage.

— ... Tangent, tangent, tangent..., parvient-il à murmurer, et Milosz, optimiste pour une fois, de comprendre : ... J'entends, j'entends, j'entends...

V

Dès la première semaine de sa présence au Val-de-Grâce il est évident qu'Ulysse n'est pas un pensionnaire comme les autres – malgré les efforts du colonel Milosz pour dissimuler ses singularités à ses collègues psychiatres, l'intensité exceptionnelle de son amnésie. Milosz se méfie particulièrement du professeur Briand qu'il imagine a priori moins sensible aux sacrifices désintéressés des soldats qu'aux afflictions rémunératrices des civils qu'il traitait avant la guerre, partant assez inaccessible à la compassion solidaire de la communauté militaire. Il considère que Briand est souvent expéditif dans ses jugements cliniques, en outre peu enclin à les réviser. Non sans discrétion, à l'insu de Milosz, le professeur a toutefois observé Ulysse en détail quelques jours après son arrivée. Il a remarqué qu'il était incapable de se tenir assis à table en compagnie des autres patients, refusait de se rendre aux latrines communes, persistait à polluer le plancher de sa chambre, dédaignait le lit à l'heure du coucher, préférait se pelotonner dans un angle de la pièce et s'endormir roulé en boule, la face appuyée sur l'un des murs, se dévêtait dès qu'on le laissait seul comme si le contact des draps ou celui du tissu du pyjama rayé qu'on lui avait remis lui irritait la peau, ouvrait la bouche pour mordre ou cracher à la moindre contrariété. L'affolement de ses yeux clairs à la plus élémentaire question qu'on lui posait, l'incohérence de ses rares propos, l'extravagance de ses réactions, la médiocrité de son état général, tout cela ne permettait guère d'envisager qu'une cure ou quelque médicament soient en mesure de lui rendre et son identité et son humanité.

— Son expérience sauvage a achevé de le détruire, il souffre de démence précoce, et vous savez comme moi qu'il est peu probable qu'on puisse jamais le sortir de là. Je vous l'abandonne, Milosz, mais ne perdez pas votre temps…

Pourtant Milosz s'accroche. L'indifférence presque hautaine d'Ulysse à l'égard du monde, son dédain impassible le fascinent, l'intriguent. Il ne lui paraît pas dénué d'une certaine élégance paradoxale tandis qu'il laisse couler de sa gorge quelques mots en anglais, regarde avec froideur ceux qui tentent de l'approcher, s'en détourne tel un roi en exil, sans ciller, pour se concentrer avec une émotion incompréhensible sur une chaise proche ou, à travers les vitres de sa chambre, sur la silhouette massive d'un arbre que berce le vent. De même chaque activité qu'on lui propose dans l'atelier de réadaptation, peinture, menuiserie ou cordonnerie, n'éveille en lui aucun désir. Il se plaît plutôt à demeurer accroupi, genoux en fagot sous le menton, à éructer des injures si l'on fait mine de le contraindre ou à psalmodier des grognements inquiétants quand on le rabroue. En revanche son attention, qu'il sait dissimuler dans les plis d'une absence arrogante, est tout entière occupée à guetter une occasion de s'échapper – il suffit de le voir suivre des yeux les infirmiers lorsqu'ils ouvrent la porte, en principe dûment verrouillée, de la zone d'internement où il a été placé, pour mesurer la force de sa résolution. Milosz ne tarde pas à la savourer, cette force qui a surmonté tous les obstacles, guerre folie violence bestialité solitude, n'a jamais abdiqué – par ricochet il ne tarde pas à se prendre d'affection, une affection inattendue, pour ce patient oublié de tous, y compris de lui-même.

Tandis qu'il demande à ses assistants de recenser le registre des disparus afin d'extraire celles des fiches comportant une photographie qui permettra peut-être d'identifier le soldat Ulysse et ainsi de contacter sa famille Milosz tente chaque jour des expériences nouvelles afin d'épier sur son visage désormais rasé la plus infime réaction permettant de penser que sa mémoire ou sa conscience viennent d'être sollicitées. Stimulations et lectures diverses, littérature classique latine, française et même anglaise pour déterminer la profondeur et la nature de ses compétences, guides présentant des paysages de provinces pour tenter de savoir d'où il vient, ouvrages d'art pour explorer ses goûts, textes religieux pour sonder ses croyances, chansons populaires, sonates, concertos… S'il est évident qu'il n'est pas sourd, sait lire, possède des rudiments de latin, de grec et même une certaine connaissance de la langue anglaise, que la musique de Debussy, la peinture de Kandinsky, la poésie moderne ne lui sont pas étrangères, rien de tout cela ne permet cependant de dresser un portrait précis de sa personnalité, seulement de concevoir en toute probabilité qu'il a reçu une certaine éducation, n'était pas autrefois un simple paysan ou un vulgaire ouvrier. Mais Briand a raison, se dit Milosz, durant son long exil dans le Lubéron tous ses sens se sont mis au seul diapason de la nature, ses sons – vent dans les arbres, chants d'oiseaux. Il réagit très peu aux stimuli de la ville, la littérature, la musique ou la peinture ne l'émeuvent plus, du moins pas apparemment, les bruits des hommes même stridents ne l'atteignent plus, il ne reconnaît que la chute d'une châtaigne sur le sol, le cri d'un écureuil, est subjugué par les reptations visqueuses des escargots sur les murs, les vitres de sa chambre. Milosz est alors près de renoncer. Toutefois, jour après jour, malgré la sombre prédiction du professeur Briand, la perplexité passagère de Milosz, Ulysse progresse, parvient à se faire comprendre en associant un mot à un geste. « Eau », dit-il en tendant son bras en direction d'une carafe quand il a soif, « noix » pour signaler qu'il a faim, « nuit » pour exprimer qu'il souhaite retourner dans sa chambre... Milosz hésite encore. Chaque soir, tandis qu'il allume une dernière cigarette dans son cabinet en prenant des notes, ses espoirs vont et viennent, du plus haut au plus bas, selon ce qu'il a observé dans la journée – cela qui l'accapare au point de négliger les traitements en cours, le sort de ses autres patients, au grand dam de Briand qui le lui reproche de moins en moins discrètement.

VI

Un matin Milosz entraîne Ulysse dans le parc du Val-de-Grâce. Il ne prend guère de risque, le parc est cerné de hautes grilles. À l'instant de s'asseoir sur un banc, à l'arrière de l'hôpital, ils croisent un commandant de cavalerie plutôt pimpant, la quarantaine abondante, les joues couperosées mais la tenue irréprochable, les jambes joliment arquées comme il sied à un officier passé par Saumur, qui s'attarde auprès d'eux, intrigué qu'il est par la silhouette ramassée, têtue, de cet homme hébété en pyjama rayé, aux épaules couvertes d'une sorte de châle que lui a abandonné l'une des infirmières afin qu'il ne prenne pas froid lors de sa première sortie à l'extérieur des murs du service de psychiatrie. Le commandant s'approche, s'autorise à poser quelques questions auxquelles le médecin consent à répondre du bout des lèvres – dans quelle unité ce malheureux a-t-il servi ? quelle arme ? où a-t-il été blessé ? de quoi souffre-t-il ? Le cavalier hoche une tête pleine de compassion en écoutant les explications volontairement imprécises de Milosz. Puis victime sans doute d'une impulsion imprévisible Ulysse bondit sur l'officier rubicond, attrape son képi, s'enfuit à grandes enjambées dans les allées du parc. Le commandant, face cramoisie, regard outré, est tellement surpris qu'il ne sait quelle attitude adopter. S'en prendre au médecin ? mais celui-ci est colonel… S'en prendre au malheureux dément ? mais celui-ci est déjà loin qui paraît même le narguer en enfilant le képi trop grand qui lui tombe sur les yeux. Agrippé à son trophée, un scalp bleu à fond rouge aux relents musqués, Ulysse court dans tous les sens, piaille en ouvrant largement la bouche – espiègle, heureux un court moment. L'autre ne l'entend néanmoins pas ainsi, s'efforce de le pourchasser en vociférant, la main droite cramponnée à la monture de son bancal, le sabre courbe de la cavalerie de ligne – une coquetterie étrange, ne peut s'empêcher de penser Milosz qui n'en a jamais vu de pareil qu'au musée de l'Armée. Ulysse soudain se fige en voyant, qui fonce sur lui, le dodu commandant, l'écume aux lèvres, le bras droit tendu vers le ciel. Ulysse a peur. Il se retourne, aperçoit une large porte vitrée donnant sur l'annexe de l'hôpital, s'y rue, s'y écrase, hurle de douleur. Une entaille profonde au cou lui éclabousse le visage, les épaules. Milosz rejoint aussitôt les deux hommes. Ulysse est sonné, poitrine et menton rouges de sang, le commandant essoufflé mais circonspect. Après avoir récupéré son képi, s'en être recoiffé le cavalier se soucie à présent du malheureux qui gît à ses pieds au milieu des débris de verre, il cherche à le redresser, panser sa plaie à l'aide du châle. Ulysse le repousse. Le sang, il sait ce que c'est – les blessures, la détresse, la torture, tout cela il sait. Ses yeux sont écarquillés comme s'il retrouvait dans les remous de cette nouvelle souffrance celles qu'il a fuies depuis plusieurs années. Et les mots jaillissent alors – tel le sang de son corps. Il rugit, crie, pleure, proteste, jure – parle enfin.

VII

Le lendemain matin on frappe à la porte du bureau du médecin-colonel Milosz qui vient d'écraser sa première cigarette en buvant une gorgée de café. Déjà une visite ? Il fait une grimace. C'est qu'il s'est couché tard, Milosz, il a mal à la tête – une réception dans un hôtel particulier de Passy, beaucoup d'alcool, de fumée, de jeunes filles envoûtantes, de longs et vains efforts pour exister à leurs yeux, pénétrer cet univers civil et lointain, hommes du monde et femmes de nuit, un univers de jazz, de ballets suédois, de fume-cigarette et de chapeaux cloche qui se souvient à peine de la guerre quand il ne s'est pas goinfré de ses incertitudes en spéculant tantôt sur la défaite tantôt sur la victoire pour se réveiller dans la paix toujours plus riche, toujours plus frivole. L'estomac chaviré le médecin referme le carnet sur les pages duquel il prend des notes chaque soir.

— Entrez !

Le professeur Briand s'avance. Engoncé dans un épais manteau au col d'astrakan il triture son large nœud papillon à pois d'un air embarrassé, déboutonne son manteau, sa veste, s'assoit dans l'un des fauteuils de cuir, remonte avec négligence sur ses cuisses maigres le tissu cossu de son pantalon, glisse un œil sur ses bottines neuves à soufflet.

— Je vous offre un thé, un café ?

La voix de Milosz est respectueuse sans être empressée même s'il redoute toujours les visites imprévues du professeur.

— Il paraît qu'hier votre protégé a fait des siennes ? demande Briand en tendant une main potelée pour se saisir de la tasse de café que lui tend le colonel.

— On peut dire les choses comme ça, en effet.

Le professeur boit son café comme un vieillard délicat, à petites lichées.

— Un commandant de cavalerie, n'est-ce pas ?

Milosz ne répond pas, attend de comprendre où il veut en venir – qu'est-ce qui peut bien l'amener ici d'aussi bonne heure ?

Briand se relève, pose la tasse vide sur le bureau de Milosz, s'approche du divan, rêveur en caresse le montant.

— Il a parlé ?

— Disons qu'il a formulé autre chose que des injures ou des noms de généraux, qu'il s'est exprimé de façon intelligible pour la première fois.

Les yeux du professeur pétillent.

— On n'a toujours rien trouvé dans le fichier des disparus ? Personne pour le réclamer ? Pauvre homme…

Il joue un instant avec les franges d'un coussin oriental abandonné à la tête du divan.

— Vous connaissez Morichau-Beauchant, n'est-ce pas ? Et je crois savoir que vous partagez son opinion à propos de cette nouvelle approche, celle de ce médecin juif viennois…

— Le docteur Freud, oui. C'est intéressant d'un point de vue scientifique.

— Scientifique ? Le professeur Janet dit que c'est pur charlatanisme, du vent plein de poussières philosophiques pour brouiller la vue des crédules. D'ailleurs votre Freud a refusé d'en discuter avec lui, il n'a même pas voulu le recevoir. Vous autres militaires ne cessez pas de m'étonner…

— Quel est le rapport entre mon éventuelle opinion à propos de la doctrine psychanalytique et l'état d'Ulysse ?

— Je viens de lire un article de Milian sur l'hypnose des batailles, ce qu'on appelle maintenant l'*obusite* ou le *shell shock* des Britanniques.

Milosz est surpris.

— Et vous y venez ?

— N'exagérons rien, voulez-vous, répond Briand qu'agace l'ironie de Milosz, Milian cite plusieurs exemples troublants de soldats ayant eu des tics nerveux de la face après avoir tué un adversaire en le bâillonnant ou des troubles abdominaux après en avoir poignardé un autre. On n'est toutefois jamais à l'abri d'un cas de pithiatisme…

— Ulysse ne simule pas son amnésie, j'en suis certain.

— Quel serait l'élément moteur de son comportement névrotique ? Quel événement peut pousser un homme à se réfugier dans un tel état sauvage, régressif ?

— Il a fait des progrès depuis son arrivée, beaucoup de progrès.

Briand donne un coup de poing dans le coussin comme pour lui redonner forme.

— S'il parle, allez-y, Milosz, on n'a rien à perdre et lui non plus.

Il caresse une nouvelle fois le divan, sa main s'attarde sur le tissu rêche.

— Allez-y, oui.

VIII

Dans l'après-midi un infirmier accompagne Ulysse auprès de Milosz. À son cou le foulard bariolé qui était consigné dans ses affaires à son arrivée au Val-de-Grâce recouvre à présent un gros pansement de gaze. Ulysse a l'air épuisé mais il semble au médecin que son regard a changé. Moins effrayé peut-être, moins vide. Milosz lui propose de s'allonger sur le divan – il peut s'y reposer s'il le souhaite.

— Comment va votre blessure ? Vous avez encore mal ?

Ulysse hoche la tête en passant une main dans l'échancrure de son pyjama, se tient debout sans bouger.

— Vous avez parlé, hier, juste après vous être blessé. Comment expliquez-vous cela ?

Ulysse s'approche du poêle. Tous les deux, pensifs et silcncieux, se réchauffent de longues minutes.

— J'ai parlé ?

Milosz est ému d'entendre le son de sa voix, une voix qui ne crie pas, n'injurie pas, une voix qui parle.

— Ce n'était pas encore tout à fait de la littérature, s'amuse le médecin, mais ça y ressemblait. Depuis votre arrivée on n'a guère entendu dans votre bouche que des injures, des mots divers certes mais dont on peinait à comprendre ce qu'ils voulaient dire, des mots souvent isolés, jamais de verbe, de conjugaison. Hier, après que vous vous êtes blessé, vous avez essayé de les assembler pour la première fois comme si la douleur vous occupait tellement que vos inhibitions en profitaient pour baisser la garde.

Ulysse s'assoit sur le divan, ses deux mains accrochées à ses genoux. Milosz discerne les jointures qui blanchissent sous la pression des muscles tandis que les doigts enserrent les rotules.

— Que vous est-il arrivé ?

Le médecin s'adresse à lui comme s'il le rencontrait au retour d'un long voyage, prenait de ses nouvelles après des années d'absence. Ulysse respire bruyamment.

— Je ne sais pas.

— Vous ne vous souvenez de rien ?

— Ouh ! Aïe !

Ulysse ferme les yeux. Un instant on entend la cloche de la chapelle qui sonne l'office de tierce, le soleil a réussi à traverser les bâtiments, se fraye un chemin jusqu'au bureau de Milosz. Un rayon pâle encore se casse dans le verre d'un cendrier plein de mégots, s'y éteint.

— Allongez-vous, vous êtes fatigué, suggère Milosz. Quand vous fermez les yeux, qu'est-ce que vous voyez ?

Ulysse laisse tomber son dos sur le dossier du divan mais ne s'allonge pas. Il hésite, ses lèvres tremblent.

— C'est… trouble.

— Trouble ?

Milosz s'est installé dans l'un des fauteuils, a allumé une cigarette en même temps qu'il se saisissait de son carnet, d'un crayon. Il patiente, jambes croisées, comme à l'abri dans le nuage de fumée. De son côté Ulysse garde les yeux fermés, fait des efforts afin d'interpréter ce qu'il discerne dans cette obscurité intime, va même jusqu'à appuyer ses deux poings sur ses paupières lorsque sans doute la tentation devient trop forte de les ouvrir et partant d'interrompre sa concentration, de contrarier son désir de précision.

— La bête est toujours là, bois au vent, sabots dans la glaise. Elle pioche avec son museau, dégage un pied, un mollet, une main, un bras, hennit quand elle retire un membre de la boue.

— Quelle bête ? De quoi parlez-vous ?

Des bois ? Milosz croit se rappeler que dans l'*Odyssée* Ulysse se livre à une chasse au cerf après avoir abordé l'île de Circé. Puis il lui revient à l'esprit une autre chasse dont il est également fait mention dans le récit d'Homère, celle au sanglier sur le Parnasse qui vaudra à son héros adolescent une cicatrice au flanc – et n'y a-t-il pas écrit dans le rapport du médecin-général Machaon que le soldat Ulysse présente *une petite entaille sous le sein droit*? Ces coïncidences l'amusent, le réconfortent.

— Français ! s'écrie à présent Ulysse, c'est un Français !

Milosz en profite – on ne sait jamais.

— Quel régiment ? Quelle unité ?

— Aucun écusson, pas de fourragère, répond le soldat, sa langue transpire, au macchabée…

Milosz prend des notes sans comprendre ce qui coule ainsi de la bouche d'Ulysse, une chanson plaintive. Il songe aux gémissements inquiets d'un chien affamé de caresses. Ces mots étrangement cousus les uns aux autres tombent dans ses oreilles comme des pierres sur une eau plane. Il est sensible aux remous frissonnants qu'ils produisent en lui tandis que ces remous s'arrondissent, s'élargissent en faisant tressaillir ses convictions psychiatriques les plus anciennes, celles que défendent encore Janet, Briand, mais il est incapable de distinguer ce qu'ils signifient, ces mots, de composer grâce à eux une image cohérente susceptible de lui livrer quelque information à propos d'Ulysse, de son calvaire, son traumatisme, sa famille… Milosz remarque la richesse de son vocabulaire, une richesse inimaginable quelques jours plus tôt. Ulysse se laisse à nouveau aller en arrière.

— Sous la bête, il y a des rats, des gaspards, ils flairent. Ils choisissent un jeunot de pas vingt ans. Ils grimpent sur son front, se mettent en boule, commencent à picorer la chair de ses lèvres. Il a des lèvres d'enfant, le macchabée.

Milosz est soudain déçu, las. Des récits de guerre, il n'entend que ça depuis des mois, des années même. Il cherche à se remonter le moral en se disant que les mots d'Ulysse s'égarent au-delà des frontières habituelles d'une mémoire hésitante – créent, inventent ce qui ne peut pas être un souvenir, plutôt un symbole, une allégorie, quelque chose de profond et de mystérieux qu'Ulysse peine à exprimer.

— La bête saisit le macchabée, attrape une jambe avec sa gueule, le traîne. Elle bouscule les gaspards qui mordent encore ses paupières, elle le dépose sous un arbre. Ahh ! Un quoquard nu, sans feuille, noir, dressé au cœur de la brume. Un chibre ! Un chibre nègre ! La bête fait demi-tour, elle lève la queue. Un jet d'urine ondoie sa face, au macchabée. Ça lui fait comme un masque d'or.

Ulysse se tait, ouvre les yeux. Milosz ne bronche pas, attend que ça vienne de lui, se contente de le relancer.

— Un masque d'or ?

Ulysse respire.

— Eau !

Milosz se lève, va lui chercher un verre d'eau qu'il avale goulûment, reprend.

— Elle lui nettoie le visage, le lèche pour le réveiller. Elle délaisse le visage brillant de pisse, lui bécote les joues de ses naseaux, le croque en hennissant. Ahh ! Elle s'enfuit, galope dans la confiture. Je veux rentrer dans mon trou, m'enterrer.

Ulysse porte soudain une main à son entrejambe, se frotte.

— Barbo…

— Qui est Barbo ? demande Milosz.

Ulysse regarde le médecin avec un air étonné.

— Une entaille saigne à son genou. La bête a faim.

Après le départ d'Ulysse Milosz relit ses notes, s'empresse d'en ajouter de nouvelles – pour l'essentiel ses impressions immédiates, celles qu'a provoquées le langage imagé du soldat, un langage sensible, touchant, parfois poétique qui contre toute attente le transfigurait, l'huilait dans la pâleur du jour, faisait éclore entre ses dents gâtées, tel un jet de salive, une eau-forte de bataille, une gravure militaire ruisselante de sang, d'urine. Dans le bureau du médecin des cratères d'obus semblaient alors se lever sous les lattes du parquet, une houle d'artillerie les portait tous les deux jusqu'au plafond, une créature énigmatique naissait dans cette glaise inventée, le cerf d'Homère, et Milosz se demandait ce qu'elle signifiait pour Ulysse, cette créature, quelle pouvait être sa fonction.

IX

Personne ne demande Ulysse – les registres militaires demeurent muets, nulle photographie n'est venue lever le voile de son amnésie en lui restituant une identité. Pas la moindre piste. Six mois qu'il est interné dans le service du professeur Briand et le médecin-colonel Milosz ne peut que constater qu'il n'en sait pas davantage concernant ses origines, son passé, son parcours militaire. Ulysse s'est certes acclimaté à l'hôpital, au personnel soignant, aux autres patients, son comportement s'est peu à peu normalisé, il a abandonné la plupart des habitudes frustes qu'il avait contractées lors de son séjour dans le Lubéron, s'exprime désormais plus facilement mais cette apparente convalescence a des limites. Il persiste à ne n'exprimer que durant les séances d'entretien, le reste du temps se réfugie dans un silence épais dont personne n'arrive à l'extraire. S'il a recouvré au cours des échanges avec Milosz une partie de la syntaxe usuelle, parvenant même à construire des phrases complètes, celles-ci toutefois ne cessent de tourner autour de cette bête étrange qui a franchi les lignes, dévoré les cadavres des soldats. Ulysse y revient toujours. Sa parole refuse de s'aventurer hors de ces tranchées où il a perdu mémoire et raison.

Au milieu du mois de février Briand fait savoir à Milosz que le comptable de l'hôpital souhaite obtenir un rendez-vous afin de s'entretenir avec lui de la situation administrative d'Ulysse. Milosz ignore tout de ces choses juridiques, ne les considère pas de son ressort, pour tout dire en méprise même un peu la trivialité. En outre Albert Glatigny, l'officier en charge du service comptable, un vieux capitaine court sur pattes qui, quand on le croise par hasard, donne l'impression de rouler mollement contre les murs comme une vieille balle de mousse, Albert Glatigny est déplaisant, sournois. Milosz décide d'anticiper sur sa visite, préfère se rendre lui-même dans l'aile de l'hôpital, loin des malades, où se traitent les affaires financières, d'intendance et d'organisation.

Cinq minutes plus tard le colonel frappe à la porte du bureau du capitaine. Une voix fluette lui répond d'entrer. Milosz pénètre dans la pièce en clignant des yeux, surpris par la pénombre que ne trouble qu'une lueur tremblotante dans les vacillations de quoi se ramasse un bien curieux personnage – le secrétaire de Glatigny. Cet individu qu'il n'a jamais rencontré lui paraît très vieux ou très jeune. C'est aussi que dans l'éclairage chevrotant il rajeunit et vieillit à grande vitesse sans arriver à se fixer. Tantôt ses cheveux épars sont blancs comme ceux d'un vieillard, tantôt blonds comme ceux d'un jeune homme. Il a une face de nouveau-né tout en rondeurs moelleuses mais ces rondeurs sont zébrées de rides profondes, si sombres qu'on pourrait les croire crasseuses. Il lève enfin sur Milosz des yeux de nourrisson décati.

— Vous désirez ?

— Voir le capitaine Glatigny.

— C'est à quel sujet ?

Milosz est agacé par la sorte de flegme avec lequel l'accueille le vieux poupon – un civil, pense le colonel pour expliquer ses manières grossières.

— Au sujet de l'un de mes patients.

— Quel matricule ?

— 1604502, je crois.

— Ah, oui ! s'exclame le secrétaire, l'amnésique ?

Il se met à fouiller dans un dossier épais posé à la droite de son bureau, juste sous la lampe à huile.

— Il faut d'abord que je vous explique, c'est compliqué… Asseyez-vous, c'est long.

Il désigne une chaise à Milosz.

— En mars de l'année dernière, voyez-vous, une commission extraparlementaire a fait voter à la Chambre un projet de réglementation générale à destination des invalides de guerre. Pour les vôtres, en psychiatrie, ceux qu'on appelle les « aliénés », le droit à pension est en principe immédiat quand bien même il est parfois difficile de déterminer un pourcentage précis d'invalidité grâce auquel on pourrait calculer le montant de la pension. Et puis, il y a les simulateurs, voyez-vous, beaucoup de simulateurs. Bref, la plupart du temps, pour les patients de son service, votre patron, le professeur Briand, signe un simple certificat à destination de la commission consultative médicale en recommandant d'appliquer le taux maximal. Ça suffit en général à court-circuiter la commission de réforme qui est plus défiante par nature. Toutefois, le matricule 1604502 nous pose un problème particulier. Comme il ne possède pas d'identité, il n'existe pas et quand on n'existe pas on ne peut pas espérer toucher une allocation… En langage administratif, votre bonhomme ne relève d'aucun ministère, ni les Pensions, ni la Guerre, ni la Santé militaire. Nul n'est donc en mesure de l'entretenir, voyez-vous.

— Et?

— Et rien, c'est juste qu'il ne va pas pouvoir vivre à nos crochets très longtemps…

— Vos crochets?

— L'hôpital a ses contraintes, on ne fait pas la charité, dit-il en refermant le dossier.

Le capitaine Glatigny fait alors son apparition, ôte son képi, lentement le retourne avant d'y glisser ses gants – comme s'il souhaitait gagner du temps.

— Il ne fallait pas vous déranger, mon colonel, je comptais venir vous voir moi-même.

Milosz sourit. Il préfère cette rhétorique déférente à la cuistrerie du secrétaire.

— Votre employé (Milosz insiste sur le mot), votre employé essaie de me faire comprendre que le soldat amnésique dont je m'occupe ne va plus pouvoir demeurer dans le service de psychiatrie. C'est bien cela, capitaine ?

— Comme vous y allez, mon colonel, passons plutôt dans mon bureau.

Glatigny s'assoit derrière une immense table de style Empire dont les dimensions le submergent, l'aspirent au point que Milosz ne voit bientôt plus de lui, qui dépasse au-dessus du plateau, qu'une tête aux traits mous, une langue pleine de sang qui n'arrête pas de lécher des lèvres fiévreuses, brillantes – rouges comme des pommes d'amour, songe le colonel. Ses yeux sont lents, ses mains sont lentes, son regard est visqueux – une mouche collée sur une vitre. Il dégoûte Milosz.

— Je dois vous informer de la situation dont le moins qu'on puisse dire est qu'elle est confuse.

Milosz ne peut retenir un geste d'agacement. Qu'un soldat s'apprête à lui expliquer qu'un autre soldat, sacrifié celui-là par la République sur l'autel de sa survie, ne puisse néanmoins pas attendre de cette République qu'elle le dispense de régler lui-même les problèmes de comptabilité que suscite son sort, cela le révolte, le rendrait presque monarchiste, lui qui ne dédaigne pas feuilleter parfois les pages de *L'Action française.*

— En octobre de l'année dernière, commence Glatigny, quand votre amnésique est arrivé à l'hôpital du Val-de-Grâce, mes services se sont inquiétés du financement de son internement. On fait toujours comme ça. C'est la règle. À l'époque, il dépendait encore du ministère de la Guerre. Par définition si je puis dire puisqu'il était avéré qu'il portait un uniforme quand on l'a retrouvé à la gare de l'Est. On a donc demandé à la commission de réforme de la IIIe région militaire, dont dépend le Val-de-Grâce, de statuer rapidement sur son cas. En décembre, elle nous a répondu que sur le fond il lui était impossible de se prononcer concernant le sort d'un individu dont on ignorait l'identité, dont en plus le matricule ne permettait pas l'identification. Toutefois, elle consentait à le réformer avec une pension temporaire à 100 % jusqu'à la fin de l'année, après quoi il serait officiellement démobilisé et ne dépendrait plus du ministère de la Guerre. En clair, il n'a touché de pension que celle de décembre 1919. Dès janvier 1920, en même temps que nous saisissions les instances civiles locales afin qu'il soit déclaré indigent et que ses frais d'entretien soient réglés par le département de la Seine, nous nous sommes adressés au secrétariat d'État aux Pensions. Plus exactement à son intendant général. Mais tandis que le département nous répondait qu'il n'existait aucun élément permettant de penser que ce soldat fût parisien, l'intendant général lui se taisait…

Glatigny marque une pause. Deux petits amas blanchâtres maculent les commissures de sa bouche.

— Voilà où nous en sommes, mon colonel, ajoute-t-il en sortant un mouchoir de l'une des poches de sa vareuse.

Un instant, les deux hommes se regardent en silence. Milosz en profite pour allumer une cigarette.

— Si je comprends bien, capitaine, soit je paie les frais avec mes propres deniers, soit on va jeter ce malheureux à la rue ?

Glatigny sourit d'une manière joviale, sa poitrine gonfle sous le baudrier.

— Le professeur Briand a eu une idée.

— Je vous écoute, répond Milosz d'un ton las, en s'étonnant un peu que Briand ne lui ait rien dit.

Les paupières de Glatigny lui couvrent les yeux jusqu'à la moitié des pupilles. Le colonel se demande ce qu'il peut bien distinguer ainsi – la moitié de monde… Le capitaine renifle.

— Une affiche !

X

Dans un billet publié le 27 février par *L'Homme libre*, le journal de Clemenceau, un porte-plume d'André Lefèvre, le nouveau ministre de la Guerre, s'en prend à Léon Abrami, le ministre des Pensions du précédent gouvernement, qui d'après l'article n'aurait pas su mettre en œuvre un protocole digne de ce nom afin d'entreprendre l'identification d'un amnésique interné à l'hôpital militaire du Val-de-Grâce depuis plus de quatre mois. C'est en réalité que la requête du professeur Briand a été reçue favorablement par Lefèvre, un socialiste modéré qui s'est sincèrement ému de la situation d'Ulysse, de l'imbroglio administratif et financier dans lequel le plonge son amnésie. La proposition du psychiatre, placarder partout en France, sur les murs, dans les journaux, un portrait d'Ulysse, tête et tronc, pour solliciter le concours de tous ceux qui par hasard le reconnaîtraient, a semblé particulièrement astucieuse au ministre – susceptible aussi bien de figurer à son propre crédit en cas de succès. De quoi alimenter autour de lui une rumeur flatteuse, pleine de promesses politiques, de quoi donner des idées à Millerand pour son prochain cabinet – il préférerait les Finances, Lefèvre, après en avoir tâté, dix ans plus tôt, sous Aristide Briand. Des fonds spéciaux du ministère de la Guerre sont mobilisés pour financer l'opération, payer photographe, imprimeurs et journaux. Il est prévu que la campagne d'affichage débutera fin mars en région parisienne puis sera étendue au reste du pays dans le courant du mois suivant. Déjà la presse a été sollicitée afin de consacrer par avance quelques articles au soldat Ulysse. Sa solitude, son inexistence administrative, son enfermement psychologique, son amnésie… – cela pour attirer l'attention sur son malheur et, partant, sensibiliser l'opinion.

Le professeur Briand et le médecin-colonel décident que la séance de pose aura lieu dans le bureau de Milosz. Le 25 février un opérateur est dépêché par la Section photographique de l'armée. Depuis quelques jours, durant chaque séance Milosz se saisit du moindre prétexte pour expliquer à Ulysse que de lui on va venir prendre plusieurs photographies, qu'elles seront, ces photographies, exposées un peu partout en France, dans les gares, les bureaux de poste, les mairies, sur les murs, dans les gazettes, la plus modeste feuille de chou régionale, le plus obscur périodique, que sa famille apprendra qu'il est vivant, ne tardera pas à venir le chercher, qu'il retrouvera son passé, son village, son identité. Même s'il s'inquiète de formuler des promesses douteuses le médecin repousse l'éventualité que nul ne se manifeste jamais, qu'Ulysse demeure abandonné de tous – il souhaite tellement que son martyre finisse qu'il se comporte à la façon d'un militant farouche, optimiste par aveuglement, cela malgré les conseils de prudence de Briand. Ulysse écoute Milosz sans réagir, attentif cependant, et l'éclat doux de ses yeux a parfois quelque chose de tendre qui fait penser à du velours.

Le jour venu Ulysse est de bonne humeur. Il sourit à l'infirmière qui l'accompagne, à Milosz, au photographe qui a déjà dressé son matériel au centre du bureau du colonel – sur un trépied un lourd appareil rectangulaire au sommet de quoi s'ouvre une étroite fenêtre à clapet tandis qu'à sa base pend une sorte de rideau noir. Milosz a demandé à l'intendance qu'elle lui fournisse un petit choix de chemises blanches, de vestes sombres afin d'en revêtir Ulysse pour l'occasion. Ulysse retire sa tunique rayée, se dirige vers le divan, torse nu s'y allonge comme s'il entendait débuter ainsi une nouvelle séance. Le photographe est frappé par sa maigreur, l'absence de graisse, ému par le creux poignant qui s'ouvre sous ses côtes – en cet endroit où d'ordinaire les hommes de son âge arborent déjà un estomac légèrement bouffi. La poitrine est mince avec deux seins fripés sous une peau pâle et au milieu, à droite d'une cicatrice aux plis exsangues, un petit ravin où s'accrochent les muscles. Ulysse respire lentement. On l'a rasé, son menton et ses mâchoires sont piqués de rouge comme si la peau avait été attaquée dans la nuit par une nuée de moustiques. Ses cheveux blonds sont coupés court, presque ras. Le photographe le trouve beau.

Milosz explique à Ulysse qu'il doit s'habiller, enfiler une chemise blanche, une veste.

— Il faut que vous soyez gracieux comme un jeune marié ! On va vous voir partout, vous savez, vous serez bientôt aussi célèbre qu'une vedette de music-hall !

Ulysse sourit en clignant des yeux, se rétablit d'un coup de reins et bien assis sur le divan, aidé par l'infirmière, essaie une première chemise trop large, une seconde puis une troisième – toujours trop larges.

— Il est tellement maigre, s'écrie l'infirmière attendrie.

Elle fouille dans les poches de sa blouse, en sort quelques aiguilles qu'elle coince entre ses dents, lui demande de se lever, de se tenir debout devant elle, bras ballants, tête haute puis avec des gestes de tailleur précautionneux elle agrafe l'arrière du col et l'envers de la chemise afin de tendre le coton sur la poitrine, imiter sur le buste décharné l'effet lisse d'une coupe sur mesure. Elle recule de quelques pas pour se faire une impression.

— Pas mal, non ? commente-t-elle.

Milosz approuve.

— Pour la veste, ça va être pareil. Elles vont toutes être trop grandes, se lamente-t-il en en tendant une première à l'infirmière afin qu'elle la lui passe.

On dirait qu'Ulysse fait un effort pour emplir le vêtement, donner satisfaction à l'infirmière peut-être. Il gonfle sa cage thoracique, se cambre.

— Les manches..., soupire Milosz.

L'infirmière a des ressources. Elle replie les manchettes sur les poignets d'Ulysse, boutonne délicatement la veste, se glisse derrière lui qui ne bouge pas d'un poil, de deux nouvelles aiguilles rétrécit l'envergure de la taille, tire un peu sur les pans, époussette les épaules.

— Il faudrait du fond de teint, suggère le photographe. Ce serait mieux pour étouffer l'effet du flash.

L'infirmière disparaît avant de revenir cinq minutes plus tard avec son sac à main duquel elle extrait un petit nécessaire à maquillage qu'elle dispose sur le bureau de Milosz, s'empare d'une sorte de blaireau au manche d'écaille, en imprègne les poils d'une poudre rosée qu'elle sème ensuite avec délicatesse – ses lèvres pincées signalent une grande concentration – sur les joues, le front et les ailes du nez d'Ulysse qui ne tarde pas à grimacer en riant comme le blaireau lui chatouille la peau. Depuis combien de temps quelqu'un ne s'est-il pas occupé de lui avec autant de gentillesse, de douceur ? s'interroge le colonel.

Le photographe saisit Ulysse par le coude afin de l'amener face à l'objectif de l'appareil, le prie de ne plus bouger, de retenir sa respiration en souriant, dans le même temps invite Milosz et l'infirmière à se tenir derrière lui, s'y reprend à plusieurs fois, se penche pour jeter un œil dans la petite fenêtre à clapet, se ravise, modifie la pose, le profil, la place des mains, la hauteur du menton, chaque fois retourne à son appareil pour vérifier, se faire une idée de ce à quoi le cliché ressemblera. Ulysse est docile, ne cesse pas de sourire comme on le lui a demandé. Arrive enfin l'instant où, la main droite occupée à maintenir une grosse lampe émergeant d'un couvercle d'acier, la main gauche en pince autour de la lunette qui dépasse de l'appareil, le dos courbé et la tête fichée sous le drap noir, le photographe ordonne d'une voix fluette mais autoritaire : On ne bouge plus ! Une seconde après un éclair traverse la pièce – aveuglant, violent. Ulysse pousse un cri, se ratatine sur lui-même, mains en conque autour du crâne puis rampe se cacher derrière le divan. L'infirmière se précipite. Cou dans les épaules le soldat tremble de tous ses membres, maintient ses yeux fermés, genoux pliés, rassemblés sous son ventre. Milosz s'accroupit, pour le rassurer murmure à son oreille des propos apaisants. Déjà, le photographe remballe son matériel.

CHAPITRE QUATRIÈME

I

En mars et avril 1920, dans les journaux quotidiens, les revues, les plus modestes babillards, les plus humbles figaros, la presse régionale comme professionnelle, de gauche comme de droite, partout, dans les rues, les mairies, les écoles, les hôtels des impôts, les hôpitaux, partout une affiche est publiée, placardée – la photographie d'Ulysse, tête et tronc, avec une légende : *Si vous reconnaissez cet homme ou possédez des informations le concernant, contactez immédiatement l'hôpital du Val-de-Grâce ou signalez-vous à l'unité de gendarmerie ou au poste de police le plus proche de votre domicile.* En quelques jours ils sont des dizaines à le reconnaître. Afin de faire face à l'afflux inattendu des messages lettres télégrammes le professeur Briand autorise le médecin-colonel à recruter une secrétaire pour traiter le courrier, classer les témoignages, les questions, les implorations – *Rendez-le-moi, c'est lui, il n'y a pas de doute, c'est lui !* –, écarter les plus fantaisistes – *N'a-t-il pas pour habitude de se pincer le nez dès qu'il a froid ?* –, les moins lucides – *Mon pendule a été formel, c'est lui !* Briand n'est pas peu fier de ce succès qui lui vaut les félicitations du ministre Lefèvre, lui fait entrevoir l'ombre d'une rosette rouge au revers de sa redingote – tout en continuant à railler par habitude les espérances de Milosz, ses déductions de détective, son étrange acharnement. Bien qu'ému par cette abondance de réactions et aussi bien intrigué par ce qu'elle raconte, cette abondance, de l'état psychologique du pays Briand hésite néanmoins à donner satisfaction à Milosz quand le colonel suggère d'aménager une aile au rez-de-chaussée du Val-de-Grâce afin qu'il y reçoive les familles qui seront convoquées à l'issue du tri.

— Qu'est-ce que vous attendez de ces visites, Milosz ? Vous êtes trop sensible, mon vieux ! Ils sont tous fous, bien plus encore que votre Ulysse ! Tous ! Chaque veuve reconnaîtrait son mari, chaque sœur son frère, chaque mère son fils, dans n'importe quel singe coiffé d'un calot. Ce qu'elles veulent, ce qu'ils veulent tous, c'est que la place du mort, tout ce vide dans leur cœur, leur lit, à leur table, soit à nouveau occupée, tout plutôt que l'absence. Après quatre ans de guerre le retour de l'absent est devenu un droit !

Milosz n'écoute plus Briand, lui en veut même de son cynisme – souffre avec Ulysse. Il est sidéré par la montagne de lettres venues des quatre coins du pays qui chacune revendique Ulysse en accompagnant sa requête d'une liste de détails saisissants prouvant malgré eux, ces détails, qu'Ulysse n'est pas celui auquel elle fait référence. À ceux qui les contactent après avoir vu l'affiche, la police et la gendarmerie distribuent un petit fascicule récapitulant les principales caractéristiques physiques d'Ulysse – taille, poids, âge supposé, cicatrices, macules cutanées, couleur des cheveux, des yeux, forme du nez, des oreilles, des mains, des ongles, des pieds… Lorsqu'elles constatent que la description officielle contredit certains des souvenirs qu'elles ont de leurs chers disparus, les familles inventent une explication, sont prêtes à toutes les affabulations, fabriquent un roman pour l'occasion, visent moins à paraître rationnelles que magiquement crédibles pour obtenir le droit de voir une fois le soldat amnésique – frissonner en imaginant qu'un miracle se produira peut-être… C'est ainsi qu'Ulysse devient un fantasme national – le soldat inconnu qui ressuscite. Un Christ républicain, quoi. Cela ne facilite pas la tâche de Milosz, le plonge dans un océan d'incertitude, ne cesse pas de le bouleverser. Ne plus savoir qui l'on est, comment on s'appelle, d'où l'on vient, c'est le mal singulier de l'amnésie. Mais que nul ne puisse procéder à une identification – pas un père, une mère, un ami, un voisin pour se présenter et dire simplement: « C'est lui, tel est son nom » –, voilà qui l'affecte en profondeur, le tourmente chaque soir davantage. Après son entretien quotidien avec Ulysse, la cure n'est en effet pas suspendue, Milosz explique au soldat par le menu la teneur des courriers les plus saisissants comme les plus déroutants, lui rend compte des dizaines de lettres qui semaine après semaine parviennent au Val-de-Grâce, le prépare peu à peu aux confrontations. Comment Ulysse supportera-t-il qu'ils soient une multitude à le reconnaître, qu'un millier d'identités différentes, souvent inconciliables, s'offrent à lui – un millier de familles n'ayant rien d'autre en partage qu'un désir irrépressible de retrouver celui qui a disparu ? Briand aurait-il raison ? « C'est lui » ne serait-il donc plus qu'une autre façon de dire : « Rendez-moi mon mari, mon frère, mon fils » ?

II

Le vieil homme coiffe ses cheveux avec sa main ouverte, une main lente, épaisse quoiqu'il soit plutôt sec. Le bout de ses gros souliers brille. On dirait qu'il vient de réchapper d'une longue pluie, qu'il a cassé sous l'orage tel un sarment devenu fragile avec le temps. Dos fléchi, nuque courbée, coudes aux cuisses, c'est la tête qui vient à la main, se donne aux doigts écartés. Il a de la terre blanche sous les ongles, une terre propre comme de la craie. La vigueur ronde de ses épaules lui fait comme un creux au milieu de la poitrine. Il est vêtu d'un pantalon de coutil noir serré sur le ventre par une large ceinture de cuir, d'une veste de même couleur – un carré d'étoffe orne sa gorge, éclabousse de rouge une sorte de chandail rayé comme un maillot de marin qui lui moule le torse. Sans se manifester encore, caché dans l'embrasure de la porte de son bureau Milosz l'observe de loin, assis sur l'un des bancs du corridor transformé en salle d'attente. Il se remémore les termes de sa lettre, ajuste son opinion en croisant la simplicité touchante de ses mots avec la fantaisie populaire de son allure – lui, veuf, son fils unique disparu dans la Somme deux ans plus tôt, deux ans sans sépulture… Une petite photographie accompagnait sa lettre, prise plusieurs années auparavant. Jour de communion solennelle, aube blanche et cierge au poing. Malgré la différence d'âge, il y avait quelque chose, oui, la forme des yeux, des joues peut-être et puis un casque de cheveux clairs, clairs comme ceux d'Ulysse. Pour le reste, la taille, les cicatrices, le toutim des détails que décrit le fascicule officiel, on ne pouvait guère s'y fier, le chagrin brouillait la mémoire, la fleurissait toujours un peu. Le médecin se dit que la main du vieil homme qui soulève ainsi ses cheveux en un geste engourdi est agile, on la devine ingénieuse, cette main, de bonne volonté, les doigts sont fins, presque aussi féminins que ceux du soldat qui labourent la chevelure blanche du front jusqu'au sommet du crâne. Autour des ongles, dans les cannelures de la chair la terre blanche a résisté à l'eau, aux frottements – la poussière intime des gâcheurs de plâtre.

Milosz s'approche de l'homme, se présente d'une voix la plus douce possible, lui suggère de passer dans son bureau avant la confrontation – quelques papiers à signer, des informations à lui communiquer, des prudences aussi et des précautions afin de soulager par avance sa prévisible amertume, endiguer sa probable déception. Milosz ne se fait guère d'illusion – le plâtrier n'est que le premier d'une longue série de prétendants qui bientôt seront reçus au Val-de-Grâce, trembleront de bonheur et de peur mêlés à l'instant de rencontrer Ulysse, repartiront désenchantés. Chaque jour la liste s'allonge. Toutes les lettres sont troublantes, poignantes quand bien même elles sont parfois douteuses. Le mensonge agit ici comme un antidépresseur, l'ultime remède contre le désespoir, une dernière bouffée d'opium avant les ténèbres définitives et quoiqu'il sache ne pouvoir en sauver qu'une le médecin voudrait les soigner toutes, ces familles affligées qui écrivent comme elles pleurent. Ce pourquoi il préfère feindre d'en croire un très grand nombre.

Timide, ramassé dans un fauteuil en cuir à l'assise trop moelleuse pour lui le vieil homme écoute le colonel, l'observe attentivement, si attentivement qu'il finit par penser, et de s'en étonner, que ses propos sont étranges. Trop tendres, trop suaves pour la bouche châtiée d'un officier supérieur s'adressant à un ouvrier. Il flaire une entourloupe, le plâtreur, tend la main vers Milosz afin de l'interrompre – une main rongée de travail qu'il referme pour s'en frapper la poitrine.

— Là-dedans, il n'y a pas de doute, ce n'est que de la mécanique, ça marche ou ça rompt… La guerre, voilà, c'est tout ce qui me reste.

Milosz ne voit plus que son poing, rond comme un astre, qui bat contre son cœur.

— Vous êtes juste ? demande le vieil homme.

Lorsqu'une demi-heure plus tard Ulysse pénètre dans le bureau de Milosz le vieil homme saisit le bras du médecin, tremble de tous ses membres. Le soldat est accompagné d'un infirmier qui ne le lâche pas d'une semelle. Milosz est inquiet, ignore comment Ulysse va se comporter, redoute une régression passagère de son état. Pour l'heure Ulysse se tient debout sans regarder le vieil homme ni Milosz. Une horloge sonne midi. La rumeur de l'hôpital envahit la pièce, nul ne bouge. Le vieil homme se dresse, piétine soudain le parquet de ses gros souliers brillants – un filet de sang coule de son nez, pleut sur ses lèvres. Il défait son foulard, s'en tamponne les narines, la bouche. Il est de plus en plus pâle, séparé du monde par son saignement, à l'abri sous le rouge du tissu auquel se mélange le rouge du sang. Ulysse sourit, esquisse un geste de la main comme s'il voulait offrir son propre foulard, dont il ne se sépare presque jamais, afin d'étancher la petite hémorragie. C'est un geste d'empathie, oui, mais l'empathie ne fait pas reconnaissance, il n'en devient pas pour autant le fils qu'espère le père. Milosz insiste pour que le vieil homme s'allonge sur le divan, le temps de faire cesser le saignement, puis il allume une cigarette pour calmer sa nervosité. Il ne se passe rien et ce vide, ce néant sont encore plus angoissants que ce qu'il avait imaginé – la déception, la douleur, la souffrance de l'échec. Il se dit qu'une certaine beauté, une beauté noble, est descendue sur le visage du vieil homme, qu'elle infuse chacun de ses mouvements. Sous ses épais sourcils blancs, ses yeux noircissent, interrogent – ne reconnaît-on pas un homme à ses blessures ?

— Pauvre couillon, murmure-t-il en contemplant son foulard maculé, pauvre couillon !

Il se lève, ne sent plus le sang tressaillir dans son nez, couler dans sa bouche après qu'il a reniflé. Il ne sent d'ailleurs plus rien, se demande ce qu'il fait ici, dans ce bureau, peu à peu se résigne à mesure qu'une floraison d'images le submerge – fermes champs hameaux, entre eux un lacis de routes crayeuses qui serpentent, s'éloignent, reviennent, des images de son pays, de sa terre, de son village, de sa maison, de son fils chéri, toute une végétation de souvenirs qui poussent en lui tel un haut pâturage. Ses yeux las croisent ceux d'Ulysse, se mouillent de larmes lentes à goutter – ça lui chamboule le regard, le remue en profondeur.

— Je vous raccompagne, dit le médecin-colonel, en lui proposant de s'appuyer sur son bras.

III

Les visites succèdent aux visites, les semaines aux semaines. Ulysse se plie à l'exercice sans difficulté, n'est qu'indifférent à tous ces gens qui le scrutent. Il ne rechigne pas à rencontrer les pères, les mères, les épouses mais se contente d'apparaître devant eux sans jamais manifester la moindre émotion. La plupart du temps cela ne dure que quelques minutes, de quoi permettre à la raison de rompre l'espoir – sèchement. Les prétendants ouvrent grand leurs yeux avides, leurs regards se brisent aussitôt sur la surface impassible du visage d'Ulysse – on entendrait presque leur attente voler en éclats et retomber autour d'eux en minuscules fragments.

Une fois, une seule fois, ce doit être en juin ou à la fin du mois de mai, la lumière ce jour-là est pure qui entre à pleines fenêtres dans le bureau du médecin-colonel, l'air frais et doux, de cette douceur qui annonce la fin du printemps, l'arrivée prochaine de l'été, ce jour-là quelque chose se produit qui n'est jamais arrivé, quelque chose d'indéfinissable – la moitié du chemin… Deux femmes se tiennent dans le bureau de Milosz, habillées de noir toutes les deux, l'une vieille, l'autre jeune – la mère, la bru. La première est une femme des champs, forte, petite, aux traits ingrats mais avec dans l'œil une humeur dense de bonté qui lui fait le regard tendre, la rendrait presque belle malgré le nez épaté, les joues pendantes, la bouche aux lèvres grises. Milosz se dit en l'observant que cette laideur aimable est peut-être l'œuvre du sacrifice qui fabrique la bonté véritable dans les ateliers intimes de la douleur – tant cette femme semble empressée de retrouver son fils, rongée qu'elle est par l'absence, cinq ans qu'il a disparu dans les combats de Rossignol, en Belgique, certaine qu'il n'est pas mort, seulement évanoui, introuvable.

— Je le sens en moi, Monsieur, je le sais, c'est lui.

L'autre, une vingtaine d'années, mince, pâle, brune, magnifique et dévastée à la fois dans sa grande jupe avec dessous de petits souliers vernis aussi pointus que des museaux de souris, l'autre au ravissant visage, d'une harmonie parfaite s'il n'était piqué d'angoisse, de manque, au front pur, aux cheveux bouclés et brillants, l'autre n'est qu'une silhouette furtive qui ne cesse de s'accrocher à sa belle-mère, de se dissimuler derrière elle comme si elle s'estimait indigne de cette beauté désormais sans objet – coupable au point de vouloir disparaître. Lorsqu'elle consent à répondre aux questions de Milosz, ses yeux sont fuyants, ses propos fiévreux.

— C'est un ange, il a ouvert ses ailes pour s'envoler quand sa tête a éclaté.

Le couple que forment ces deux personnages intrigue Milosz. Il y a en elles comme la marque de la frénésie militaire de Rossignol, celle qui rendit fou le général Raffenel avant de l'emporter, lui et ses six mille hommes qui, encerclés, attendaient la mort sans bouger. D'instinct il retarde le moment de la confrontation, se méfie de cette immense aspiration qui les illumine toutes les deux – l'une à l'extérieur, l'autre à l'intérieur. En s'approchant d'elles il sent soudain leur odeur de femme, il la sent qui le pénètre en profondeur tandis qu'autour de lui le monde se retire peu à peu – l'hôpital, la guerre, ses martyrs abrutis, les épileptiques bavant dans les salles voisines, dans le parc les convulsifs battant des mains tels des oisillons craintifs. Le monde fait une pause, oui. Milosz est fatigué, abattu, l'éther, l'eau de Javel se dissolvent dans une odeur de cannelle, de pommes, de miel. Le médecin la laisse monter en lui, cette odeur sucrée, désire même y macérer quelques instants, le temps de souffler – devenir un chiffon entre les doigts du monde.

On frappe bientôt à la porte de son bureau. Milosz s'ébroue. Le soldat Ulysse est devant lui avec ce visage à présent lunaire que plusieurs mois de traitement, de sédatifs divers, d'enfermement lui ont progressivement modelé, si différent du masque sauvage qu'il présentait en arrivant, un visage désormais gris comme du sable dont la peau semble transparente ici, violette là. Les joues auparavant dévorées de barbe sont devenues froides et lisses, le nez s'est aminci, le bleu du regard a pâli. Un visage résigné, rendu presque burlesque par le fléchissement asymétrique d'une des deux paupières – un clown triste. Le médecin appose une main sur son dos pour l'inviter à avancer vers les deux femmes, chauffe avec sa paume le froid de la veste. Ulysse le regarde longtemps. Quand l'endroit entre les omoplates est enfin tiède Milosz change sa main de place. La mère s'avance gauchement, en claudiquant, bouche ouverte sur un sourire ému, des larmes dans les yeux, les bras tendus devant elle.

— Pierre, mon Pierrot…

Elle glisse sa grosse tête dans son cou, y sanglote, palpe la poitrine du soldat avec des gestes de chat ronronnant dans son giron, « Pierrot, oh mon Pierrot », du bout de ses doigts épais aux ongles ras le griffe, entreprend de le reconquérir, regagner sa confiance d'enfant, retrouver la mémoire de ses sensations de mère – elle laisse peser son catogan sur sa nuque, saisit la main de Pierrot pour l'accompagner dans ce voyage. Le regard d'Ulysse se trouble. Milosz lui fait signe de ne pas s'inquiéter. Même s'il sait que c'est à la fois cruel et charitable il voudrait donner à cette femme quelques minutes de bonheur, d'illusion douce, qu'elle ne se soit pas déplacée pour rien. Pas un instant toutefois il n'imagine que cette confrontation puisse être décisive – la dernière. Pourtant Ulysse, lui, y croit peut-être, sa main rejoint celle de la femme, repliée entre ses seins, tapie.

— Ouh ! Aïe ! Pierrot, murmure-t-il, Pierrot, aïe !

Il bombe le torse sans repousser la femme. Son visage n'a pas changé, toujours cette couleur de sable, cette immobilité étrange du regard, mais en revanche son corps s'est soudain épaissi, ses épaules épanouies comme s'il venait de se gorger d'une énergie nouvelle. Il tend le poing vers la jeune femme qui est demeurée en retrait, à moitié cachée derrière un fauteuil.

— Barbara !

La jeune femme sursaute, hésite en clignant des yeux, se tourne vers le médecin qui soudain se demande s'il n'assiste pas à de vraies retrouvailles. Elle trébuche un peu, son pied est incertain qui s'empêtre dans les franges du tapis. Le mouvement sobre de ses longues cuisses ne déplace qu'insensiblement le tissu de sa robe – un vague courant d'air dans les festons qui bouillonnent autour de ses chevilles. Elle ouvre la bouche, aucun son n'en sort. Déjà elle ne bouge plus, ses paupières, sa bouche ne tressaillent pas. Rien en elle ne remue sinon ses narines pâles quand un léger souffle s'en échappe. Bras allongés le long du buste, jambes dures, elle se tient debout, plus raide que du fer – stupéfaite. Ses cheveux sont si noirs que derrière elle, sur le mur blanc, ils semblent y creuser un trou. Elle doit les lisser avec de l'huile, se dit Milosz, les attacher sans épingles en s'aidant de leur poids tant ils sont lourds, abondants. Le médecin l'encourage à rejoindre la vieille femme qui est toujours blottie contre Ulysse – lequel ouvre, ferme le poing dans sa direction. On dirait qu'il veut saisir la jeune femme, l'attraper. Les yeux tout meurtris de confusion, fermes et dorés, elle s'efforce de ne pas pleurer, ne pas gémir et malgré elle ses efforts jettent sur ses jolies lèvres un peu de dégoût.

— Barbara !

Le regard d'Ulysse brille d'une certitude nouvelle, d'un désir que Milosz n'a jamais surpris même quand la nuit il observait secrètement le soldat dans l'intimité de sa chambre, un désir qui lui écarquille les yeux, lui empourpre le front tandis que dans son cou celle qui se veut sa mère tète une veine saillante où frémit son sang, que sa bouche bistre l'aspire, s'offre comme pour libérer sa joie, que l'émail de ses joues frissonne de bonheur. Milosz veut que le miracle s'accomplisse – s'il était croyant il prierait. À petits pas prudents la jeune femme s'est approchée d'eux, les frôle mais ne les regarde pas. Ses lèvres sont encore gonflées d'amertume. Elle appelle son mari.

— Pierrot, c'est moi…

Entre Ulysse et sa belle-mère sa voix se glisse, chaude, se faufile jusqu'aux oreilles de l'un puis de l'autre. Ulysse resserre l'étreinte, cache son visage dans le chignon grossier de la vieille femme. Il a rabattu son bras.

— Pierrot ? C'est toi ?

— Ouh ! Aïe !

Milosz saisit la jeune femme par le coude, l'attire vers lui, l'entraîne doucement à proximité d'une fenêtre, désire la contempler en pleine lumière.

— Vous reconnaissez votre mari ?

Ses yeux fauves vacillent, ne le voient pas, sont mouillés de larmes tandis qu'une sorte de lueur fervente s'en dégage qui ne se contente pas de suinter dessous les paupières comme de la liqueur dorée sous le bouchon d'un flacon mais paraît remonter des profondeurs, du dedans – une lave d'ambre sécrétée par deux petits cratères jumeaux. Dès qu'elle entend la question du médecin la lueur s'égare mais avec un léger retard. La jeune femme se met alors à pleurer sans bruit, le visage tourné vers l'extérieur, la cour de l'hôpital.

— Le temps est beau, n'est-ce pas ? murmure-t-elle.

— Est-ce votre mari ? insiste Milosz.

— Pierrot est vivant, oui, sa tête est morte mais il est vivant. Laissez-moi le toucher, lui toucher les épaules, les bras, frotter ma joue sur ses mains.

Le médecin est décontenancé par la demande de la jeune femme, d'instinct la trouve menaçante, cette requête, pour Ulysse autant que pour elle. Trop d'émotions mêlées qui risquent de brouiller les pistes, de noyer la vérité sous un flot de désirs accumulés, de sensations empêchées. Il a cependant tellement peur de passer à côté de la vérité qu'il finit par y consentir, abandonne la jeune femme près de la fenêtre, va séparer Ulysse de la vieille femme qui s'agrippe à lui.

— Non !

Ulysse obéit à Milosz qui le conduit alors vers la jeune femme. Il se laisse faire après que le médecin a invité celle-ci à lui toucher les cheveux, les épaules. Mais c'est lui qui lui prend la main, la porte à son visage, ses lèvres, souffle doucement dans sa paume. Il sourit de plaisir quand elle flatte le contour de ses joues, de son menton ainsi qu'une mère le ferait à son enfant, par effleurements légers de la pulpe des doigts, puis entreprend, cette fois-ci du plat de la main, de le découvrir tout à fait, déchiffrer son corps, ses limites – là où il s'arrête, s'interrompt. Elle soupire, revient vers le visage, se dresse sur ses pieds, s'enfouit dans le cou d'Ulysse comme tout à l'heure sa belle-mère, se retire, se détourne.

— Ce n'est pas Pierrot.

La vieille femme hurle.

— Tais-toi donc ! Comment pourrais-tu le reconnaître ? Ne l'écoutez pas, Monsieur, je sais moi que c'est mon Pierrot, je l'ai reconnu !

Milosz se précipite pour retenir la vieille femme qui maintenant sanglote, effondrée sur elle-même hoquette tel un nourrisson en colère.

— Comment aurait-elle pu le reconnaître, je vous le demande ? Elle est aveugle…

La jeune femme est pâle, calme et déterminée, ses traits sont pleins de certitude.

— Ce n'est pas son odeur…

À travers la fenêtre elle présente son visage à la caresse du soleil.

— Et je m'appelle Louise.

IV

Quelques jours plus tard, un matin en pénétrant dans le bureau de Milosz, Ulysse se dirige précipitamment vers le divan, s'y allonge sans attendre l'invitation rituelle du médecin, croise ses bras sur son torse – déterminé.

— Cette nuit, je me suis perdu.

Milosz sourit en saisissant son carnet, s'assoit dans l'un des fauteuils en cuir, allume une cigarette, prend son temps, remarque qu'Ulysse a de moins en moins de difficulté à s'exprimer, que ses phrases sont de jour en jour plus fluides.

— Perdu, répète Ulysse comme pour le détromper.

— Racontez-moi, je vous écoute.

Ulysse demeure un long instant sans parler, fait de petits bruits mouillés avec sa langue.

— Mentir, il ne faut pas mentir. Non ! Vous croyez que ça sert à quelque chose que j'entende les mots avant même qu'ils n'envahissent ma bouche ? Une autre voix, l'autre, vous savez ?

— L'autre ?

— La berlue !

Milosz revoit la silhouette gracieuse de la jeune Louise, ses yeux dorés, songe à cette seconde où tout a basculé.

— L'odeur ! L'odeur ! répète Ulysse.

— Quelle odeur ?

— La berlue a parlé de mon odeur, non ?

— Et vous, ça vous évoque quoi, ce mot « odeur » ?

— La poudre ! La chasse dans mes collines.

— Où sont-elles vos collines ?

Ulysse s'agite un peu sur le divan, s'étend davantage, s'étire, soupire. Il a dans les yeux des éclats de folie douloureuse, de fatigue aussi. Il se lève, s'approche du fauteuil sur lequel Milosz est assis, touche la souplesse du cuir, renifle l'odeur du cuir puis le médecin lui-même qui ne bouge plus, a suspendu sa prise de notes.

— Ça sent le bestiau, là-dedans, ça en a l'odeur, là. L'odeur est toujours un cercle parfait, quand ça pue, ça pue rond ! Un disque de mouscaille en ondes lentes !

Milosz s'étonne, se retient de s'esclaffer mais Ulysse le devance, pour la première fois éclate de rire.

— *Without geometry, life is pointless…*

V

Les visites se comptent désormais par dizaines. En vain. Briand ne se moque même plus de Milosz, exige seulement qu'il rejoigne chaque après-midi le cœur du service de psychiatrie au premier étage de l'hôpital, qu'il délaisse le soldat Ulysse afin de s'occuper aussi de ses autres patients. Il en profite, Briand, quelques mots suffisent où l'esprit antigermanique se mêle d'un antisémitisme fugace, pour renvoyer la psychanalyse aux ténèbres méphitiques qui l'ont vue naître.

— Que peut-on attendre d'un Boche, juif de surcroît, je vous le demande ?

Pour se consoler, et sans jamais renoncer, Milosz lit et relit ses notes, assemble comme il peut les rares éléments qui au-delà de ses caractéristiques physiques pourraient servir à dresser d'Ulysse un portrait plus précis de façon à gagner du temps dans la sélection des familles qu'il s'évertue à recevoir chaque matin. Pourtant le puzzle ne semble pas susceptible d'être bientôt résolu tant le nombre de ses pièces ne cesse de croître – chaque jour il arrive encore des lettres nouvelles. Aussi un certain découragement le gagne, il se dit qu'il a tout exploré des miettes psychologiques qu'au cours de leurs échanges le malheureux a bien voulu lui donner à moudre – compétences goûts angoisses hallucinations… Un jour qu'il discute avec ses assistants, deux jeunes sous-lieutenants du service de santé qui n'ont pas connu le feu, ont choisi comme spécialité la psychiatrie, l'un par admiration pour les travaux de Charcot, l'autre par fascination pour l'hypnose qu'il pratique dit-on dans certains salons parisiens de façon plus spectaculaire que scientifique, un jour où Milosz discute avec eux du dossier médical d'Ulysse qu'ils se sont procuré auprès de la gendarmerie, laquelle a consigné ses premières observations de façon rigoureuse avant d'envoyer le soldat à Bicêtre, il réalise soudain que parmi les nombreux noms sous lesquels Ulysse a successivement décliné son identité après qu'on l'a appréhendé se trouvent ceux de plusieurs généraux, Foch, Nivelle, Pétain, et que ce détail n'a jamais été exploité, sans doute en raison de sa diligente interprétation par les gendarmes – de vulgaires imprécations antimilitaristes, usuelles chez nombre de démobilisés. Deux jours plus tard, après avoir exploré l'index des bordereaux officiels émanant de l'état-major durant la guerre, l'un de ses assistants informe Milosz que tous ces généraux ont en commun d'avoir commandé soit le 20e corps, soit la 2e armée à laquelle ce corps était rattaché.

— Il est possible qu'Ulysse ait servi sous leurs ordres, non ?

Milosz hoche la tête, retourne les feuilles qui composent le dossier médical, tergiverse. Ne serait-ce pas illusoire de s'accrocher à cette information ? Ne prendrait-on pas là un risque inconsidéré ?

VI

Il est bien sûr fastidieux d'isoler dans les dizaines de demandes d'audience qui parviennent chaque jour à l'hôpital depuis qu'on a affiché le portrait d'Ulysse partout dans le pays celles qui concernent des individus ayant appartenu à l'une des unités de ce 20e corps, un corps qui comprenait plus d'une quinzaine de régiments – des artilleurs, des fantassins, des marsouins et même deux bataillons de chasseurs à pied, des milliers de mobilisés. Chaque nuit et chaque matin pendant six mois, durant l'été puis l'automne 1920, Milosz s'efforce d'analyser une vingtaine de ces demandes en même temps qu'il continue de recevoir quelques parents affligés afin de ne pas tout à fait abandonner les autres pistes.

Il ne sort plus, refuse les invitations réceptions cocktails dîners, n'a plus qu'une idée en tête en quittant le Val-de-Grâce à la nuit tombée, retrouver chez lui, dans son salon désormais envahi d'enveloppes – des cartons pleins de douleurs ont colonisé son canapé, ses fauteuils, jusqu'à sa table de cuisine –, retrouver l'odeur du papier bon marché, de l'encre, devant ses yeux épuisés sous la lumière jaune d'une méchante lampe revoir la danse touchante des écritures informes, relire la poésie fortuite des orthographes confuses, entendre à nouveau la complainte désespérée de ces centaines de gens qui ont tous reconnu celui qu'ils ont aimé, chéri, celui dont ils croyaient qu'il ne reviendrait plus et qui soudain leur est apparu en ouvrant le journal, au coin d'une rue sur un affichage public – exhumé, ressuscité, sauvé. Ils lui sont devenus familiers, ces gens souvent simples, humbles, il aime les rejoindre pour quelques heures de veillée, s'assoupir en les écoutant, tremper ses rêves dans leurs prières au point d'oublier ses ambitions propres, son avenir dans la médecine militaire, son désir de plaire aux héritières françaises – toutes ses coquetteries d'immigré lituanien…

Plus de cinquante mille soldats demeurent sans sépulture… Par malchance il arrive souvent que les familles n'aient pas une connaissance précise de l'affectation de leur disparu. Il faut alors traquer le nom dans les listes militaires, les témoignages éventuels des blessés recueillis par la Croix-Rouge qui les tient à la disposition des autorités, mettre la main sur le bon corps, le bon bataillon, le bon régiment en se fiant parfois aux rares indications géographiques que les lettres consentent à donner

– en novembre 17 il était stationné près de Laon, la dernière fois qu'on l'a vu, c'était dans les faubourgs de Metz… En passant au crible cette volumineuse correspondance Milosz réussit à distinguer sept soldats oubliés, égarés dans le chaos des combats, dissous dans la terre qui les a vus tomber, sept soldats donnés pour morts ayant appartenu au 20ᵉ corps au moment où le général Foch le commandait, où Nivelle et Pétain se relayaient à la tête de la 2ᵉ armée. Parmi eux, deux sont toutefois âgés de plus de quarante ans lorsqu'ils disparaissent cependant qu'Ulysse a une trentaine d'années, trois sont presque illettrés alors qu'Ulysse s'exprime au moyen d'un vocabulaire étendu, écrit, parle de façon certes chaotique un français de bonne qualité, possède des rudiments d'anglais, de grec, de latin. Il n'en reste ainsi que deux qui proviennent du même régiment, le 5ᵉ hussards, et se sont évanouis à peu près au même endroit, vers le mont Mort-Homme, près de Cumières, en août 18. L'hypothèse est fragile, Milosz ne l'ignore pas mais certains détails dont la conjonction le trouble, la coïncidence des prénoms de leurs femmes, la commune référence au village de Banon qui se trouve être de plus l'endroit où l'on a retrouvé Ulysse après son évasion de Bicêtre, tout cela finit par le convaincre que la probabilité n'est pas négligeable que le soldat soit l'un d'entre eux.

L'un s'appelle Balthus Albarède, l'autre Charles Jost. Le premier était âgé de vingt-six ans au moment de sa disparition. Instituteur dans le Lubéron, à Banon, il a signé quelques vers dans une revue parisienne, *Les Argonautes.* La rumeur policière le dit pacifiste et socialiste. Le second avait vingt-huit ans quand il s'est volatilisé, était avant guerre assistant de mathématiques à l'École polytechnique, rattaché à la chaire du professeur Hadamard. Ils ont tous les deux épousé en 1914 une jeune fille se prénommant Barbara. La femme de Balthus est une jeune paysanne, celle de Charles la fille d'un magistrat fortuné issu de la lignée des Pradon-Vallancy. Les lettres du front qu'ils écrivaient à leurs familles dont certaines figurent dans leurs dossiers sont dans les deux cas longues, assez littéraires, pleines de précisions militaires, géographiques, permettant de penser qu'ils ont été mobilisés ensemble, ont combattu ensemble, ont été engloutis lors de la même offensive du 5e hussards sur la côte 304.

HÔPITAL MILITAIRE D'INSTRUCTION
DU VAL-DE-GRÂCE
SERVICE DE SANTÉ DES ARMÉES
227, RUE SAINT-JACQUES
PARIS, 5ÈME ARRONDISSEMENT

Paris, le 24 janvier 1921

BULLETIN DE SANTÉ D'UN MILITAIRE EN TRAITEMENT

Ce bulletin~~, destiné à la famille, doit être envoyé avec l'assentiment de l'intéressé et à la personne désignée par lui.~~

~~Il~~ doit être établi et expédié......... par les soins du médecin traitant, le médecin-chef colonel Milosz.

A) NATURE ET CARACTÈRE DE LA MALADIE OU BLESSURE

Le soldat provisoirement dénommé Ulysse (matricule 1604502) souffre d'une amnésie complète d'identité mais ne présente cependant aucune lésion physique, ni trace de blessure particulière susceptible d'expliquer son état. Depuis plus d'un an qu'il est interné au Val-de-Grâce, il a fait l'objet, sans succès, de divers protocoles thérapeutiques en vue de rétablir sa mémoire, et semble insensible aux médicaments comme aux sollicitations psychiatriques habituelles. Il ne sait en effet ni comment il s'appelle, ni d'où il vient, ne reconnaît personne, en particulier aucun camarade dont il aurait pu être proche au sein du 5e Hussards, son probable régiment d'affectation. La forme dissociative de son amnésie est confirmée par un épisode dit de «fugue» qui a duré environ six mois après qu'il s'est échappé de la première unité médicale qui l'avait pris en charge, à l'hôpital Bicêtre, en février 1919. Jusqu'à présent, il ne nous a pas été possible de déterminer l'existence d'un fait traumatique précis ayant entraîné ce trouble sévère.

Son tableau clinique étant stabilisé depuis plusieurs semaines, il nous semble désormais possible de le confronter à quelques personnes qui pourraient l'avoir connu avant la guerre et ainsi lui permettre de retrouver le chemin de sa véritable identité.

Certains aspects de sa personnalité nous amènent à penser qu'il pourrait s'agir du sous-lieutenant Charles Jost, votre mari classé disparu en août 1918, même si d'autres éléments, je ne vous le cache pas, nous encouragent plutôt à rejeter cette hypothèse. Nous sommes ainsi dans une incertitude qu'il convient de lever au plus vite...

Aussi, sauf en cas d'empêchement majeur que vous voudriez bien nous signaler le cas échéant, nous vous demandons de vous présenter, lundi 31 janvier, à 10 heures, à l'Hôpital militaire du Val-de-Grâce, service de psychiatrie du Professeur Briand, pour confrontation. Vous pouvez, si vous le désirez, vous faire accompagner de toute personne de votre choix.

B) DÉSIRS EXPRIMÉS PAR LE BLESSÉ OU LE MALADE

Néant.

Le Médecin traitant,
(Signature)
Oscar Milosz
Médecin-colonel
Service de Psychiatrie

CHAPITRE CINQUIÈME

I

Le dernier jeudi du mois de janvier 21 une lettre du Val-de-Grâce arrive au domicile de la famille Jost, portée par un soldat timide qui balbutie un remerciement étonné en empochant dans sa vareuse les quelques pièces que lui remet Adrien Pradon-Vallancy – procureur de la République de son état et père de Barbara, l'épouse de Charles Jost. En avisant l'en-tête officiel le magistrat suppose qu'il s'agit de quelque document militaire, demande de renseignements, dossier de pension à remplir, dont il craint que la froideur administrative ne ravive chez Barbara la douleur du deuil. S'il ignore tout des tourments intimes de sa fille, sa frustration, il sous-estime la force astringente de sa jeunesse, sa cruauté tonique, ses exigences. De même ignore-t-il qu'elle a reconnu Charles sur la photographie publiée dix mois auparavant dans *Le Figaro*, qu'elle s'est aussitôt manifestée auprès de l'hôpital militaire du Val-de-Grâce. Adrien Pradon-Vallancy imagine plutôt que sa femme et lui, en la convainquant de revenir vivre chez eux après la disparition de Charles, lui ont permis de tourner la page, de redevenir aussi libre, pure qu'avant son mariage – un coup d'épée dans l'eau que cette union…

Une porte grince, Barbara a soudain l'impression de tomber dans le vide quoiqu'elle soit allongée sur son lit, dans sa chambre de jeune fille, veut se raccrocher aux éléments solides autour d'elle. Son regard effleure les rideaux, la coiffeuse mais le déséquilibre insiste, l'empoigne. Elle a peur de s'y abandonner, d'être entraînée, se raidit, s'efforce de sourire en fixant le plafond tandis que des lèvres molles s'approchent de sa joue, une main de ses tempes. Elle fait semblant de dormir. La main furète à présent dans ses cheveux, les caresse, en lisse les mèches. Un souffle tiède balaie son visage. Elle ne veut pas ouvrir les yeux, voudrait se saisir de l'oreiller, s'en couvrir la tête pour ne pas voir cette bouche qui erre au-dessus d'elle, ne pas en sentir l'odeur familière. Elle a envie de vomir. Le vertige descend loin dans son corps, s'enfonce en elle, l'agrippe. Tout est là à nouveau, comme chaque matin depuis plus de deux ans. Les sourcils blancs, les lunettes rondes, le nez étroit, les rides qui coulent jusqu'au menton, le long cou fripé, les mains racées, parcheminées. Son père a l'air attendri, prend sa main, joue avec ses doigts – l'anneau d'or comme s'il désirait le lui retirer. Il se mord les lèvres. Son enfant si fragile… Il ne pense jamais qu'elle est désormais une femme. Il a sans doute méjugé la profondeur de son attachement pour son mari. C'est qu'il n'a pas eu le temps de l'apprécier, celui-là, n'a jamais vu qu'un gosse mal dégrossi aux cheveux trop longs, trop blonds, qui ne savait parler que de mathématiques, une casquette d'ouvrier fichée sur le crâne. Puis il recule, derrière lui ferme la porte avec douceur après avoir déposé l'enveloppe sur son oreiller. Quelques secondes plus tard en se levant Barbara fait tomber la lettre à ses pieds – ne la voit pas.

II

D'où me vient cette sensation de faiblesse dans les jambes ? Est-ce un signe ? Barbara se dit que son corps ne se trompe pas souvent, ne la trompe pas souvent, se souvient ainsi de la première fois qu'elle a vu Charles. Avant même qu'elle en ait conscience, elle avait tout noté, ses yeux, ses cheveux, ses traits virils sous la peau pâle, ses épaules puissantes, ses mains bien sûr, robustes mais prolongées par de longs doigts de pianiste, enregistré une infinité de détails, d'impressions infimes, la forme des ongles, l'asymétrie des paupières, la lèvre supérieure presque inexistante, sur la nuque une tache de vin, un angiome rond avec en son milieu comme le dessin en relief d'une ancre marine. Son corps avait accompagné chacune de ses découvertes – frissonnant malgré elle. Barbara n'a plus envie de dormir à présent, rejoint la salle de bains adjacente à sa chambre, s'observe dans le miroir à la lueur du soleil naissant. Serait-ce qu'elle frissonne à nouveau ? La première fois qu'elle a vu Charles, oui, c'était semblable, elle avait senti monter en elle un flot venu de nulle part – le cœur tout à coup crispé, la gorge nouée par une inquiétude diffuse. Elle avait espéré en la possibilité d'une fusion comme celle que décrivaient les romans qu'elle lisait en grande quantité, elle était si jeune, rêvé d'un oubli de soi plus absolu que le don de soi qu'elle explorerait deux ans plus tard dans la suite nuptiale d'un grand hôtel de la rive droite – une intimité de pénombre bénie trois étages plus bas dans les salons illuminés où danseraient encore amis cousins relations, bénie par la famille, les autorités en smoking, en frac, en uniforme, le prêtre, une intimité qu'infiltreraient au fil des jours un éclat subreptice de lucidité, un autre de solitude. Elle se souvient de son mariage, se promène dans ce souvenir comme dans un parc un jour de grand soleil, lentement, les yeux mi-clos. Les robes bleues des demoiselles d'honneur, le son des cloches, la montée des marches au bras de son père, la traîne immaculée que derrière elle portaient des enfants en costume gris, cravate mauve, Charles qui était si beau, si droit dans son habit, les deux familles qui s'ignoraient, tout cela qui lui avait fait oublier certaines bizarreries, des petites choses sans importance, la gaucherie ricaneuse des uns, le mépris discret des autres. Déjà elle avait eu peur – ces signes inquiétants qui fissuraient en catimini la façade de leur union. Mais elle s'était dit que ça ne pouvait pas être bien grave, qu'il suffisait de ne pas y prêter attention. D'autres que nous auraient pris ombrage d'un tel choix, lui murmurait sa mère, les yeux pleins de larmes à l'instant du départ, mais sache qu'on ne veut que ton bonheur, Barbara, que tu sois heureuse, heureuse… Une chambre avait été retenue pour eux dans l'hôtel. Vers minuit son père avait saisi une bouteille de champagne, un seau, les avait fourrés entre les mains de Charles qui patientait à la porte du salon où dansaient encore les invités.

Elle regarde autour d'elle, ne reconnaît plus le décor de son existence, celui de son enfance, de son adolescence, étonnée, s'empare d'une brosse à cheveux, se peigne en fermant les yeux, repose la brosse, hésite à admettre qu'elle est bien chez elle, chez « eux » – ses parents. Ses jambes sont engourdies, ses bras sans force. Elle désire s'étendre, rejoindre sa chambre, son lit au plus vite tandis que le jour se dégage de l'aube – gagner du temps. Mais de quel temps s'agit-il ? s'interroge-t-elle, qu'est-ce que j'attends ainsi ? Elle marche sur l'enveloppe du Val-de-Grâce, la ramasse sans l'ouvrir, la pose sur la table de nuit, a presque oublié la photographie du soldat Ulysse – dix mois qu'elle a écrit aux autorités, affirmé dans une longue lettre que c'était bien lui, Charles, son Charles, en vain… Elle va se laisser tomber sur le lit à plat ventre, cheveux épars sur l'oreiller, songe qu'elle coulera sous les draps, s'y noiera, que ce sera doux et déconcertant à la fois. Dans sa dernière lettre, trois ans déjà, Charles lui décrivait l'aurore, celle d'un monde où elle ne pénétrerait jamais. *L'aube se fraye un chemin dans la nuit. En s'élevant, des vaguelettes de fraîcheur acide aigrissent le fond de l'air. Le caporal de ma section (vous le verriez, ma chérie, un gitan égaré sous les galons) ordonne aux hommes tirés au clairon de leur sommeil qu'ils allument des feux tous les dix mètres afin que la fumée dissimule les pelotons qui se déplacent en file indienne le long des boyaux. Quel étrange spectacle que la reptation des sentinelles. Ça ne prend pas, les flammes sont timides. Elles hésitent avant d'abdiquer après avoir fait croire qu'elles allumaient le bois. Des copeaux à la tranche des planches s'émiettent en cendres mortes. C'est triste, désolé. Sans vous, tout en moi n'est que mélancolie.* Dieu que ses mots étaient affectés, froids malgré ses efforts, se dit Barbara une nouvelle fois en se les remémorant, comme tout cela sonnait faux. Oui, comme tout cela sonnait faux, les mots à l'instar de notre couple – camelote, contreplaqué. Une mise en scène, n'est-ce pas ? Elle ne sait plus très bien à qui elle s'adresse. À la jeune femme en chemise de nuit qu'elle contemple dans le miroir ? À son mari qui dans la chambre l'observe sur la table de nuit, photographié le jour de leur mariage ? C'est incroyable comme elle peut être traversée de pressentiments – pour tout, les moindres choses de l'existence, le temps qu'il fera dans la journée, une rencontre à venir, une lettre qu'elle va recevoir… Elle s'émerveille de ce don de voyance autant que de ce qui le rend possible – la vie qui palpite en deçà de la vie même, la vie qui guette le moment d'éclore comme si chaque état futur était déjà là, tapi dans un œuf invisible qu'elle seule peut distinguer. Elle ne se trompe jamais, devine, présage, touche du bout du doigt les contours de cette vie qui s'annonce, prématurée pour tout autre qu'elle, même Charles, surtout Charles, barricadé derrière son savoir, la science, les mathématiques – tout un sédiment compact de vérités froides.

Couchée maintenant en travers de son lit elle se dit que quelque chose va se produire aujourd'hui qui proviendra de la volonté qui la taraude depuis plusieurs heures de gagner du temps, veut s'en détourner, disparaître dans le trou du sommeil. N'y pensons plus, Dieu sait ce qui pourrait arriver, n'y pensons plus, ici il n'y a que du tangible, ma fille, du solide comme le montant du lit, le bois de la coiffeuse, de l'armoire, celui des tringles qui s'y cachent, du parquet. C'est comme si elle tendait la main vers cette matière solide, lui demandait de faire obstacle à ses prémonitions. *Cette nuit je n'ai guère dormi. Une fois libéré de ces saletés qui m'assèchent la bouche en me mouillant l'âme cependant que je vous appelle du fond de mon engourdissement, je n'ai fait que somnoler, visiter mes rêves en gardant un pied dehors, moitié dans le vide d'un mauvais plaisir, moitié dans la menace du royaume de boue que j'habite depuis des mois. La lame de mon poignard m'a entaillé la paume au moment où je me suis abandonné en murmurant à l'étouffée votre nom.* Il faut que je le laisse tranquille, le pauvre Charles, il faut que je l'oublie, que j'aie la force de me barricader derrière une muraille de pudeur, d'insensibilité – ce pauvre bougre sur l'affichette, avec son regard hagard, ses épaules tombantes, comment ai-je pu croire un instant que c'était lui ? Quelle mouche m'avait donc piquée, ce jour-là ? Les mots résonnent. Toujours les mêmes. *La lame de mon poignard m'a entaillé la paume au moment où je me suis abandonné en murmurant à l'étouffée votre nom.* C'est inouï, tout de même, pense-t-elle encore, cette complaisance, ce besoin de se faire cajoler jusque dans l'aveu de ces choses que je ne voulais pas savoir, auxquelles je ne songeais pas sauf parfois la nuit quand j'avais envie de crier, de courir, de saisir, d'être saisie, quand un afflux délicieux montait en moi, une sensation de chaleur et de légèreté mêlées qui m'entraînait, m'arrachait à ma somnolence.

En cinq ans de mariage, seulement quelques mois de vie commune… Juste avant qu'il parte à la guerre

Barbara le faisait rougir comme au premier jour, n'avait qu'à foncer tête baissée, mettre les pieds dans le plat, ne plus le lâcher. Elle se payait sa tête blonde enfouie dans les oreillers. Lucide, elle est devenue lucide en quelques semaines, savait très bien ce qu'elle faisait, osait. Ça l'amusait sans l'émouvoir beaucoup, les confusions de Charles, ses délicatesses d'un autre âge. Peu lui importait d'ailleurs. Je vous en prie, laissez-vous aller, on ne peut pas toujours être grave, à quoi bon ? Le ton craintif qu'il prenait alors pour la repousser. Son regard hésitant dès qu'il sentait qu'elle en avait envie. On aurait dit qu'il s'affaissait, vidé déjà, poussait un soupir résigné, détournait les yeux pour ne pas la voir approcher, se dérobait en l'enlaçant. Ne pas laisser venir les mots – aucun mot, aucun. Barbara chavire maintenant sur l'édredon, s'étire comme un chat au soleil. Le jour se lève. Elle n'a peur de rien sinon d'elle-même, de son pouvoir. L'absence de Charles ne la prive guère. Pour quelle raison ne suis-je pas émue ? Barbara aurait dû le prévoir, l'a tout de même un peu deviné lors de ses deux permissions quand elle regardait son mari préparer son paquetage à l'instant de rejoindre son unité. Mais le moment était mal choisi, l'ambiance trop tendue. En eux il y avait trop de rancune. Et ce patriotisme auquel elle n'entendait rien, et cette virilité sur le quai de la gare sourdant de chaque silhouette en uniforme. Tous ces soldats enthousiastes, elle leur livrait Charles sans amertume ni inquiétude particulière. Elle le leur rendait. Les combats à venir, la peur, la guerre, ce n'était pas son monde. Ils semblaient tous avoir rendez-vous avec une maîtresse passionnée. Sinon pourquoi étaient-ils si heureux au moment d'y retourner ?

Elle ignorait à quoi pensait Charles en grimpant dans le train. La dernière nuit il s'était dégourdi pour une fois, abandonné sans lésiner, avait compté sur sa générosité à elle mais aussi bien sur sa compassion, son intuition. Elle s'était dépliée, bras et jambes, ouvrant même les yeux sur sa nuque qui se courbait, se tournait, se recourbait, son dos qui enflait, ses épaules qui se tendaient au-dessus d'elle – elle toujours froide, sèche, mais n'y pouvant rien. Il s'était vite senti floué, lui avait reproché son indifférence. Je pourrais m'ouvrir le ventre devant vous, vous n'auriez pas un geste de tendresse… Il haïssait cet air plein de scepticisme qu'elle opposait à ses caresses, cet air rompu par avance quand elle l'accueillait dans son ventre, un air borné pour tout dire – absent. Couché à ses côtés, une jambe hors les draps il s'en était voulu, lui en avait voulu, soufflant encore d'un plaisir minuscule avait jeté ses dernières forces dans l'aveu d'une privation grâce à laquelle, lui avait-il confié, il avait espéré qu'enfin se produise entre eux quelque chose qui ressemble au plaisir. Vous êtes comme moi, Barbara, nous sommes pareils ! Elle comprenait qu'il lui demandait de ne pas se refuser, de consentir par décence respect honnêteté, que sais-je encore ? de se mettre à l'unisson de son désir, de le gratifier. Mais dressée sur son coude, tête reposant sur la main, de profil, cheveux ballants, elle n'avait vu qu'un long corps pâle dans la lumière crue de la chambre, une chair tremblante, nue, un tronc de statue blanc et glabre sauf, au bout de chaque sein, un toupet de duvet blond et cela soudain l'avait fait rire, ces deux toupets hirsutes, un rire que rien ne pouvait arrêter. Mais non, Charles, je ne suis pas comme vous ! Elle était encore tordue de rire tandis qu'il l'écrasait en s'allongeant, impérieux, se frottait à elle, pesait sur elle, puis qu'ils s'écartaient pour mieux se regarder avant d'y retourner, se heurter à nouveau, se cramponner. Elle avait ri sans rien retenir comme si ce rire était le désir même. À présent elle se rappelle que lorsque le rire s'était éteint, elle avait rougi. La violence, l'impatience, elle n'avait pas bronché, pas un mot. Ses joues chauffaient, irritées. Son ventre lui faisait mal. La barbe hérissée, les mains dures, elle avait tout accepté au nom du rire qui la secouait.

Barbara se reprend. C'est à nouveau ferme sous son dos, solide sous les pieds du lit d'où elle n'a pas encore tout à fait la force de s'extraire. Son père passe la tête à travers la porte entrouverte, avance vers elle, se penche.

— J'ai entendu du bruit, tu es réveillée ?

Retenir les mots, ne rien laisser s'écouler. Elle joue maintenant avec ses bras, les plie, les étire, fait circuler le sang pour se débarrasser de cet agaçant fourmillement qui harcèle ses membres, redevient une enfant au chevet duquel s'attarde son père. Une ardeur nouvelle l'envahit. Elle a soif de café, faim de tartines. Quelque chose a vacillé mais c'est à présent fini – elle revit. Le lieutenant Jost s'éloigne, retourne à la guerre qui l'a absorbé, dissous – avec lui la tentation de la compassion. La lucidité de Barbara se réveille en même temps que la jeune femme renaît. Elle s'écarte d'elle-même, se contemple. Il n'y a pas d'erreur possible, cela crève les yeux. Pourquoi pense-t-elle soudain à sa première permission ? Trois mois qu'il était parti – des lettres et des lettres. Un matin ils s'étaient promenés boulevard Saint-Michel. Elle avait aimé lui prendre le bras, laisser sa main couler sur ses galons, effleurer du bout des doigts le tissu rêche de sa vareuse. Il sentait le tabac. En passant devant la Sorbonne elle l'avait taquiné. Un jour, vous y serez chez vous, les appariteurs vous salueront respectueusement, les étudiants aussi… Charles avait frémi, s'était séparé d'elle. Ses yeux étaient pleins de fureur contenue. Elle n'avait pas compris. Qu'ai-je dit qui vous mette dans un état pareil ? Il marchait vite devant elle sans répondre puis s'était retourné, l'avait dévisagée. Vous y pensez ? Moi, jamais, jamais. — Mais enfin, Charles, tout le monde dit que vous êtes si brillant. — Que savez-vous de l'avenir, Barbara ? Déjà vous m'imaginez, un peu chauve, le ventre en avant, une serviette sous le bras, qui monte à la chaire ? Ça ferait tant plaisir aux vôtres ! Les honneurs, les distinctions, professeur à la Sorbonne ! Pour la première fois depuis la mobilisation Barbara avait ressenti le poids de son angoisse, une angoisse qui ne concernait pas leur couple, ne la concernerait pas directement, était plutôt gorgée de la privation d'avenir qu'impliquaient la menace permanente, le danger, gorgée de l'empêchement de songer sereinement aux lendemains. Charles était devenu solitaire, amer, ne parvenait plus à quitter la côte 304, ses hommes, son « cabot » comme il disait. Il n'était plus avec elle – déjà. Le boulevard Saint-Michel n'existait plus. Elle s'était blottie contre lui, avait eu du mal à respirer, compris que la vie même était désormais suspendue, entre parenthèses, aurait voulu l'entraîner hors de cet enfer, lui redonner un peu de cette énergie du désir qui le poussait autrefois, du temps de leurs fiançailles, à rêver à voix haute de leur vie, de sa vie. Volterra croit en moi, ce ne peut pas être un hasard ! Et Lévy, et

Hadamard ! Ils pensaient alors d'une seule âme comme l'on parle d'une seule voix. C'était ça qu'elle avait désiré retrouver ce jour-là malgré la guerre, les déceptions intimes. Barbara chasse à présent ses souvenirs non sans s'étonner d'y être déjà si soumise malgré son âge.

— Il n'y a rien pour moi au courrier ? demande-t-elle à son père.

III

Elle est jolie dans son long manteau, Barbara Jost. On la remarque boulevard de Port-Royal. Une toque en fourrure noire de style militaire enveloppe ses cheveux blonds dont deux mèches libres flottent de chaque côté de son visage pur d'adolescente. On note la ligne douce des joues, du front, du nez. Si l'on s'attarde un peu on se surprend à penser qu'il ne faudrait pas grand-chose afin que cette délicatesse, cette souplesse, peau moelleuse, lobes charnus où brillent deux perles, afin que tout cela devienne sublime – quelques années encore, quelques mois. La beauté se mérite. Souvent elle se dérobe au premier regard pour se révéler au second – comme le cygne du conte d'Andersen. Les yeux du soldat, qui devant l'hôpital du Val-de-Grâce monte la garde en se frottant les mains pour se réchauffer, sont rivés sur sa silhouette. Est-ce d'avoir le même âge qu'elle qui la lui désigne dans la foule ou d'être particulièrement sensible à cette beauté distinguée qu'il sent poindre déjà sous la saveur de la jeunesse ? Il ne sait pas dissimuler sa joie, le pioupiou, de gêne et de bonheur mêlés se dandine en remontant le casque sur le haut de son crâne. On dirait un ouvrier à la porte d'un atelier qui relève sa casquette. On s'attend presque à ce qu'une cigarette roulée apparaisse, coincée derrière son oreille. Il ricane, découvre ses larges dents. Il est aux anges. En retour elle lui sourit, un sourire pâle, triste, fait mine de ne pas voir son air transi, de ne pas deviner son envie, sa crainte. Mais peut-être ne les voit-elle vraiment pas ?

— J'ai une convocation signée du colonel Milosz pour aujourd'hui à dix heures… le service de psychiatrie du professeur Briand…

Le soldat se redresse, pour masquer sa timidité lui tourne le dos. Par le canon ses mains saisissent le fusil qui traîne au fond de sa guérite. Il néglige la feuille bleue qu'elle lui tend. Ses phalanges blanchissent sur le fer. Quel malheur de n'être qu'un vulgaire soldat d'après la guerre ! Classe 19 – celle des épargnés. Nulle trace d'héroïsme dans cette veille monotone à la porte d'un hôpital derrière les murs de quoi pourrissent des dizaines de braves amochés – les modèles de la patrie victorieuse, de la République triomphante, des dieux, quoi. D'un mouvement du menton le soldat lui fait signe d'y aller, longtemps la regarde s'éloigner, rejoindre les arcades en tenant sa toque d'une main, la convocation de l'autre, lever les yeux sur le drapeau qui s'agite au-dessus du bâtiment principal, et disparaître soudain. Il se demande ce qu'elle va faire en psychiatrie, chez les mabouls, imagine un fiancé épileptique, un frère baveux. Ça lui donne du bonheur, cette idée. Il songe qu'elle est libre en réalité, à portée de tous, de presque tous, retenue pour l'instant dans le monde conjugal, familial, quoique de moins en moins sans doute, par une fidélité aussi admirable que provisoire. Trop jeune pour se morfondre longtemps, pronostique la sentinelle, trop jolie. Comment pourrait-il savoir que, tandis qu'elle s'avance vers le guichet derrière lequel se tient l'infirmier de permanence, le temps pour elle se fige, devient immobile ? Que les secondes se referment sur elles-mêmes ? Que les minutes deviennent pareilles à des bulles lisses, pleines à craquer, qui passent lentement comme si elles entendaient protéger ainsi, le plus longtemps possible, le quantum d'espoir qui s'y abrite ?

Dans quelques minutes le revoir – Charles, tant éloigné de moi par la guerre, si loin. Nous deux séparés, isolés. Est-ce cela qui va maintenant prendre fin ? Est-ce bien lui ? Elle ne peut se retenir de douter. Il était si mûr, si dur, quand elle l'a quitté la dernière fois sur ce quai affreux. Elle le reconnaissait à peine, si seul au milieu de tous ces hommes pressés d'en découdre qui forçaient leur enthousiasme pour se donner du courage, crâner devant leurs fiancées, leurs femmes, leurs enfants. Elle avait eu un vertige en l'embrassant tandis que déjà il posait une botte sur le marchepied du wagon. Un pied qui renonce, avait-elle pensé, un pied qui insiste… Le vent était glacé qui soufflait sous la verrière de la gare. Au début de leur mariage elle s'était sentie protégée par son ambition, son énergie, son intelligence – Volterra croit en moi ! Hadamard me soutient ! Ils imaginaient les enfants qu'ils auraient ensemble, envisageaient leurs prénoms. Il disait qu'il leur apprendrait à jouer du piano, aux échecs. Elle disait qu'elle leur donnerait le goût des livres, de la musique. Ils se querellaient en riant – Debussy pour lui, Ravel pour elle, le piano, le violon, elle hésitait. Il y avait beaucoup de douceur dans ces transactions intimes – l'odeur sucrée du bonheur. Cela, c'était avant que les soirées ne deviennent longues, les nuits embarrassantes. Avant qu'elle ne maigrisse en tâtant son ventre sous les couvertures. Avant que pour lui parler il ne prenne dans l'obscurité de leur chambre ce ton protecteur, d'une virilité paradoxale, dès qu'elle se tournait vers lui, glissait une jambe entre les siennes, le provoquait d'un genou insistant. Une stratégie d'évitement qui n'avait pas tardé à la lasser, lui emplir les yeux de larmes et le corps de rancœur. Puis, seize mois plus tôt, la nouvelle était tombée de la bouche d'un sous-officier émissaire au teint jaune. Charles avait disparu. Il était mort, écrasé, disait le messager, sous le poids d'un cerf devenu fou dans la tranchée. Un cerf? Actéon transformé dans le no man's land par la prude Artémis? Et dévoré par quels chiens? Elle en aurait presque ri.

En même temps que Charles disparaissait sous les sabots de l'animal furieux, disparaissait le souvenir de leurs mauvaises nuits – même si elle avait d'abord eu comme une impression de divorce. Magie rédemptrice du malheur. C'est que leurs vies se dénouaient, un espace se creusait entre eux comme si son mari se détournait volontairement d'elle. Quelque chose se refermait – une période de sa vie? Une sorte de glacis se déposait sur ses paupières. Un vernis durcissait autour de ses yeux. Tant pis si je suis ignoble, immorale… Elle s'était empêchée de se débarrasser de la photo de leur mariage, pour se venger avait eu envie pourtant de la glisser dans l'un des fascicules de la *Société mathématique de France* qu'il entassait jusque sur la table de nuit – au chaud dans la matière même de ce qui l'émouvait bien plus que le corps et le désir de sa femme, couché pour l'éternité entre deux articles austères en une ultime étreinte. Mais elle avait seulement disposé la photographie couronnée d'une large virgule de crêpe noir sur le piano familial – solennelle comme lui. Puis elle avait découvert la photographie dans *Le Figaro,* s'était mise alors à lui parler le soir en s'endormant – il ne pouvait plus se dérober, l'écoutait enfin. Charles, mon Charles, je veux vous dire tant de choses, ne me forcez pas à me replier sur moi-même, ne me laissez pas dépérir loin de vous – sans vous. Vous ne serez pas fâché, n'est-ce pas ? Certaines nuits elle se redressait en sueur dans son lit. Son ventre, ses seins étaient d'une fermeté inconnue. Elle souffrait de ne pas savoir retrouver dans son sommeil cette fièvre qui venait de la saisir, soudaine, informe, désordonnée. Elle comprimait sa main entre ses cuisses, se refusait à céder, l'appelait, Charles, mon Charles – qu'il la rejoigne, tende les bras vers elle, reprenne conscience, vie même, apprenne à combler ce vide qu'il ne parvenait pas à enchanter avant la guerre.

Mais l'hôpital n'avait pas donné suite. Elle avait lu que des centaines de familles avaient reconnu l'amnésique, des centaines d'épouses – comme elle sans doute… De guerre lasse elle avait apprivoisé ses remords. Celui de se féliciter secrètement de cet évanouissement à quoi rien ne répondait jamais. Celui de prêter attention aux mots que prononçait à son oreille tel homme bien fait, tel homme bien mis comme aurait dit sa mère, qui la courtisait timidement, effrayé par son veuvage, encouragé par sa jeunesse. Enfin elle avait inventé d'en vouloir à Charles de ne pas être le soldat Ulysse. J'en ai assez, savez-vous, assez de cette quarantaine ! Il n'y a qu'une vraie victime dans cette histoire et c'est moi ! Ma vie est gâchée, tout ce qui comptait pour moi, tout ce dont je rêvais, l'avenir, la liberté, le désir, le plaisir, il ne reste rien, rien que ce noir posé partout, à la surface de tout ce qui m'environne, de la face de mes parents – des faces de victimes, eux qui ne vous aimaient guère, je peux bien vous le dire maintenant – à mes robes, mes gants, mes bas, c'est tout juste si on n'a pas drapé les miroirs comme chez les Juifs, ma mère a rangé les coussins roses et rouges du canapé pour les remplacer par une courtepointe d'un gris pisseux. Vous ne pouvez pas imaginer ce que j'entends chaque jour depuis votre disparition – stupidités, insinuations grossières même chez les plus distinguées de nos connaissances. Dès qu'un homme m'approche à la sortie de la messe ou dans la rue, ma mère le soupèse. Combien vaut-il ? Quelle famille ? Mon pauvre Charles, j'en viens à regretter la spontanéité joyeuse de votre milieu, ce supplément de sincérité qui se cache souvent sous les mauvaises manières.

IV

L'infirmière invite Barbara à la suivre – longs corridors jaunasses où vacille parfois une lucarne, scintille une lanterne. Le bruit clair des talons sur le dallage, gémissant des portes franchies, ouvertes et refermées aussitôt. Point de rumeur. C'est long, lent. Elle imagine que tout à l'heure la hâte, l'excitation l'envahiront au moment de retrouver Charles. Elle se figure une série d'éclairs, une lumière aveuglante puis une chaleur vive qui la prendra au ventre, montera dans sa poitrine, se répandra en elle. Ces instants auxquels elle n'a pas eu le temps de se préparer – la lettre reçue jeudi la convoquait pour le début de la semaine suivante –, ces instants seront sans doute comme une fine poussière dont on ne peut empêcher la dispersion. Elle le sait d'avance, le redoute. Elle ne pourra rien en retenir. La découverte du portrait d'Ulysse en dernière page du *Figaro* lui a valu un mois d'espoir et neuf mois d'une renonciation progressive jusqu'à la capitulation finale – veuve, je suis veuve. Tout cela abolit en une seconde. La lettre signée du médecin-colonel Milosz transpirait pourtant de prudence, une pluie de conditionnels réserves précautions. *Certains aspects de sa personnalité nous amènent à penser qu'il pourrait s'agir du sous-lieutenant Charles Jost* [...] *même si d'autres éléments, je ne vous le cache pas, nous encouragent plutôt à rejeter cette hypothèse. Nous sommes ainsi dans une incertitude qu'il convient de lever au plus vite...* Elle peine à distinguer ce qui l'attire le plus vers ce lieu, chambre, cabinet de médecin, salle d'attente, où elle imagine qu'il se tient déjà, assis sur un fauteuil en attendant de recouvrer la mémoire. Elle devine que son amnésie extrême – *il ne sait en effet ni comment il s'appelle, ni d'où il vient, ne reconnaît personne* – lui donne une maîtrise exceptionnelle de sa propre existence, qu'il a la liberté de choisir son destin, qu'il pourrait même simuler de se souvenir, faire semblant de la reconnaître pour partir avec elle – si d'aventure il la trouvait à son goût. Elle n'a pas peur, non. Elle l'envie plutôt, le soldat Ulysse – changer de vie en affectant de se rappeler un visage, une ancienne complicité, tandis qu'en réalité le passé est toujours aussi opaque, aussi impénétrable, se glisser dans le costume même trop large ou trop étriqué d'une autre personnalité, prendre une place qui n'est pas la sienne, en profiter pour renaître, se soulager de tout ce qui encombre l'âme. Mais pour elle il n'y a pas grand-chose à faire. Les gens ne changent pas, ne peuvent pas changer aussi aisément. Les circonstances n'y font rien. Pourrait-elle faire semblant de reconnaître Charles seulement pour échapper au joug de sa famille ? Certains propos de sa mère, la veille, lui reviennent en mémoire. On l'aimait comme un fils, ton Charles, il était charmant, intelligent à défaut d'être bien né, mais il faut dire que ton père rêvait pour toi de quelqu'un d'autre, un homme plus mûr, plus installé, la guerre c'est terrible, beaucoup n'en sont pas revenus. Mais toi, Barbara, tu es si jeune, tu as l'avenir devant toi. Pourquoi t'enticher de ce malheureux soldat amnésique ? Quelle idée ? De quel avenir parlait-elle ? La voilà qui s'énerve contre Charles, sa mère, son père, la guerre, les terres, le capital de la famille Pradon-Vallancy – tout ce qui justement la sépare de l'avenir, la retient au passé. Enfant elle était si tendre, si facile à élever, prête à tout pour contenter ses parents – ne jamais oublier de se laver les mains, de frotter ses chaussures sur le paillasson, ne pas laisser de traces, surtout ne pas salir. Et toujours, adolescente, jeune mariée même, dans le grain de sa voix chaque fois qu'elle s'adressait à sa mère une hésitation, un embarras, quelque chose qui dégageait une odeur de peur, oui de peur, que sa mère ne tardait pas à sentir au point d'en être stimulée. Ce regard qu'elle lui lançait alors. Ses gros yeux tout gonflés – Barbara imaginait que sa mère avait, logée au milieu du crâne, une glande secrète produisant l'humeur qui bouffissait ses paupières, faussait son regard, aussi bien que la fourbe générosité grâce à laquelle elle parvenait toujours à prendre en ayant l'air de donner. Elle se sent si seule depuis la disparition de Charles – pas de vraies obsèques mais une rapide messe du souvenir, trois personnes assemblées autour d'un pauvre coussin bleu ciel, couleur de hussard, avec posées dessus comme des colifichets dans la devanture d'une mercerie deux médailles militaires qu'elle avait rangées plus tard dans un tiroir de sa coiffeuse. Sans cercueil, ça n'aurait pas eu de sens ! Elle avait rêvé de secouer sa mère, la bousculer, l'insulter. Pitoyable vieille folle ! Ne s'était retenue qu'afin de ne pas peiner son père – Ne lui en veux pas, elle est comme ça, tu sais bien…

Au bout d'un très long couloir l'infirmière lui désigne un modeste banc aligné contre le mur, l'invite à s'y asseoir.

— Le colonel Milosz va venir vous chercher.

V

Les minutes s'écoulent. Tout à coup – quelle heure est-il ? Barbara ne sait plus rien de l'écoulement du temps, n'en a plus l'intuition. Le temps s'est oublié, délivré, fait des bonds dans son dos – malgré elle. Déjà trente minutes ? Une heure ? Charles n'est peut-être pas prêt, au dernier moment refuse de me voir ? Il a besoin de temps – ce temps qui cabriole autour de moi. Elle tend l'oreille, cherche à distinguer un murmure, une exclamation, imagine qu'il est derrière l'une de ces portes, ressuscité d'entre les morts, hagard. Soudain elle a peur que quelque chose soit venu gripper la mécanique de cette rencontre, compromettre leurs retrouvailles. Elle n'a plus aucun doute. C'est Charles qu'elle va revoir, Charles dont elle va croiser le regard si bleu, Charles et son grand front plein de formules obscures, de raisonnements savants. Aura-t-il encore ce creux profond qui lui sabrait le visage quand il travaillait, incliné sur ses équations – de l'œil gauche jusqu'au menton ? Elle se souvient de ce jour, un long dimanche pluvieux durant lequel il n'avait pas quitté le scriban qui lui servait de bureau, n'écrivant qu'à peine, quelques pattes de mouche sur des bouts de papier épars, assemblant, froissant, défroissant, les yeux clos ou démesurément ouverts sur les moulures du plafond jusqu'au moment où il s'était levé, était allé se préparer une tasse de thé, revenu dans le salon où Barbara lisait en bâillant. Holomorphe, répétait-il en trempant ses lèvres dans la tasse brûlante, holomorphe, c'est ça ! Puis il avait semblé la reconnaître tandis qu'elle le regardait avec étonnement, passé une main dans ses boucles blondes en dodelinant de la tête comme un enfant timide. Si je ne pouvais plus vous voir, ma chérie, je me tuerais, oui, je me tuerais… Il avait eu un sourire désarmant. Je crois que je devrais me faire soigner, non ? Elle l'avait trouvé aussi extravagant qu'irrésistible – Charles, un enfant génial égaré dans un corps d'homme dont il ne savait quoi faire. Mais je lui ai donné si peu, en si peu de temps.

Elle se lève du banc, fait quelques pas pour dissiper l'émotion lorsque apparaît le docteur Milosz. Frôlant ses bottes, une longue blouse blanche l'enveloppe, ajustée à la taille, aux épaules. Une odeur de tabac le précède. Il est grand, élégant, prévenant, la prie de l'excuser pour le retard, la fait entrer dans son bureau. Elle remarque le mobilier, s'en étonne, les deux fauteuils en cuir, la longue bibliothèque, le divan et même sur un guéridon une carafe, quelques verres, une boîte à cigares. Il l'invite à s'asseoir d'un simple geste puis prend place derrière le bureau, allume une cigarette après lui avoir proposé d'en goûter une en souriant – sans y croire.

— Des anglaises. Non ? Vraiment ?

Il ne paraît pas pressé, la contemple avant d'entrer dans le vif du sujet.

— Vous êtes très jeune, n'est-ce pas ? Vous avez préféré venir seule ? Je ne suis pas certain que ce soit une très bonne idée... Cela va être une épreuve, vous savez ? Vous vous sentez prête à l'affronter ? Même si vous reconnaissez votre mari, vous ne le retrouverez pas tel qu'il était avant la guerre.

Barbara note qu'en prononçant ces derniers mots la voix de Milosz devient soucieuse, pessimiste même. Il me prend pour une gamine. Douleur et douceur, c'est le sort de toutes celles qui comme moi ont perdu un mari, un père, un frère – femmes victimes toujours de la gravité virile du monde. Maintenant Milosz la regarde très directement.

— Vous y tenez tant que ça à le revoir ?

Barbara est troublée, joue avec sa toque. Nerveuses ses mains s'y accrochent, caressent la fourrure soyeuse, tirent sur le ruban doré, tordent les oreillettes. Elle baisse la tête, se sent coupable sans savoir de quoi. Il s'en est fallu de peu, un sourire dans ses yeux afin de l'encourager, pour qu'elle se déploie devant lui. Un psychiatre, un militaire, ça l'impressionne – les galons, la prestance, la science.

— Le soldat Ulysse ne sait plus rien de lui-même, autant dire qu'il ne sait plus rien de vous non plus, même s'il a été Charles Jost dans une autre vie. Vous comprenez ça ? Il a souffert, souffre encore, il est enfermé dans un univers qu'il a fabriqué pour se protéger et il y a très peu de chances pour que vous en fassiez partie.

Pourquoi s'acharne-t-il ? Et cette main négligente entre les doigts de laquelle fume une cigarette, cette morgue, ce mouvement imperceptible du poignet comme pour la renvoyer déjà. Comment s'appelle-t-il déjà ? Oscar Milosz ? Elle ne peut retenir malgré elle une moue incrédule, se souvient de la réaction de son père en découvrant la signature au bas de la lettre du Val-de-Grâce – On dirait un nom d'artiste de cabaret, non ? Pauvre France ! Il ne me trouve pas assez innocente, pas assez pure mais dans sa tête les jeux sont faits, les rôles distribués. Il a répété la scène, s'en est déjà fait une idée.

— Vous ne me demandez pas comment nous sommes arrivés à envisager qu'il puisse être votre mari ?

Qu'on en finisse ! Par quel coup du sort, justement en cet instant, assise dans ce fauteuil, ne peut-elle imprimer sur son visage autre chose qu'une expression de crainte, de désarroi – rien de cette attente, envie, qu'il espère sans doute ?

— On l'a appelé Ulysse parce que, en dehors de nous livrer des noms farfelus de généraux quand on lui demande comment il s'appelle, il n'a pas la moindre idée de son nom. Il est « personne », comme Ulysse rencontrant le cyclope...

Que doit-elle faire ? Sourire ? S'inquiéter ? S'étonner ?

— J'imagine que vous vous attendiez à ce qu'il vous réponde plutôt avec des noms de mathématiciens ?

— En effet, il n'y a pas beaucoup de traces dans ce qu'il consent à nous dire qui puisse indiquer une quelconque passion pour les mathématiques... Y aurait-il un détail qui nous aurait échappé que vous pourriez nous révéler ? Un trait physique ?

— Il y a bien cette tache dans son cou, son angiome...

— Quoi d'autre ?

— La forme bombée de ses ongles quoique ses doigts soient exceptionnellement fins, l'asymétrie de ses yeux, la paupière droite qui tombe un peu...

— La paupière droite ? Vous êtes sûre ? Vous ne vous souvenez de rien de plus... intime ? Une cicatrice ?

Barbara est surprise par la question, choquée, remonte derrière son oreille une mèche rebelle de cheveux, croise, décroise ses jambes qui se bousculent dans le fourreau trop étroit de la jupe, caresse le cuir de ses bottines, entend, venue de derrière les rayonnages de la bibliothèque, la voix pincée de sa mère – Une femme honnête doit toujours garder les genoux serrés l'un contre l'autre. Le médecin l'observe, imperturbable, allume une nouvelle cigarette mais sans lui en proposer cette fois, scrute les turbulences de son regard. Elle se dit qu'elle est comme un insecte qu'il aurait épinglé sur du liège, de la chair exposée qu'il s'apprêterait, bistouri en main, à disséquer.

— Comment vous appelait-il dans l'intimité ?

VI

Barbara se tient dans un coin sombre de la pièce où Milosz l'a conduite. Un réfectoire – longues tables en acier, hautes fenêtres donnant sur un cloître, une vague odeur de choux. Pourquoi ne le fait-il pas plutôt venir dans son bureau ? Le soldat Ulysse est accompagné d'un homme à la silhouette vigoureuse, aux ailes blanches – un ange descendu d'un ring. Aucune issue de secours. Barbara n'aperçoit encore que pieds, épaules et bras. N'était-il pas plus grand ? Ses lèvres tremblent. Elle porte une main à sa bouche. Milosz, une éternelle cigarette à la main, demeure en retrait. L'infirmier aide le soldat à s'asseoir, le maintient quelques secondes d'une main glissée sous son aisselle. Le temps de s'assurer qu'il est bien soumis ? Qu'il s'est rendu ? Elle ignorait qu'il puisse être violent – mais quel peut être l'objet de sa fureur ? L'infirmier se retire d'un mètre, toujours aux aguets, croise les bras en jetant un œil sur Milosz qui se contente d'observer la jeune femme – son regard de lutteur de foire est luisant de curiosité. Serait-ce une manière de mater Charles ? Une sorte de promesse que Milosz agiterait devant lui pour le convaincre de collaborer ? Elle ne comprend pas pourquoi cela ressemble à un combat.

N'a-t-il pas assez souffert? Le spectacle la touche, la remue. Un sanglot se forme dans sa poitrine qu'elle s'applique à réprimer. Elle regrette d'avoir dissuadé son père de l'accompagner, aimerait que tout cela soit derrière elle – cette sensation de vie ou de mort, cet infirmier costaud et sain, lucide, qui guette sa réaction. Ils verront bien, lui et le colonel, de quel bois je suis faite. Ulysse lève la tête.

— Ouh ! Aïe !

Elle le découvre – avant qu'il replonge, se détourne. Crâne ras couleur de sable en guise de boucles blondes, grandes oreilles rouges, long cou musclé qui fait penser au tronc d'un arbre avec les deux bras comme des branches neuves qui s'en dégageraient. Il ouvre la bouche sans qu'aucun son n'en sorte. Ses yeux bleus, trop bleus peut-être, semblent excités sous les paupières froissées – deux fanaux dans la nuit d'un visage fermé à double tour, glacé, glaçant. Elle voudrait le secouer, voir ses mains, croiser son regard. Ne pas perdre la tête, respirer lentement, ne pas aller trop vite, ralentir l'éveil de l'angoisse, éviter les confusions... Il faut choisir ses gestes – le premier surtout, le premier geste qui va déterminer la suite. Elle a peur, y voit une espèce de défi. Grâce à Dieu il est vivant ! Pourtant ne pas se réjouir trop vite. Tout peut basculer, l'essentiel même, avec en prime l'humiliation de l'espoir déçu et la restitution de l'hypothèse comme une veste qu'on a passée comme ça, pour voir, l'essayer, quoi, et qui s'est avérée trop grande – Non, sans façon, merci, ça ne va pas... Elle prend sur elle. Ma fille, sois courageuse, ne laisse pas l'indignation te prendre, t'emmener, endigue cette force étrange qui se lève en toi, profite de l'élan qu'elle te donne, cela oui, mais ne te hâte pas.

Barbara s'approche du soldat Ulysse à petits pas, retient à grand-peine l'envic qui s'empare d'elle de tendre la main, poser un index sur son menton comme elle le faisait quand elle réclamait son attention, choisit plutôt de s'agenouiller à ses pieds, l'observer par en dessous, l'examiner en se tordant cependant qu'il ne consent toujours pas à se redresser afin de lui présenter son visage. Et ce foulard chamarré qui pend autour de son cou? Charles ne lui en a-t-il pas offert un du même genre à Venise? Qu'en a-t-elle fait d'ailleurs? Elle se souvient de ce camelot qui vendait des mouchoirs, des écharpes en soie près du Rialto. Il appelait Charles *Il Professore* à cause des livres qu'il tenait serrés contre lui – au lieu de la prendre par le bras! *Una donna, sempre meglio di un libro!* C'était durant leur voyage de noces, elle s'en souvient très bien, oui. Milosz s'est glissé dans le dos du soldat Ulysse, parle à son oreille d'une voix très douce qui surprend Barbara. Le voilà enfin qui se cambre, affronte celle qui est devant lui, se prétend sa femme. La jeune femme ouvre grand les yeux. Elle retient un hoquet de surprise. Comment est-ce possible? Non, elle s'y refuse, voudrait revenir en arrière. Pire que le pire qu'elle avait imaginé – impensable, inconcevable. Aucune trace du brillant professeur, du jeune espoir des mathématiques. Rien de tel dans cet homme défait de lui-même, tassé, au regard courbe, fuyant, qui lui tend une main molle. Charles, mon Charles. Elle essaie de retenir sa main, de s'opposer à l'indolence des doigts. Charles, mon Charles. À qui s'adresse-t-elle ainsi? Celui qui occupe ses souvenirs, même indécis, ou bien ce fantôme trop chétif, d'allure trop fruste pour qu'elle puisse reconnaître en lui son mari – accepter seulement de le reconnaître ? Lorsqu'elle s'est inclinée jusqu'à lui, elle imaginait qu'il lui ferait un signe discret, quelque chose qui l'aurait rassurée, assurée que c'était lui, Charles, son Charles, qui se tenait là devant elle, que l'incertitude allait se dissoudre dans ce signe, son amnésie s'y anéantir, qu'ils seraient à nouveau réunis, prêts à quitter ensemble l'hôpital – Je vous ramène, mon chéri, je vous ramène à la maison. Comme elle regrette. Il tangue sur sa chaise. On dirait qu'il a le vertige, va tomber. Il est si faible, gauche. Que peut-elle faire pour l'encourager, le réconforter ?

— Alors, madame Jost, votre impression ?

La voix du médecin-colonel Milosz est dubitative. C'est évident qu'il n'y croit pas, a déjà en tête son futur rapport – ses conclusions. Elle aurait dû se vêtir de façon plus modeste. Le soldat Ulysse a l'air si humble – à n'en pas douter trop humble pour elle, quelle idiote ! qui n'a rien trouvé d'autre à se mettre qu'une toque en fourrure, une jupe de chez Poiret, un long manteau de laine noire imprimée. Non mais quelle idiote ! Elle sent qu'il la regarde à présent, sait ce qu'il voit. Cela l'accable – une bourgeoise capricieuse, trop jolie, guindée, une étrangère. Ulysse semble maintenant fixer son nez, son nez droit, bien dessiné, poudré, avec des éclats de duvet blond. Ses yeux se posent sur ses yeux. Les retrouve-t-il aussi violets qu'auparavant ? Il lui disait souvent qu'elle ressemblait à une Scandinave. Elle hésite. Peut-elle encore modifier l'opinion de Milosz ? Et pour quoi faire ? Les gens malades, il est préférable de ne pas les bousculer. Trop d'émotions, cela peut nuire à leur rétablissement – dangereux de les bouleverser, non ? Mais n'est-ce pas un peu spécieux de sa part, cette prudence ? Elle hésite.

— Alors, votre impression ?

Elle veut dominer le temps, ne pas se laisser imposer une cadence qui ne serait pas la sienne – filtrer ses sensations, trier, négocier même, compenser de façon arithmétique ce qui l'affole par ce qui la console, la tourmente par ce qui la contente, ne pas céder à l'urgence. Non, il n'y a pas d'urgence.

— Vous rendez-vous compte de ce que vous me demandez ?

Sa voix est altérée par l'angoisse, vacille mais ne déraille pas. Le médecin-colonel est impressionné par ce maintien, cette autorité naturelle – assez inattendue, pense-t-il, chez une femme aussi jeune, qui n'a guère souffert, abritée qu'elle est depuis toujours dans l'aisance bourgeoise, ne sachant que le réconfort du confort –, impressionné aussi par sa dignité. Il sourit. Pour la première fois il y a dans ses yeux autre chose que cette ironie dubitative qui a tant troublé Barbara quelques minutes plus tôt dans son bureau. Comment lui dire ? De toutes ses forces elle voudrait trouver le mot juste, un mot qui serait le reflet exact de la situation, de ce qu'elle ressent de la situation, une expression conjuguant pitié et incertitude, traduisant son désir pressant de miséricorde, racontant, qui la submerge, ce sentiment de clair-obscur, d'estompé, de flou. Ne pas ajouter de nouvelles souffrances au martyre de celui qui est peut-être son mari, ne pas se tromper, surtout ne pas se tromper, basculer d'un côté ou de l'autre mais sans tomber – aussi fermement que possible. Elle regarde le soldat Ulysse une nouvelle fois – une dernière fois.

— Le plus précis, le plus honnête que je puisse vous dire, c'est que cet homme est comme une peinture approximative de mon mari.

— Une peinture ?

— Oui, comme celle que réaliserait un peintre amateur, qui ne sait pas vraiment s'y prendre mais qui pourtant par hasard réussit à attraper quelque chose d'essentiel. Il y a une douleur qui coule sur lui, c'est cela que je vois, une douleur qui déforme ses traits, le défigure mais si j'arrive à l'oublier, plutôt à retoucher son visage pour la faire disparaître, cette douleur, alors, oui, il me semble que je le retrouve…

Milosz hoche la tête. Elle ne parvient pas à deviner s'il réprouve ou approuve ses propos. À présent le médecin paraît abattu. Son arrogance s'est évanouie. Il se penche sur le soldat Ulysse.

— Mon ami, avez-vous déjà rencontré cette jeune femme ?

Une sorte de rayonnement émane alors du soldat Ulysse. Une lumière suinte de ses yeux délavés. Barbara ignore ce qu'est cette lumière, d'où elle vient mais elle se souvient de l'espèce de charme indéfinissable qui l'avait saisie lorsqu'elle avait croisé Charles pour la première fois – il y a déjà presque huit ans, se rappelle-t-elle avec sidération, plus d'un tiers de ma vie ! –, le charme de son regard rendu asymétrique par l'irrégularité des paupières, celui de sa bouche sans lèvres, une bouche de chat qu'elle avait vite rêvé d'embrasser, le charme de son embarras plein de confusion, de gêne mais aussi celui d'une profondeur inquiétante – cette servitude de l'intelligence qui l'empêchait de se livrer jusque dans l'intimité. Il était délicieux sous le harnais étroit de la science – quoique décevant aussi bien mais elle chasse cette idée, ne veut pas risquer d'éteindre le reflet de la lumière. Elle se raccroche à cette petite chose, cette lueur inespérée qui traverse toutes les apparences, tous les obstacles et vient l'atteindre au fond d'elle-même. C'est lui, Charles, qui brille ainsi, palpite soudainement – la vie même, la source de ce qui les a unis, les unit encore malgré incompréhensions souffrances séparations, la vie dans ce qu'elle peut avoir de plus sacré.

PARQUET DE MANOSQUE

(MENTION FAITE AU GREFFE)

Le Procureur de la République à Manosque a l'honneur d'exposer à MM. les Présidents et Juges composant le Tribunal de cette ville :

Que M. Albarède, Balthus Joseph

Né à Givry (Saône-et-Loire) le 04 mars 1892
Fils de Henri, Jérémie
et de Bonnot, Marie, Suzanne
profession de Instituteur domicilié à Banon (Basses-Alpes)
époux de Bonnefoy, Barbara
Soldat au 5e régiment de Hussards
est mort pour la France le 23 août 1918
à Cumières (Meuse)

Que, cependant aucun acte constatant ce décès n'a été établi ; qu'il importe de réparer cette omission et que le Tribunal de Manosque est compétent à ces fins par application de la loi du 3 décembre 1915, des articles 89 et suivants du code civil et de l'article 9 de la loi du 25 juin 1919.

Qu'il ne saurait, d'ailleurs, exister aucun doute sur la réalité du décès dont il s'agit, qui résulte des documents produits et de cette circonstance qu'aucune nouvelle du susnommé n'a été recueillie depuis sa disparition.

En conséquence, le Procureur de la République soussigné, requiert qu'il plaise au Tribunal, sur le rapport d'un des Messieurs : 1° Dire et juger que M. Albarède, Balthus Joseph ci-dessus qualifié est mort pour la France à Cumières (Meuse) le 23 août 1918 ; 2° Dire que le jugement à intervenir tiendra lieu d'acte de décès du susnommé ; 3° Ordonner la transcription de ce jugement sur les deux doubles du registre des décès, année courante de la commune de Banon (Basses-Alpes) et sa mention sur les deux doubles du registre des décès, année courante de la commune de Givry (Saône-et-Loire).

Manosque, le 08 octobre 1919
Le Procureur de la République
Benoît Coulombeix

CHAPITRE SIXIÈME

I

En sortant de la gare, à l'aube, Aurèle Bonnefoy cligne des yeux. C'est qu'au-dessus de lui il y a des étoiles, des étoiles en touffes régulières, suspendues au-dessus d'une allée d'arbres maigres au tronc doré, émergeant des ténèbres, scintillant dans le brouillard par buissons de deux ou de quatre. Paris, c'est donc cela ! Il tourne autour des réverbères, se retourne, fait la toupie sur le trottoir, aime l'ébahissement qui l'a saisi en descendant du train de nuit, le possède sans le lâcher tandis qu'il découvre la ville à mesure qu'autour de lui se dissolvent les vapeurs. Cieux métalliques ! Dans un café, à travers la vitre, il observe en les enviant cinq hommes, des ouvriers, qui se mettent à table, commandent du café, deux litres de vin blanc, sortent du pain de leurs sacoches, discutent, se disputent, crient, rient. Il lui semble les connaître ceux-là – les mêmes qu'au village. Et ça bourre les pipes, ça parle sans s'arrêter comme si la parole autant que le tabac brûlant ou le vin réchauffait les poitrines serrées par le froid. Où est la guerre ? se demande-t-il en se rappelant ce qui l'amène à Paris, où donc est la guerre ? Il se souvient du dernier soir avant le départ de Balthus, il était près de minuit, ils étaient eux aussi cinq, assemblés autour de la table desservie – sa sœur Barbara, ses parents, Balthus, et lui. Il ne manquait que le patriarche. Ils demeuraient silencieux, exactement comme les cinq hommes qui, passé la première excitation, se taisent à présent, ont le regard tremblant déjà, absorbé par la journée qui s'annonce – et du souci au fond de l'œil. La porte de la maison était restée ouverte sur un ciel d'été travaillé d'étoiles, de vraies étoiles, lumineuses et fièrement lointaines celles-là. Le père avait saisi sa pipe, l'avait bourrée en poussant des petits grognements de contentement. La mère avait resservi du café en haussant les épaules – au front de Balthus, entre ses boucles jaunes, il y avait une ride profonde. Je m'en suis douté dès que je les ai vus fendre le foin à grandes enjambées, avait dit son beau-frère, je m'en suis douté, il faut dire qu'on s'y attendait. Aurèle l'avait regardé avec de grands yeux admiratifs – il n'avait pas douze ans. Les bleus, ils sont passés dans tous les hameaux, l'un après l'autre, avant même que ne retentisse la cloche de l'église ! Barbara disait qu'elle avait compris quand elle avait entendu la trompe du garde champêtre. Sur la place du village le maire avait déjà enfilé son écharpe tricolore, ça lui sanglait le ventre, le malheureux, il en paraissait tout essoufflé. Et puis il y a eu soudain les trois coups de l'appel. Une heure plus tard les premiers arrivaient avec des paquets dans les mains qu'ils déposaient au pied de la fontaine. On part ! qu'ils criaient, on part à la guerre !

— Et toi ? avait demandé le père à Balthus, c'est pour quand ? Barbara regardait intensément son mari, s'efforçait peut-être de graver son visage dans sa mémoire – cette paupière gauche qui lui tombait sur l'œil. Demain matin, à l'aube, devant la fontaine, c'est ce qu'ils m'ont dit… Le père tétait sa pipe froide en fermant les yeux, s'endormait presque. Barbara avait chassé les mouches qui grésillaient autour de la lampe. Il est l'heure, Balthus, allons nous coucher. Son beau-frère s'était levé en repoussant la chaise, avait dit qu'il devait d'abord préparer son paquetage. Elle ne l'écoutait pas, lui avait pris la main, l'avait entraîné vers leur maison, de l'autre côté de la cour. Sept ans plus tôt, quand tout avait commencé…

Une vieille femme en tablier noir, fichu noir, croise maintenant Aurèle devant la vitrine du café, le provoque en gesticulant comme si elle s'adressait à un fantôme – Viens ici, toi ! –, titube, s'accroche au pied d'un réverbère, lequel s'éteint en même temps que disparaissent toutes les menues étoiles de la ville – d'un seul coup. Le chemin est long, lui a dit le maire, de la gare à l'hôpital. Il avait sorti un plan tout taché, l'avait déplié sur la table qui lui servait de bureau à la mairie. Chaque sillon portait un nom, entre eux une marqueterie de pâtés géométriques – des grands, des petits, des longs, des courts, un peu comme des parcelles de terre vues du ciel. Le maire avait tracé la route sur la mosaïque à l'aide d'un morceau de craie, replié la carte, la lui avait donnée en lui recommandant de ne surtout pas l'égarer. On peut se perdre, là-dedans, fais attention à toi, Aurèle.

II

Le soleil se lève dans l'exact prolongement d'une avenue bordée d'arbres immenses. Aurèle a sorti le plan du maire de sa sacoche, posé l'ongle de son index sur la ride blanche tracée à la craie dont il sait qu'il ne doit pas dévier, hésite à s'engager pourtant dans une ruelle blême et tordue, avance un pied timide. La dureté du trottoir lui fait mal aux talons. Il rêve de sable, de sous-bois moelleux, de boue même, il rêve aussi de savoir danser sans se soucier d'osciller des hanches, des épaules afin d'éviter les badauds qui le frôlent, des badauds de plus en plus nombreux qui marchent tête baissée, mains dans les poches, menton dans la poitrine. Ceux qu'il heurte ressemblent à ceux qu'il dépasse – même veste sombre, même casquette molle, même mégot vissé dans la bouche. Une marée d'hommes tendus comme ceux du café et qui ne veulent rien voir – vague indifférente et cependant hostile montée d'un océan de peines, de fatigues, d'amertumes qui tout en les unissant les séparent. Ce n'est pas une armée en uniforme, c'est une accumulation. Aurèle devine qu'ils ne se regardent pas, qu'il n'y a aucune amitié possible entre eux, qu'ils préfèrent s'ignorer pour ne pas s'affronter, qu'il faudrait les extraire de là, les tirer chacun hors de la vague pour les rencontrer, les découvrir, leur parler – un à un. Mais ils courent trop vite, portés par cette odeur de viande pourrie qui les accompagne. Au milieu de la foule, à genoux par terre, d'un bras une jeune femme aux yeux baissés berce un nourrisson blafard, de l'autre mendie – paume ouverte vers le ciel. Sa blouse autrefois blanche, à manches longues, aux poignets effilochés, est d'un gris de rongeur. Poil de rat, songe Aurèle. On l'effleure, on la frotte, on la touche mais nul ne s'arrête jamais.

Plus que la misère de la mère, c'est l'état de l'enfant qui le bouleverse – la blancheur diaphane de sa peau, ses paupières fripées comme celles d'un vieillard, son apathie. Ça lui rappelle Tobias, le fils de Barbo et Balthus, le jour de sa naissance, une nuit d'avril 19. Ce soir-là, il se souvient, l'air était tiède, les fenêtres entrouvertes. Le printemps déjà arrivait. Au milieu de la nuit des pas lourds faisaient craquer le parquet devant la porte de sa chambre. Il s'était levé, avait allumé une bougie. C'est toi, Barbo ? Des soupirs hachés lui avaient répondu. Ce n'est rien, recouche-toi. — Dis-moi, ça commence ? Depuis le départ de Balthus, Aurèle se sentait responsable de sa sœur. À l'instant de rejoindre la place du village pour partir à la guerre son beau-frère la lui avait confiée – à lui, pas à ses parents. Ça l'avait impressionné, cette supplique. Il s'était senti vieux malgré ses douze ans. Je compte sur toi, Aurèle, Barbo est si fragile… La main qui pesait sur sa nuque était dure. Aurèle avait baissé la tête en chuchotant un consentement timide.

Il avait attendu plusieurs secondes, espéré un nouveau craquement qui aurait annoncé que sa sœur était retournée se coucher, que l'alerte était fausse, lorsqu'un cri avait retenti – une plainte abominable. Aurèle n'osait plus bouger, était épouvanté – Je compte sur toi, avait dit Balthus. Il s'était décidé à ouvrir la porte, avait trouvé Barbara repliée sur elle-même. Dos courbé, pieds nus, du sang gouttait sur le plancher – petites perles carmin. Son visage était d'une pâleur effrayante, ses yeux écarquillés. Elle avait alors saisi la main d'Aurèle, l'avait pressée sur son front brûlant. Rafraîchis-moi avec tes doigts, ta paume, mon frère, n'aie pas peur. Mais un second cri lui emportait la bouche. De la salive s'écoulait sur son menton. Mes bracelets, prends mes bracelets ! Des larmes jaillissaient qui lui mouillaient les joues, la rajeunissaient. Ses lèvres brillaient. La main d'Aurèle avait quitté ses tempes pour s'aventurer sur son épaule. Pardonne-moi ! Il avait hésité. Une porte s'était ouverte. Sa mère s'était précipitée – derrière elle son père. Un troisième cri encore plus strident que les deux premiers déchirait la nuit. Aurèle se prenait la tête à deux mains – ne plus rien entendre. Il s'était sauvé, avait dévalé les escaliers, enfilé un manteau, foncé chercher le médecin. En courant il songeait effrayé que sa sœur allait mourir, mourir comme Balthus, le laisser seul au monde. La guerre les aurait donc tous avalés. D'un même mouvement il en voulait aux Boches, à l'enfant qui de l'intérieur rongeait la vie de Barbo, à Balthus qui en répondant à l'appel les avait abandonnés. Quelques minutes plus tard il était revenu accompagné du docteur. Aucun bruit ne provenait plus du palier du premier étage. Ils distinguaient dans la pénombre la silhouette tassée du père, les deux femmes embrassées – l'une couvant l'autre. La fille semblait s'être assoupie dans les bras de la mère qui se balançait en gémissant à voix basse, la berçait. Elle est morte, n'est-ce pas ? Le docteur s'était penché, avait posé un doigt sur le cou de Barbara, cherché la veine, hoché la tête, aidé sa sœur à se déplier, s'étendre. Ses mains descendaient vers le ventre gros, palpaient le corps qu'étranglait la douleur. Non, avait-il conclu en évitant cependant de croiser le regard de la mère qui tremblait, du père qui pleurait, mais l'enfant se présente mal. Aurèle s'était mordu les lèvres. Il avait craché par terre. Sa bouche enflée avait blasphémé. Il s'était retiré, avait plongé sur le lit de Barbo, aurait souhaité mourir avec elle. Il entendait la voix du docteur – Là, c'est la fin. Il s'était redressé, avait voulu contempler sa sœur encore une fois, s'était élancé dans le couloir en l'appelant à tue-tête. Barbo ! Barbo ! Détendue, exsangue, Barbara le fixait. Ses yeux étaient vides, ses bras affaissés le long du buste, ses genoux levés – si belle, elle cherchait même à lui sourire. Aurèle avait éclaté en sanglots, s'était jeté sur les murs, s'y était écrasé, tordu, avait rebondi, était revenu vers elle, lui avait tendu une main froide, l'avait approchée de sa bouche cireuse pour recueillir son dernier souffle, emprisonner son haleine. En deçà de ses cuisses rouges, écartées, pantelantes, s'agitait un ballotin de chairs blêmes entre les doigts du médecin. Il vit ! La mère massait le dos du nouveau-né. Barbara semblait évanouie. Il vit, c'est un garçon ! Un dernier cri s'était élevé, audacieux cette fois, qui libérait les poumons de son neveu.

Aurèle regarde longuement le pauvre nourrisson qui dort contre sa mère – tout se passe comme s'il attendait que l'enfant vagisse enfin, tel Tobias. Mais l'enfant ne bouge pas. Aurèle cherche dans la poche de sa veste, y trouve quelques pièces, les glisse dans la main de la mère sans oser croiser son regard, les yeux rivés sur la petite tête plissée. Un souffle ténu soulève la maigre poitrine, entrouvre les lèvres incolores. Il vit, se dit Aurèle en s'éloignant, il vit.

III

Le matin se déploie sur la ville, l'air est devenu sonore autour d'Aurèle qui entend, très loin dans les rues qui s'écartent du boulevard, des volets qui craquent en s'ouvrant, des moteurs qui s'étouffent en s'amorçant. Chaque bruit lui semble proche, résonne près de son oreille. Froissements du vent dans les arbres, sabots heurtant les pavés, crépitations des roues ferrées des charrettes… Le plan lui indique qu'il est près de l'hôpital. Il se félicite de savoir lire tandis qu'il se repère aux plaques de rue pour avancer. Rue de la Glacière, rue Broca, rue Pascal. Pourtant l'école l'ennuyait, Aurèle. Les champs de blé, le limon des ruisseaux, l'aisselle fatiguée des branches d'arbre, la pointe des chardons, la terre grasse dans la main, cela oui, mais la dictée, l'arithmétique, l'estrade, le poêle, les pupitres, les pieds dans les galoches, ce n'était que pour faire plaisir à Barbo, plus encore à Balthus. Il se souvient de sa dernière permission, à Balthus, en juillet 18. Pour la première fois depuis un an des feuilles de permission avec ordre de transport avaient été distribuées aux rescapés, aux soldats-paysans afin qu'ils aident aux récoltes, aux chargés de famille afin qu'ils revoient femme et enfants. Une courte semaine, lui avait dit le sous-bite, une semaine avant le tout dernier baroud et la victoire… Il revoit Balthus couché dans l'herbe. En quelques heures ses cheveux jaunes étaient devenus blancs au soleil. Il était ébloui par la lumière, peinait à suivre du regard Aurèle qui courait après les hirondelles, croyait les attraper tandis que ses doigts se refermaient sur du vent. Le soleil flamboyait dans sa main, une main nourrie de jus vert, rouge. Il tenait son bouquet comme un cierge de communiant – narcisses tulipes violettes. C'était à présent un jeune homme gaillard, beau, fort, dans les yeux de sa sœur, de ses parents, des filles du village. L'adolescent tournait autour du couple silencieux en criant : La guerre ! La guerre ! La guerre ! Qu'est-ce que tu fais là, Aurèle, avait demandé Balthus d'un ton plein de reproches, et l'école ? Le gamin avait souri, regardé son instituteur de beau-frère en lui trouvant l'air plus sombre qu'avant son départ, plus grave mais aussi plus fragile. L'école, l'école, l'école… Il avait haussé les épaules, s'était éloigné en cabriolant dans les herbes. Barbara avait dû expliquer à son mari que le nouveau directeur avait décidé de libérer les adolescents pour leur permettre de remplacer dans les champs les hommes partis à la guerre. On manque de bras, tu sais. La dernière fois qu'il avait vu Balthus – et maintenant, dans une heure ou deux… Quelques mois après cette dernière permission il y avait eu la joie de l'Armistice – malgré l'absence de lettres depuis que Balthus était retourné se battre, là-haut, du côté de Verdun. Ce jour-là, fendant le tumulte de l'orage les cloches avaient soudain retenti – on aurait dit qu'elles secouaient les murs, ébranlaient les cheminées. Aurèle s'était penché vers une fenêtre, avait essuyé le carreau, aperçu le chien pelotonné au pied du puits – museau rivé au vent, reniflant. Ses oreilles étaient couchées. Il remuait la tête comme s'il accompagnait le sabbat des cloches. La nuit semblait se lever à peine quoiqu'il fût midi. Vite la vie, la vie nouvelle ! Aurèle avait compris le premier, ouvert la porte de la maison. La pluie s'était engouffrée en même temps que le chien. Aurèle était allé danser sous les rafales. Sa mère l'appelait, son père lâchait sa pipe, Barbara riait à gorge déployée. Elle avait vite rejoint son frère sous l'averse. Tous les deux s'étaient empoignés. La pluie les avait déshabillés. Leurs lèvres brûlaient. Ils avaient dans la bouche un goût de fruit frais, s'embrassaient, dressaient leurs mains vers le ciel, là où s'épanouissait le bruit des cloches, incantaient Dieu, les saints protecteurs. Finie ! La guerre est finie ! Barbara s'était enfuie, seule, échevelée, avait couru dans les vignes, la couleur du jour y était bleue qui lui avait confié que là-bas Balthus l'attendait déjà au milieu des fanions et des étendards.

IV

Tandis qu'Aurèle tourne autour des sentinelles qui gardent l'entrée du Val-de-Grâce il cherche dans sa sacoche la convocation puis la déplie devant le visage ironique des soldats, lesquels s'étonnent de la présence ici et si tôt de cet adolescent au faciès paysan qui se frotte les tempes d'inquiétude.

— Qu'est-ce que tu veux ?

— Tenez, voyez, je dois rencontrer le colonel… Nil… Milosz, c'est lui, là ! dit-il en pointant la signature en bas de la lettre officielle.

— Fais voir.

L'une des sentinelles se saisit du document, l'amène près de ses yeux comme s'il était myope – c'est qu'il peine à lire. Il éclate de rire.

— C'est toi, Barbara Albarède ? Tu te moques de nous ?

Aurèle cherche alors la lettre du maire de Banon ainsi qu'une attestation d'identité tamponnée au sceau du village. Ses mains sont moites, sa gorge lui fait mal, il aimerait boire, s'éclaircir la voix.

— Je suis son frère ! Aurèle Bonnefoy !

Il voudrait tout leur raconter en détail, aux deux tringlots qui se moquent de lui. Comment en avril de l'année passée il a reconnu son beau-frère sur l'affiche placardée dans le bureau de poste de Banon, en secret écrit à l'hôpital pour déclarer qu'il savait qui était cet inconnu, espéré incontinent que Balthus serait aussitôt rendu aux siens, découvrirait sans tarder son fils Tobias et que sa sœur guérirait enfin de sa détresse, de sa folie, elle qui n'avait pas cessé dès après l'Armistice d'affirmer à qui voulait l'entendre que demain, après-demain, il serait là, sifflerait entre ses dents en approchant du village, barda sur le dos, boucles blondes sous le calot. Le tablier noué autour des reins, les mains humides encore, elle l'entendrait arriver, son pas tant désiré, se précipiterait – Mon bel amour ! Tu m'avais promis ! Te voilà revenu ! Il la prendrait dans ses bras, ronronnerait sous ses caresses, se tasserait de volupté, devinerait à la force de son appétit que durant son absence elle avait tout donné d'elle sans le priver de rien, répondu peut-être à d'autres appels que le sien sans le trahir jamais – des appels éprouvants, obéissant ainsi à on ne sait trop quelle injonction, comme avant elle toutes les femmes de soldat. Elle chuchoterait :

Dévore-moi, avale-moi, je veux glisser dans ta bouche, ramper dans ta gorge, ouvrir ton corps à ma faim, l'en nourrir, l'en combler. Troublé, il empoignerait son fusil, le placerait entre eux, en flatterait la culasse, poserait son index sur la détente comme pour illustrer la guerre d'un seul geste, sa guerre – un geste en quoi se résumeraient cinquante mois de souffrance. Puis il renoncerait à ses souvenirs, éloignerait son doigt de la détente. C'est moi, Barbo. Sa voix serait pleine de doute, oui. Il baisserait son arme, la laisserait tomber sur le gravier du chemin, coulerait un bras dans le dos de sa femme, de l'autre se saisirait de son épaule, l'étreindrait en fermant les yeux, retrouverait la tiédeur mouillée de sa bouche. Elle ploierait en arrière. Oui, Aurèle, tu verras, c'est ainsi que ça se passera ! Les semaines avaient passé, les mois, et Balthus n'était pas revenu puis, en décembre 19, ils avaient appris la nouvelle de la bouche même de son chef de section, un sémillant lieutenant tout aristocrate qui, pour l'occasion, s'était déplacé jusqu'au village. Fallait qu'il soit mort en héros, le joli-frangin ! Tout le monde s'était rendu à l'évidence – Balthus avait disparu, était mort. Tout le monde sauf Barbo.

Dix-huit mois plus tard, en pénétrant dans le bureau de poste, quand Aurèle avait découvert l'affiche punaisée sur le tableau des avis officiels il avait immédiatement su que sa sœur avait raison, s'était dit qu'il n'y avait que l'amour pour exalter autant la conscience, lui donner cette rallonge d'âme qui libère tous les pressentiments, autorise toutes les intuitions, même les plus jobardes – voir ce que les autres ne voient pas. Balthus vivant ! Le portrait ne mentait pas. Bien sûr Balthus avait changé.

Plus tassé, plus mince. Mais c'était lui, son regard asymétrique, ses yeux clairs, ses cheveux pâles, cet air à la fois inquiet et déterminé, c'était lui. Il avait demandé conseil au patriarche – écrire sans rien dire pour faire la surprise à Barbo ? ne pas écrire mais cependant l'avertir ? Dans son jardin plein de chair et de jus, odorant comme un gros fruit mûr au printemps naissant, le vieux Bonnefoy avait secoué la tête, branlé du catogan, sorti son cornet de tabac, bourré sa pipe en terre sans ouvrir la bouche avant de la fumer de longues minutes, tirer sur le boyau, souffler la fumée sans s'interrompre en sorte qu'elle finisse par le dissimuler presque. Ne dis rien à ta sœur, peut-être que tu te trompes, ce serait pire encore…

Comment leur expliquer aux deux soldats qui refusent de le laisser passer que Barbara a perdu la raison, s'égare souvent dans la campagne, revient parfois tard dans la nuit, crottée, le visage sali ? Le père et la mère sont inquiets, ont consulté le curé, le médecin. Les voisins chuchotent au passage de sa silhouette cabriolant sous la lune. Les jours où elle dîne en famille Aurèle guette l'instant où elle monte se coucher. Elle a déserté l'alcôve conjugale depuis l'annonce de la disparition de Balthus, veuve à vingt ans est revenue dans la maison de son enfance. Aurèle la suit, patiente derrière sa porte jusqu'à ce qu'un souffle régulier lui signale qu'elle s'est endormie. Il a peur pour elle, peur de ses cauchemars quand elle s'éveille soudain, étouffe en gémissant le prénom chéri dans un oreiller qu'elle étreint violemment – Balthus, Balthus… Une nuit il l'a surprise arc-boutée afin de dissimuler quelque chose sous l'édredon, il s'est retiré en refermant la porte derrière lui, a écouté tard le lit grincer derrière la paroi séparant leurs deux chambres. Le lit qui grinçait, le lit qui craquait – ça bruissait, ça piaulait. De désespoir il s'était précipité. Barbo ! Réveille-toi ! La guerre est finie ! Sa sœur l'avait regardé sans le voir – sur ses poignets des cordelettes de chanvre, à sa main pendait un linge taché de sang. Tout faire afin que cesse son martyre. Un corps vivant, un corps mort, peu importe ! Tout ferait l'affaire pourvu que ça mette un terme à l'incertitude. L'un des plantons consent à aller chercher le sous-officier de garde. Aurèle attend en se rongeant les ongles, de plus en plus fiévreux – si près du but.

La lettre du Val-de-Grâce est arrivée à la fin du mois de janvier, une dizaine de jours avant qu'Aurèle ne prenne le train de Digne pour Paris. Balthus retrouvé ? Balthus vivant ? hoquetait Barbara trois jours plus tôt en pliant et dépliant le message envoyé par le colonel Milosz en réponse à la lettre de son frère. Barbo se tenait debout dans la cuisine, bras croisés écoutait le patriarche accompagné d'Aurèle et du maire venu lui apporter le courrier envoyé par un hôpital parisien où était traité pour amnésie un homme qui d'après les médecins pouvait être Balthus. *Certains aspects de sa personnalité nous amènent à penser qu'il s'agit peut-être du soldat de 2de classe Balthus Albarède, classé disparu en août 1918.* La soupe bouillait, soulevait le couvercle par instants tel le carillon d'une horloge – Clop, clop, clop. *Même si beaucoup d'autres éléments,* poursuivait la lettre, *incitent à la plus grande prudence…* Ce matin-là elle était seule dans la maison – mère et frère partis aux champs. Un cri étouffé venu du petit lit où dormait Tobias l'avait dérangée à l'instant même où les trois hommes étaient entrés sans frapper, pressés de lui annoncer la sidérante nouvelle. Elle avait dégagé l'enfant de sous la couverture, l'avait saisi contre son sein, s'y était cramponnée comme s'il pouvait la protéger tandis qu'ils paraphrasaient la lettre chacun à leur tour. Mais le nom de Balthus n'était-il pas écrit en lettres dorées sur le monument en face de la fontaine ? Le premier, même. Et le courrier du tribunal de Manosque, alors ? *Dire et juger que M. Albarède, Balthus Joseph ci-dessus qualifié est mort pour la France* ? Elle était allée chercher le papier officiel dans le tiroir du buffet afin de le montrer au maire qui l'avait rapidement parcouru avant de le retourner, incrédule. On aurait dit qu'il espérait trouver là, cachée derrière, une explication raisonnable. Tout ça nous dépasse, avait ajouté le patriarche… Tobias, le visage boursouflé encore de sommeil, regardait sa mère de travers – d'un seul œil. La plupart des taches de son qui à sa naissance lui éclaboussaient le front, les joues, avaient peu à peu laissé place à une douceur duveteuse, pure – sauf sur la nuque, à la base des cheveux, où mûrissait désormais une tavelure vineuse de la taille d'un sou. Barbo avait confié Tobias à Aurèle, ouvert les volets au prétexte de respirer à la fenêtre, ressentir l'accolade du vent. Il s'agissait surtout de dissimuler son émotion en réfugiant son visage bouleversé dans la cachette de son bras. Balthus vivant ! Elle n'avait jamais quitté le village de plus de trente kilomètres, refusait de répondre à la convocation de l'hôpital, tançait Aurèle en lui reprochant d'avoir écrit à ce médecin qui maintenant lui enjoignait de tout quitter, son fils, sa maison, sa famille, pour aller à la rencontre d'un maboul, pressait les trois messagers de la laisser tranquille. Je n'irai pas, non ! Le maire tendait vers elle l'affiche qu'il avait arrachée au bataclan des archives municipales pour la lui montrer, insistait afin qu'elle accepte d'examiner le portrait, y jette au moins un œil. Dis-nous si tu le reconnais ! La main de la jeune femme secouait le poignet du maire en le repoussant. Son regard s'était amassé au coin de ses yeux comme si elle faisait couler là toute la tristesse noire de son existence – à la pointe de ses paupières.

Le soldat revient avec un adjudant au regard doux qui en prenant son temps consulte la convocation, la lettre du maire, le certificat d'identité, les relit plusieurs fois, de biais observe Aurèle en lui recommandant de se calmer.

— On va trouver une solution…

Sensible à l'agitation du jeune homme autant qu'au sort du soldat Ulysse dont il connaît l'histoire, n'en rate aucun développement dans les journaux, se gave des rumeurs qui courent dans les couloirs de l'hôpital – l'adjudant a été blessé au Chemin des Dames et comme tous les survivants s'est ému de son calvaire, s'est imaginé à sa place – il pose à Aurèle deux ou trois questions, pour la forme effectue quelques vagues vérifications afin que les deux soldats en faction, des bleusiaux de l'année, aient l'impression qu'il maîtrise la situation. Ça lui ferait mal qu'ils puissent un instant penser qu'il est devenu émotif. Il doit préserver son autorité de juteux auprès des fruits verts de l'institution, tous ces viergeots de la guerre qui daubent un peu les anciens combattants du haut de leur jeunesse désinvolte… Mais en réalité il a déjà décidé de laisser passer Aurèle. Au pire, se dit-il, le colonel Milosz me couvrira.

V

Milosz n'est pas encore arrivé. L'adjudant escorte Aurèle jusqu'au couloir du rez-de-chaussée où d'ordinaire on fait patienter les familles. Une secrétaire le reçoit en silence, étonnée par son jeune âge, sa beauté rugueuse – cette figure allongée et maigre, presque osseuse, est un écrin trop sévère pour ses yeux tendres, d'une naïveté désarmante. La secrétaire se retient de le regarder trop longtemps, elle travaille, sort une fiche, prend des notes en recopiant les différentes informations qui figurent dans la lettre du maire, son attestation d'identité.

— Albarede, avec ou sans accent ?

— Avec, balbutie Aurèle en pétrissant de ses mains le tissu de sa sacoche.

Il se dit qu'elle ne vient pas de la campagne, cette femme entre deux âges, en vrai guère plus vieille que Barbo, qu'il sent d'une sérénité à toute épreuve, solide et tout à la fois coquette, avec dansant sur la plume ses longs doigts aux ongles peints, ses yeux calmes aux paupières légèrement fardées, son visage de dragée. Elle lui inspire confiance malgré la poudre, le maquillage. Quand elle a fini de remplir la fiche elle se lève, l'invite à attendre dans le couloir, à s'asseoir sur l'un des bancs.

— Dès que le colonel Milosz est là, je l'avertis de votre présence, ne vous inquiétez pas.

Puis elle se retire sans un bruit en glissant sur ses semelles de feutre, la plante de ses pieds effleurant à peine le sol. Quand elle marche une ondulation gracieuse bouscule sa jupe, harcèle le beau ressort de ses hanches étroites, gravit son dos, s'étouffe dans le creux de ses épaules – elle a disparu. Aurèle préfère alors rester debout, arpenter le hall, le vestibule du département de psychiatrie. L'hôpital s'éveille peu à peu. Dans son dos le gravier du parc grésille sous les pas des premiers visiteurs qui approchent, des clefs tintent dans les serrures des chambrées, des chariots de soins brinquebalent déjà sur les dalles. Paris, c'est aussi ça, se dit le jeune homme que rien ne peut distraire de sa rêverie – cette image de voilure gonflée d'une pointe de vent que lui a laissée en souvenir la silhouette ravissante de la secrétaire. Il en oublierait presque Balthus.

VI

Quand Milosz une heure plus tard apparaît enfin, Aurèle ne le voit pas – il est à la réflexion. Le jour est maintenant clair mais il perçoit pourtant les choses confusément. C'est aussi propre, militairement ordonné devant lui, ce corridor linéaire, ces murs immaculés, que c'est embrouillé dans sa tête. Même s'il a eu le temps d'endiguer ses émotions, déposer son effervescence dans un coin de sa mémoire, il est envahi de doutes. Balthus n'a jamais été si près de lui depuis des années – quelque part sans doute derrière l'une des portes qui ponctuent le couloir – et cependant si étranger. Ce qui lui revient en cet instant, ce sont des chansons entassées là, dans sa gorge, des chansons apprises de la bouche de Balthus à l'école ou les soirs de veillée. Elles pressent soudain ses dents – il serre les lèvres. Pourquoi a-t-il envie de chanter ? Il ne se comprend plus, est aussi angoissé que joyeux, joyeux d'une joie inattendue qu'il voudrait mâcher, broyer, dont il voudrait libérer l'odeur en lui. Ne va-t-il pas revoir Balthus ? Mais devant ses yeux comme dans ses oreilles le chaos règne. C'est à présent son village qui se lève tandis qu'il confond le dôme ambitieux de Notre-Dame du Val-de-Grâce avec le clocheton modeste de l'église Saint-Marc de Banon, ce sont ses champs d'oliviers, pourtant hirsutes, qui se substituent aux pelouses rases de l'hôpital, c'est sa terre, une terre ancienne, bourrue et chevelue avec ses genêts et ses herbes acérées, qui remplace le sable aride des allées droites, briquées, domestiquées du parc. Il ne voit plus rien des hauts immeubles parisiens, des trottoirs, de l'asphalte, du gravier. Tout cela est récent, moderne, froid, incolore quand son village n'a pas d'âge sinon celui d'une éternité chaleureuse. Il se dit que Paris est en soi une amnésie. Comment retrouver ici la mémoire ?

— Vous êtes le frère de Barbara Albarède ?

Milosz retire un gant, lui tend une main froide mais cordiale. Il est en civil, emmitouflé dans un long manteau des plis duquel s'échappe le bout soyeux d'une écharpe. Il ne dort plus depuis une semaine, depuis que le professeur Briand lui a vivement et publiquement reproché l'absence de résultat concernant la recherche d'identité du soldat Ulysse. Je lui dis quoi, moi, au ministre ? Hein ? Qu'on n'est pas foutu de lui trouver une famille parmi les centaines qui se présentent ? Le colonel avait argumenté, mentionné Barbara Jost, les Pradon-Vallancy, une piste oui, mais il fallait rester prudent, s'était cependant permis de lui dire qu'il n'était pas vendeur à la Samaritaine, qu'il ne s'agissait pas de lui acheter un costume… Briand avait haussé les épaules. Débrouillez-vous, colonel, l'hôpital ne va pas payer pendant des lustres, le Val-de-Grâce n'est pas l'Armée du Salut ! Demain, on change de méthode ! Le mot était plein de menaces… La veille, plus sourde encore que d'habitude, une méchante mélancolie avait envahi Milosz, il était parti brouter au hasard par-ci par-là, avait franchi des ponts, des portes afin de dîner rive droite dans un bruit de banquet d'un mauvais turbot servi par des garçons aux gestes arrogants. En sortant du restaurant il avait marché, contemplé la Seine depuis le pont Neuf qui scintillait dans la nuit comme un éclat de vitre sale, rencontré dans une brasserie des quais une mondaine aux lèvres tachées de pourpre, aux dents blanches, aux yeux d'un bleu de ciel, aux cheveux couleur de maïs, une mondaine en déveine… Il n'avait pas eu le temps, le courage de repasser chez lui, priait pour ne pas croiser Briand en arrivant à l'hôpital. La secrétaire s'est jetée sur lui – le visiteur du matin était déjà là, un gamin splendide descendu des collines, des montagnes, elle ne savait plus, venu du Sud, ça oui, Aurèle Bonnefoy qu'il s'appelle, il attendait dans le corridor.

VII

Aurèle est impressionné mais tranquillisé. Cet homme distingué a quelque chose en lui de ferme et de fragile en même temps, une sorte de contradiction dans la silhouette, le regard, qui l'apaise – l'allure cavalière sous les habits chiffonnés, les gestes sûrs malgré les joues bleues de barbe, les yeux vaseux. Le médecin l'entraîne dans son bureau, lui demande s'il a fait bon voyage puis d'une voix douce commande des cafés à la secrétaire, cette Parisienne coquette dont le jeune homme croit deviner à son empressement, cette façon mouillée qu'elle a de l'appeler « mon colonel » que ce dernier ne lui est pas indifférent. Il prend son temps, Milosz, retire son pardessus, son écharpe, desserre le nœud de sa cravate, ouvre le col de sa chemise.

— Une cigarette ?

Aurèle refuse en essayant de sourire.

— Votre sœur n'a pas pu venir elle-même ?

Sans les regarder Milosz tourne les pages d'un dossier posé devant lui, s'essuie parfois la bouche du revers nerveux de la main, avale sa salive comme s'il en guettait le goût – fébrile. C'est qu'il en a trop vu, des visiteurs, des familles, chaque fois ça le fatigue, le harasse, toute cette tristesse qui coule sur le tapis de son bureau, ces drames, ces pleurs, toute cette détresse qui ne revendique que d'être épongée, effacée comme par miracle – une simple coïncidence qu'il lui appartient de convertir en miracle. Au début il en avait presque du plaisir – au fond de lui l'espoir gonflait toujours à l'instant de confronter les visiteurs au soldat Ulysse. C'était bon d'y croire quelques minutes, fermer les yeux, s'oublier dans les détails qui semblaient concorder pour oublier ceux qui détonnaient, s'accommoder des rouages, des ressorts de l'espoir, son mécanisme faussement logique qui accrochait les dents d'une première roue à celles d'une seconde, d'une troisième afin de faire tourner à plein la turbine de l'espérance – C'est lui ! puisque je le reconnais, n'est-ce pas ? Il ne s'y oppose pas d'ailleurs, voyez son visage, il a souri… Toutes ces roues étaient emmanchées les unes dans les autres, ça grinçait bien parfois mais dès que l'une se mettait en branle, une autre s'y mettait puis une autre encore… Un matin le désir avait disparu – il n'avait plus envie de succomber à la mécanique de l'attente, tout en lui subitement résistait. Il s'est alors composé un masque de scepticisme – froid, peu engageant, détaché. Une certaine façon de refuser un argument en crispant sa bouche d'une moue méprisante, un mouvement las de la main, comme une dispersion de l'air autour de lui pour repousser un raisonnement… Tout son corps s'était mis à dire non chaque fois qu'une famille essayait de le convaincre que le soldat Ulysse était bien le fils, le frère, le mari disparu. Désormais il sait qu'il n'y a plus que deux possibilités – Jost et Albarède. En observant le jeune homme timide, gauche, qui n'a pas encore osé s'exprimer, fixe craintivement ses souliers plutôt que de répondre à ses questions, Milosz se dit que c'est sa dernière cartouche. Barbara Jost ne l'a pas convaincu, il est envahi chaque nuit d'hésitations, de doutes qui le maintiennent éveillé. Il en est réduit à se gaver de barbital, voler de vieilles capsules de Véronal à la pharmacie de l'hôpital pour dormir quelques heures. Certains soirs il se dit que l'essentiel n'est peut-être pas de redonner à Ulysse sa véritable identité mais de lui en attribuer une dans laquelle il saura se glisser confortablement, pourra se remettre de son calvaire – le bonheur ne vaut-il pas mieux que la vérité ? Après tout Briand a peut-être raison. Ne s'agit-il pas de lui fournir un nom ? un prénom ? Quels qu'ils soient, ce nom et ce prénom, Ulysse sera toujours différent de tous les autres hommes et seulement semblable à lui-même. Au fond, Jost, Albarède ou Tartempion, quelle importance ? En plus, depuis quelques jours les entretiens tournent en rond – la psychanalyse a ses limites. Le cerf, toujours le cerf ! Celui-là, il ne s'est pas calté dans les brouillards de l'intranquillité d'Ulysse comme le médecin l'espérait, n'a pas profité de la relative embellie de son état pour s'évanouir, les sabots plantés dans la glaise de ses obsessions il continue plutôt de gambader dans sa mémoire en morceaux, la piétine chaque jour davantage, l'émiette plus qu'il ne l'encourage. Le langage du soldat s'est certes précisé, la tournure de ses phrases a recouvré une syntaxe plus régulière, les images sont devenues moins obscures – *Il renverse bientôt ses bois sur son dos, tend son encolure vers l'avant, ouvre sa gueule, lèvres arrondies, et brame…* Mais le cerveau du soldat est une galette friable de souvenirs dont la fève est un bestiau fou.

VIII

Le médecin redoute un peu de poser des questions à cet adolescent timide. Pour une fois il ne craint ni les affabulations ni les reconstructions opportunes, non, mais il a peur de l'effrayer. C'est aussi qu'il se sent groggy, à bout, peu disposé à faire des efforts. Gratter, encore gratter. Avec son air d'oisillon inquiet Aurèle semble tétanisé au fond du siège en cuir dont il caresse les accoudoirs avec une insistance étrange.

— Vous venez de Banon, c'est ça?

Aurèle acquiesce de la tête.

— Vous savez sans doute qu'il a été retrouvé près de votre village avant d'être envoyé ici, il y a un an et demi environ?

Le jeune homme ne réagit pas, écoute Milosz en fixant ses lèvres comme s'il était sourd et muet.

— Vous n'étiez pas là quand on l'a capturé?

— C'est à la maison… chez moi… qu'on l'a ramené après la battue…

— Et vous ne l'avez pas reconnu?

— Non.

— Votre sœur non plus?

— Non, personne.

— Comment expliquez-vous cela?

Aurèle se renfrogne, se demande s'il n'a pas dit une bêtise. Il se souvient mal de ce jour-là, il était allé chercher du vin avec Barbo dans le cellier. Les chasseurs avaient soif. Il y avait beaucoup de monde dans la maison. La créature qui gisait par terre n'intéressait plus grand monde – sauf le chien Argos. Il n'y en avait que pour le feu, les collines carbonisées, les cendres, l'incendie, quoi. Son grand-père lui avait ordonné d'aller prévenir les gendarmes avec Adrien Jost. Il ne songe pas un instant que la retraite sauvage d'Ulysse dans le Lubéron, aux alentours de Banon, plaide en faveur de son beau-frère. Il sait grâce à la secrétaire que la femme d'un autre soldat l'a reconnu aussi bien, une apparentée au clan des Alsaciens, les Jost justement.

— Pourquoi votre sœur n'est pas venue elle-même ?
— Je ne sais pas.
Puis il ajoute d'une voix sourde.
— Je vais pouvoir le voir ?
— Oui, bien sûr, mais je dois auparavant vous poser quelques questions, vous faire signer des papiers, des broutilles administratives, ça ne prendra que cinq minutes.
Et Milosz de se lever de son bureau pour appeler la secrétaire, laquelle ne tarde pas à apparaître avec du café et, glissés sous les deux tasses fumantes, des documents officiels qu'elle présente à Aurèle.
— Vous n'avez qu'à signer en bas de la dernière page.
La secrétaire se lèche les lèvres en souriant au jeune homme. Quand elle voit qu'il lorgne sa bouche à laquelle il trouve un air de grosse fleur épanouie, elle rougit, se rétracte, se redresse. Aurèle se dit qu'il n'a pas souvent vu de vrai sourire de femme, avec les dents qui luisent, les yeux francs, directs, le visage qui s'éclaire. Il se saisit du porte-plume qu'elle lui tend, griffonne sans lire, d'une main brusque, maladroite. Milosz a allumé une nouvelle cigarette, laisse la fumée lui coloniser les narines, l'emplir de sa saveur âcre.
— Vous l'avez bien connu, votre beau-frère ? Vous n'étiez pas un peu jeune avant la guerre ? Quel âge avez-vous ?
— Dix-neuf.
— Quand il est parti, vous n'aviez donc que douze ans ?
— Il a été mon instituteur, je le voyais toute la journée à l'école et le soir je le retrouvais au souper, avec

ma sœur ils habitaient une petite maison près de la nôtre.

— Vous vous entendiez bien ?

— Oui, ça va.

Aurèle se passe une main dans les cheveux.

— Parlez-moi de lui, insiste Milosz.

Aurèle soupire, recommence à frotter nerveusement les accoudoirs comme s'il voulait se râper les paumes jusqu'au sang.

— Qu'est-ce que vous voulez savoir ?

— Tout ce qui vous passe par la tête quand vous pensez à lui.

— Ma sœur, Barbara… Je pense d'abord à ma sœur, j'ai une photo si vous voulez ?

Il cherche dans son sac, en sort un mince portefeuille, l'ouvre, ne tarde pas à trouver ce qu'il cherche – une photographie de sa sœur et du bébé qu'il tend au médecin.

— C'est ennuyeux qu'elle ne soit pas venue elle-même, dit Milosz en regardant distraitement le cliché… C'est vous qui avez reconnu votre beau-frère sur l'affiche, pas elle…

— Elle n'est pas en état.

— En état ?

Aurèle éternue, se mouche. Quand il songe à son beau-frère, il songe à Barbara et c'est toujours la même image qui se présente en premier – une image dont il a honte et qui en même temps l'attendrit. C'est une semaine après l'annonce de la disparition de Balthus, Barbo tient le cheval Sinon par les rênes, s'appuie du pied sur une planche, devant ses sabots, se tend, se raidit comme si elle faisait confiance au canasson pour l'empêcher de basculer. Malgré le froid piquant elle ne porte qu'une petite robe noire et blanche, noire sur le corps et blanche autour, là où ça flotte. Ses cheveux sont libres, tombent sur le front, l'œil est dur sous les boucles, elle veut rassurer Sinon qui se raidit, se cabre dans l'enclos – a-t-il senti qu'un malheur venait d'arriver ? Elle lâche bientôt les rênes, s'accroupit pour ramasser, tombée au milieu des bottes d'herbe sèche, une fourche dont le manche en bois pointe au flanc de la bête, s'engage sous la panse dorée, arrache des brassées de foin d'un tas fumant, les porte jusqu'aux pieds de Sinon qui courbe l'échine, la dévisage avant de fléchir pour renifler le picotin. Elle entend le cliquetis de la chaîne, le sabot qui heurte le sol sous la paille. Sinon se penche pour mieux la flairer, lui souffler dessus. Ses naseaux brillants dégagent une haleine chaude. La chair de Barbara luit. Elle tend la main. Le cheval sursaute. Et elle rit, rit d'un rire de folingue puis, de plus en plus hilare, respire au bout de ses doigts l'odeur corsée.

— Elle avait peur d'être déçue, je crois.

— Est-ce qu'il y a une attitude, une habitude, un détail physique qui vous paraissait singulier chez votre beau-frère ?

— Ses mains de femme, vous voulez dire ?

— Par exemple. Autre chose ?

— Une cicatrice sous le sein, oui, je me souviens.

Il hésite.

— Parfois il se mettait à parler en latin comme le curé, ça agaçait mon grand-père…

— Comment appelait-il votre sœur ?

— Tout le monde l'appelle Barbo.

— Vous diriez qu'ils allaient bien ensemble, qu'ils s'aimaient, avant la guerre ? demande la secrétaire que le jeune homme émeut au point de demeurer près de la porte du bureau sans se décider à sortir.

Milosz sourit. Aurèle se dandine sur le fauteuil.

— Peut-être, oui… sûrement.

IX

Milosz retarde le moment où il demandera à la secrétaire d'aller chercher Ulysse. Un certain sentiment de lâcheté le retient, de culpabilité aussi bien. Il n'aurait pas dû, non, il n'aurait pas dû accepter la proposition du professeur Briand qui, exaspéré par la lenteur des résultats obtenus, leur objective pauvreté, avait suggéré une semaine auparavant de provoquer un abcès de Fochier sur la lèvre supérieure du soldat en sorte que l'infection artificielle, la fièvre et la douleur qu'elle provoquerait, distraie l'amnésie, diminue la vitalité de cette énergie mauvaise qui ne cessait de dresser une muraille infranchissable entre le présent et le passé d'Ulysse – Briand parlait d'une « dérivation opportuniste ». Vous verrez, Milosz, on a déjà vu des résolutions spectaculaires avec cette méthode, c'est autre chose que de se coucher sur un divan ! Le colonel n'avait rien de nouveau à lui opposer afin de le convaincre de renoncer à cette stratégie agressive qu'on devait à un chirurgien lyonnais, Alphonse Fochier, plus connu dans le monde médical pour le contexte de sa mort que pour ses contributions scientifiques – se voyant refuser par le recteur le droit d'organiser un meeting en faveur du capitaine Dreyfus dans les locaux de la faculté, il s'était tant emporté que sa louable colère avait déclenché séance tenante une crise cardiaque qui lui avait été fatale. Non, il n'aurait pas dû se prêter à cette mascarade, abandonner Ulysse entre les mains des loufiats de Briand, des petits lieutenants sadiques par arrivisme plus que par goût et toujours zélés. Le professeur avait de plus exigé que Milosz assiste à l'injection puis qu'il en surveille les effets.

Le jour dit, Milosz, Briand, un jeune chirurgien à deux barrettes, aux bésicles embuées, et deux infirmiers étaient entrés dans la chambre d'Ulysse à la suite de l'infirmière venue lui apporter son café du matin. Le soldat dormait encore. On l'avait ceinturé, les deux infirmiers s'étaient chacun saisis d'un bras avant de lui enfiler une camisole dans les lanières de quoi il s'était faiblement débattu avant de jeter un regard désespéré sur Milosz, lequel s'était alors approché de lui, avait glissé sa main sous son cou comme pour que sa tête y repose – la *Pietà* du Greco… Les yeux d'Ulysse roulaient, affolés, au fond des orbites. Affolés et pleins de larmes. Il revivait sans doute sa capture, l'humiliation viscérale de la proie tandis que son prédateur s'en empare, lui ravit liberté présent futur. Pauvre Ulysse, pensait Milosz, lui qui n'a déjà plus de passé, que lui reste-t-il en cet instant ? Le tranchelard à lunettes portait un haricot en fer au fond duquel tintaient une grosse seringue et une fiole emplie d'un liquide jaunâtre – couleur d'urine. Il avait retroussé les manches de sa blouse, déshabillé ses poignets poilus et minces. Savez-vous que le professeur Revilliod suggère que l'amnésie rétrograde puisse être provoquée par une infection de la moelle épinière ? chuchotait Briand dans son dos. Il suffirait ainsi de provoquer artificiellement la formation d'un abcès aseptique dans un endroit localisé de telle manière que la suppuration soit visible et facile à traiter. Cette pyogenèse permettrait alors d'atténuer et même de faire disparaître l'infection d'origine par transfert d'influences et donc de libérer la mémoire de son blocage infectieux. Magnifique, non ? Milosz avait haussé les épaules. Il croyait que cette méthode médiévale n'était plus utilisée que sur les chevaux… Vous voilà devenu vétérinaire, professeur ? Le chirurgien bigleux dévissait le bouchon de la fiole, plongeait la seringue graduée dans le liquide, relevait le piston d'un mouvement continu afin de faire monter la solution dans le cylindre. De l'oxyde jaune de mercure ? avait demandé Milosz. Briand souriait. — Non, vous n'y êtes pas ! Ni chlorhydrate de quinine acidifié, ni azotate d'argent, non ! De l'essence de térébenthine, voilà tout, de la simple essence de térébenthine. Vous ne sentez pas cette odeur de pin maritime ? Allez, mon cher, tranquillisez-vous, ça lui rappellera son Lubéron ! Une fois achevée l'extraction du liquide, le chirurgien avait désinfecté les téguments, poils de barbe, peau, à l'aide d'un coton imbibé d'alcool puis avait planté l'aiguille métallique dans la lèvre d'Ulysse. Deux centimètres cubes, ça suffit, avait-il précisé en appuyant sur la tête plate du piston afin d'épancher la térébenthine. Les quatre hommes avaient patienté de longues minutes en observant Ulysse qui ne bougeait plus tandis que Milosz, inquiet, baissait la tête vers lui afin de distinguer le frissonnement de son souffle sur sa joue. On ne verra rien avant demain, avait conclu Briand en faisant signe aux infirmiers de délier le soldat. Ils étaient sortis en laissant seul le colonel dans la chambre, assis sur le lit, penché toujours sur son malheureux patient qui semblait s'être détendu et même assoupi – Milosz, pensif, se sentait de plus en plus coupable, songeait au chemin de croix qui était celui d'Ulysse depuis qu'il avait quitté son village, les siens, pour faire son devoir, défendre sa patrie jusqu'à se sacrifier pour elle, quels que soient et le premier et les seconds, Banon ou Fouilly-les-Oies, Barbara Jost, Aurèle Bonnefoy ou d'autres encore… Dans ses rêves s'agissait-il de rejoindre Ithaque ou Jérusalem ? Rêvait-il seulement ?

Dès le lendemain, autour de la bouche d'Ulysse apparaissait une sorte de plaque rougeâtre, ecchymotique, qui s'était étendue au visage entier en quelques heures, provoquant une fièvre aiguë. La fièvre n'était tombée qu'au soir cependant qu'un phlegmon de la taille d'une petite grenade germait alors dans l'épiderme de la lèvre – une grenade immature toute bosselée de glandes sébacées comme autant de graines translucides d'un rouge sanguin. Sur un oreiller trempé de sueur Ulysse agitait la tête de gauche à droite, tirait une langue couverte de muguet comme s'il cherchait à se débarrasser du fruit douloureux qui lui poussait sur la bouche. On ne pouvait pas lui toucher le bras ou le pied sans qu'il gémisse aussitôt, son corps était devenu un immense abcès dont une saillie verte, ulcérant la peau telle une épingle intestine, perçait au visage. Durant la nuit la fièvre était remontée de façon fulgurante. Le soldat délirait, criait mais ses mots au moment de franchir les lèvres congestionnées déclenchaient une douleur si mordante qu'il les retenait en les étouffant sous un flot rose de salive et les avalait avant qu'on ait pu les comprendre tout à fait. Rentrer dans le trou ! Une dernière fois, là, là, hurlait Ulysse, là vers le no man's land. Fshhh ! La salive coulait hors de la bouche, abondante, carminée. Elle est revenue, la créature, une drôle de sueur lui enduit les entrailles, des traînées de plâtre, des bavures de sel ! Puis le soldat s'était crispé, ses mains avaient agrippé les draps. À moi les hussards ! Je la vois, elle marche l'encolure fléchie, bois en avant, je la vois, elle s'arrête devant moi, me touche les jambes, je la vois ! Au secours ! Milosz avait noté que pour la première fois Ulysse mentionnait l'arme de son régiment, les hussards, la même arme que celle où avaient servi Albarède et Jost. Soudain son corps avait décrit comme un arc de cercle, seuls les pieds et la tête reposaient encore sur les draps – l'arc de cercle des hystériques, celui mis en lumière par Charcot. Voilà ce qu'il avait obtenu, Briand, une crise d'hystérie. Le soldat tremblait, oscillait, sa poitrine battait de manière tumultueuse, sa respiration s'accélérait, des spasmes lui déchiraient la gorge dont sa bouche enflammée accentuait la brûlure. Ses lèvres tordues crachaient encore des mots. J'entends ! J'entends… J'ai peur. Au secours ! Le visage d'Ulysse s'était un instant tourné vers Milosz, implorant. Au secours ! Pshhh… La salive anéantissait l'appel en un triste gargouillis. Gober les yeux, me dévorer les joues, les jambes, le ventre…

Ulysse n'avait pas fermé l'œil de la nuit. Au matin le chirurgien était revenu, accompagné de Briand et des deux infirmiers. On ouvre, Milosz, on ouvre, soyez attentif! La tuméfaction s'était resserrée sur elle-même, la petite grenade était devenue une sorte de framboise ambrée constellée de nombreuses gibbosités blanches d'un aspect presque solide. Le professeur s'était saisi du poignet d'Ulysse, les yeux tournés vers le plafond, mesurait le pouls. C'est mou mais ça bat! Un petit scalpel à la main, déjà le chirurgien se penchait sur Ulysse tandis que les deux infirmiers s'emparaient de lui, l'empêchaient de bouger. Chaque protubérance blanche avait éclaté dès que la lame s'en était approchée – de grosses quantités d'un pus rougeâtre avaient jailli, éclaboussant la bouche jusqu'au menton. Vous diriez combien à vue de nez? Cent grammes? Le petit chirurgien remontait ses lunettes pour se donner le temps de répondre. Plus que ça, je dirais cent vingt, cent trente... — Formidable! À mesure que l'abcès se vidait de son pus, le visage du soldat se détendait, prenait une forme nouvelle, assez différente de celle que Milosz lui connaissait, plus sereine, la peau des joues rosissait, les rides du front, celles entre les sourcils, semblaient s'effacer peu à peu, les yeux s'ouvraient, leur couleur pâlissait. Les ombres qui lui obscurcissaient le regard avaient disparu. Un instant Milosz croyait même discerner l'ébauche d'un sourire que la douleur bridait aussitôt. Briand s'était tourné vers Milosz. Alors, colonel? N'est-ce pas qu'il a meilleure allure? Ulysse reposait sur sa couche – calme, relâché. Milosz découvrait, incrédule, un autre homme dont la physionomie moins tourmentée qu'avant l'incision évoquait celle d'un parent, d'un frère peut-être ou d'un proche cousin d'Ulysse. À vous de jouer maintenant, il est mûr, vous verrez. Plein de morgue, dans un froissement de blouse Briand était sorti de la chambre flanqué du chirurgien et des deux infirmiers. Milosz l'avait entendu dans le couloir se féliciter à haute voix de l'opération. Que vaut un divan contre un scalpel ? je vous le demande ?

Les deux jours suivants l'espoir que Milosz avait mis avec beaucoup d'honnêteté dans la méthode de l'abcès de fixation, malgré lui impressionné par le résultat apparent, la métamorphose du soldat, cet espoir s'était dissipé mais sans toutefois s'évaporer complètement. Quelque chose avait changé, oui. Le comportement moins sauvage, la parole plus contrôlée, l'attention plus soutenue – toutes choses qui prouvaient qu'Ulysse n'était plus le même. Mais il n'avait rien recouvré de sa mémoire. L'amnésie n'avait pas reculé d'un pouce – il ignorait toujours son nom, d'où il venait. En dehors de son appartenance à une unité de hussards, d'une improbable référence au professeur Hadamard, le maître de Charles Jost – lorsque devant lui Briand avait raconté au petit chirurgien les circonstances de la mort de Fochier, Ulysse avait en effet marmonné un prénom, Lucie, dont il se trouve qu'il était le prénom de la femme du capitaine Dreyfus, une nièce de Hadamard –, l'infection artificielle qui lui avait déchiré la lèvre n'avait produit aucun élément concret susceptible de clore le débat, de lui rendre sans ambiguïté son identité. Briand avait à peine caché sa déception, laquelle s'était transformée en une mauvaise indifférence seulement ponctuée de considérations comptables à propos de la pension d'Ulysse que l'hôpital ne pourrait pas continuer de payer indéfiniment… Tandis qu'Ulysse se reposait, un épais pansement sur la lèvre, s'alimentait à l'aide d'une pipette comme il ne pouvait pas encore ouvrir la bouche sans gémir, Milosz avait essayé de passer davantage de temps avec lui de façon à profiter de sa relative quiétude pour le solliciter, l'écouter, glaner peut-être quelques détails éloquents au détour d'une phrase – en vain.

X

De plus en plus enfoncé dans le fauteuil Aurèle s'étonne du silence de Milosz qui enroulé dans un nuage de fumée se contente de regarder par la fenêtre, les yeux clos, ne cherche pas à reprendre la conversation là où il l'a laissée – Barbo… Le jeune homme n'ose pas troubler ce qu'il imagine relever d'une intense concentration même s'il ne devine rien des réflexions précises du médecin, l'oscillation incessante de son opinion – Jost Albarède, Albarède Jost… – jusqu'à composer une sorte d'hypothèse hybride, impossible et cependant satisfaisante pour l'esprit. Puis, comme si en lui un ressort venait de lâcher, Milosz se lève, ouvre la porte de son bureau, en criant demande à la secrétaire d'aller s'assurer de ce qu'Ulysse est réveillé. Celle-ci ne tarde pas à revenir lui chuchoter à l'oreille que oui, Ulysse est présentable quoique fatigué.

— Vous allez le rencontrer dans quelques minutes, dit alors Milosz d'un ton las qui inquiète Aurèle, mais ne vous faites pas d'illusion, celui qui va se présenter devant vous n'a pas grand-chose à voir avec votre beau-frère, je vous demande moins de le reconnaître que de traquer dans vos impressions certaines émotions qui pourraient ressembler à celles que vous ressentiriez si c'était effectivement lui.

Aurèle approuve benoîtement afin de ne pas avoir l'air stupide mais n'envisage pas une seconde de ne pas être en mesure de se prononcer. En fait il ne comprend rien aux propos du médecin. Il est trop jeune, trop innocent pour avoir déjà éprouvé la sorte d'émotion dont parle Milosz, se dit qu'il n'est là que pour remplacer sa sœur trop anxieuse pour venir elle-même, trop faible pour supporter une déception qui ne ferait qu'accentuer le sentiment de perte, de deuil qui l'égare, la rend folle – c'est son devoir, sa mission. Il est là pour ne pas abandonner Balthus à son martyre, pour son fils Tobias, son village, sa terre, tout cela qu'il chérit, qu'il voudrait retrouver au plus vite. Les deux hommes attendent en silence. En cet instant le bureau du médecin lui semble très haut de plafond, son volume trop ample. Ni le brigadier de gendarmerie, ni le directeur d'école, ni le maire de Banon n'en possèdent de semblable, on ne peut guère trouver pareil volume, pareil espace tout à la fois accueillant et étouffant qu'en s'arrachant à la glèbe, en rejoignant la ville, Digne, Manosque ou Carpentras – comme si plus le dehors était confiné, plus le dedans était grand, plus le dehors était aéré et plus le dedans se faisait petit. Aurèle ne bouge pas, se recroqueville – une bête qui s'apprête à affronter un danger. Rien ne bouge non plus de son visage aux yeux écarquillés sinon sa paupière qui bat doucement. Il croit distinguer l'image de la porte entrouverte sur le corridor dans l'œil immobile du médecin, songe qu'il y verra Balthus entrer comme s'il provenait du cerveau de Milosz, se demande même si ce n'est pas cela qui va arriver – Balthus émergeant des pensées du médecin pour venir à sa rencontre.

Soudain Ulysse est devant lui. Ce que d'abord voit Aurèle, ce sont des couleurs. Un pantalon de pyjama aux rayures violacées qui tire-bouchonne sur des jambes maigres, des sandales noires où reposent deux pieds nus immenses, une veste taillée dans le même tissu que le pantalon, boutonnée jusqu'au cou – un drôle de foulard y est noué, un chifornion de donzelle avec des fleurs vertes, rouges et jaunes – et un visage dissimulé presque entièrement derrière un gros pansement blanc retenu par deux morceaux de bande Gauthier dont les bords adhésifs s'agrippent à la peau ivoirine des joues et du menton. Au-dessus, deux yeux d'un bleu de myosotis, une calotte de cheveux cuivrés. Aurèle croise le regard d'Ulysse, remarque sous la gaze renflée où sèche une goutte de sang que sa bouche s'étire un peu, qu'il sourit. Milosz invite Ulysse à s'asseoir dans le fauteuil vide qui forme un angle presque droit avec celui d'Aurèle. Le jeune homme se persuade alors d'affronter la situation plutôt que de l'esquiver en songeant à Barbo qui attend son retour même si elle n'a rien voulu montrer de l'espoir qui lui allumait les yeux tandis qu'elle déchiffrait en haussant les épaules la convocation du Val-de-Grâce, a préféré feindre l'indifférence, n'attacher aucune importance à cette lettre, cet incroyable basculement du sort qui faisaient ressusciter Balthus d'entre les morts. Aurèle trouve que le soldat est beau malgré le pansement, le pyjama disgracieux, mais il hésite à reconnaître Balthus sous ces traits engourdis, ce crâne bossué, ces yeux désormais ronds comme des arches de pont, ce front plus large que ses souvenirs et cette maigreur capricieuse qui paraît affecter certains endroits, les poignets, les chevilles, le ventre, en épargner d'autres, le cou, les épaules. Trois ans qu'il ne l'a pas vu… Il observe ses mains, aussi fines, racées que celles de Balthus. Cela lui donne du courage, ces mains de femme au bout des bras charnus. Tous en riaient de ses doigts de dentellière, au Balthus, des doigts de vierge que contredisait une voix virile, une voix captivante murmuraient les pisseuses du village en rougissant. Il se la rappelle très bien cette voix profonde qu'il a entendue durant plusieurs années, dans la classe, déclamer poèmes, thèmes et théorèmes, sous le préau distribuer injonctions, réprobations et sanctions, dans sa maison même, une voix forte et lente où roulaient d'autres pierres que celles du Lubéron, où grasseyait toute la gloire d'une terre de vin, rougeaude et brune, aux lourds raisins dorés, une voix qui s'arrondissait, se boursouflait parfois jusqu'à éclater de fureur, de passion ou de conviction, une voix de prophète résumait Barbo. Il veut l'entendre maintenant, la mélodie perdue de son enfance, mais il craint que ce damné pansement empêche le soldat de parler. Il pose sa main sur le genou d'Ulysse.

— Balthus ? Tu te souviens de Barbo ?

Le soldat le regarde, ouvre la bouche sous le bandage, la garde un long moment ouverte, mâche l'air comme s'il venait de prendre un coup à l'abdomen.

— Ouh ! Aïe !

Milosz réalise que cela fait plusieurs semaines que le soldat a cessé de s'exclamer ainsi – ces deux cris, ce

« ouh » vite étouffé, ce « aïe » comme le symptôme d'une douleur aiguë qui le submergerait tout à coup. Il a soudain une idée, se penche sur Ulysse, saisit son visage, ses mains tâchent de se faire douces, ses doigts sont là à tâter le plus paisiblement possible les joues du soldat en évitant de presser sur les lèvres meurtries à travers le pansement.

— Balthus ?

— Ouh ! répète Ulysse, ouh ! Aïe !

— Charles ?

— Ouh !

Si Aurèle ne comprend pas où le médecin veut en venir il ne s'interpose néanmoins pas, lui fait confiance, devine qu'il s'agit d'une expérience, s'en remet humblement, lui le paysan, à l'homme de science, au savant. Il est tout confus de charité, Aurèle, tant malheureux qu'il voudrait cracher la pitié qui lui suce l'âme, le vidange peu à peu, il voudrait s'en débarrasser avant de rentrer au pays, vomir sur le tapis cette humanité exigeante qui le siphonne de l'intérieur, se rincer la bouche et ne plus jamais éprouver ce qu'il éprouve en cette minute. Il comprend que sa détermination n'est désormais plus qu'un misérable filet d'eau incapable de purger Ulysse de sa détresse. Milosz désigne maintenant Aurèle en tendant vers lui un index précis.

— Est-ce que vous le reconnaissez ?

Les yeux d'Ulysse cherchent ceux d'Aurèle qui tremblent malgré lui sous les paupières. Le jeune homme demeure silencieux, se fige tête fléchie comme s'il fixait son menton. On ne peut distinguer ses yeux qui reculent dans les orbites comme des bestioles affolées.

Quand il ose enfin affronter le regard du soldat, ce qu'il voit c'est un peu d'écume qui s'échappe du pansement puis une sorte de détresse poignante qui lui coule sur les joues. Ulysse respire du même élan qu'il pleure. Il se cabre derrière ses larmes qui lui soulèvent la poitrine, l'élèvent, l'entraînent on ne sait où… On dirait qu'il veut parler, que ses sanglots sont comme des mots liquides qui lui inonderaient la gorge. C'est tout barbouillé de râles, de spasmes. Le bandage absorbe sa respiration embuée jusqu'à le faire suffoquer. Milosz est ému par ses crachements, sa congestion, dans le même mouvement veut prêter assistance au soldat Ulysse et s'en veut de cette émotion généreuse qui le détourne de son affaire, l'analyse clinique, la technique froide, insiste alors une dernière fois afin de recouvrer sa place, sa fonction, son grade, se donner une contenance professionnelle devant Aurèle qui compte sur lui, l'observe, courageux et incrédule.

— Balthus ?

— Ouh ! Aïe !

Enfin le médecin sourit, se détend. Il n'a pas besoin de réfléchir, de consulter ses notes, ses manuels de psychiatrie, il voit clair.

— Vous voulez dire *Who ? I ? Who am I ?* c'est ça ? *Who am I ?*

Ulysse approuve aussitôt avec une vraie frénésie libératrice.

— *Who ? I ? Who, who ? Who ? I ?*

Le Temps

Quelques individus, véritables épaves humaines, vivants et morts à la fois, perdus en eux-mêmes et incapables d'en revenir, ne doivent malheureusement pas leur existence à la seule imagination des romanciers. On les appelle des « aliénés de guerre », c'est-à-dire des soldats n'ayant pu au retour des combats recouvrer leur vie d'avant, leur rôle de chef de famille, de frère ou de fils. Ils sont condamnés à croupir dans l'entre-deux du monde civil et du monde militaire, ils demeurent suspendus à égale distance de la paix et de la guerre, de la raison et de la folie, de la mémoire et de l'oubli. Parmi eux, certains sont plus malheureux encore que les autres : ceux qui ne possèdent plus ni nom officiel ni personnalité identifiable, ne figurent sur aucun registre, ne font l'objet d'aucune réclamation. L'état civil les a vomis, la mort les a négligés. Ils sont tels des voyageurs sans valise. Les amnésiques complets, puisqu'il s'agit d'eux, n'ont pas même conservé le souvenir de leur province, de leur métier, de leur famille, de leur passé. Ils sont les « vivants inconnus » de la Grande Guerre.

Depuis presque un an, l'histoire de l'un d'entre eux fait couler beaucoup d'encre dans la presse hexagonale. Le malheureux, non sans une cruelle ironie, a été provisoirement baptisé Ulysse (une évocation sans doute, quoique assez malheureuse, du neuvième chant de l'*Odyssée*, quand Ulysse répond au cyclope qu'il est Personne) après qu'on l'eut découvert en janvier 1919 dissimulé derrière un pilier de la gare de l'Est. D'abord pris en charge à l'hôpital de Bicêtre dont il finira par s'échapper quelques semaines plus tard, on retrouve bientôt sa trace dans le Lubéron où il mène une vie sauvage dans les bois. Capturé par les habitants d'un village voisin de sa tanière afin d'être remis aux autorités, il est interné dans l'unité psychiatrique du professeur Briand de l'hôpital militaire du Val-de-Grâce. Les médecins diagnostiquent une amnésie complète et tentent à la fois de le rééduquer à la vie civile et de contacter sa famille. En vain. Personne ne le demande, nul ne semble s'en soucier. Vivant ou mort, son sort est identique. Le ministère des Pensions décide alors de financer une campagne publique pour permettre son identification. On placarde des affiches dans les rues, on publie sa photographie dans la presse. Il devient malgré lui une vedette... Et cette campagne de rencontrer un écho inattendu. Plus de trois cents familles se manifestent, et chacune le reconnaît formellement ! Il faudra plus d'une année pour que parmi ces trois cents possibilités le docteur Oscar Milosz en distingue deux qui paraissent plus crédibles que les autres après qu'il en eut recoupé les éléments biographiques avec d'une part les informations anatomiques objectives, âge, poids, taille, et d'autre part certains détails privés livrés soit par la famille candidate, soit par le soldat Ulysse lui-même. D'abord, un certain Balthus Albarède, instituteur à Banon, disparu en août 1918 lors des combats de Cumières-le-Mort-Homme, dans le département de la Meuse, où son unité, le 5e régiment de hussards, était engagée. Puis, le lieutenant Charles Jost, un jeune et brillant professeur à l'École polytechnique appartenant également au 5e hussards.

L'enquête menée sous l'égide collective de la préfecture de police, du service de santé des Armées et du cabinet du ministre André Maginot ne permet néanmoins pas pour l'heure de départager les deux hypothèses. Si le mystère s'éclaircit un peu, le martyre du « vivant inconnu » le plus célèbre de France est loin encore d'être achevé.

Revue de métaphysique et de morale

SUPPLÉMENT

[…] Le cas du soldat Ulysse n'est pas une banale occurrence psychiatrique destinée à éclairer les modifications qu'induisent les guerres modernes en ce qui concerne le traitement de leurs conséquences. L'oubli radical, avant d'être un phénomène médical, est avant tout une stratégie philosophique dont le caractère involontaire ne doit pas dissimuler l'enjeu. De quoi s'agit-il ? L'oubli du soldat Ulysse, oubli de soi-par-soi et de soi-par-les-autres, est si essentiellement radical qu'aucune sorte de dette, obligation politique ou symbolique, ne subsiste au-delà du sacrifice qui en est à l'origine. Un sacrifice patriote qui est aussi une abnégation, un *refus* (*abnegatio*), i.e. une rébellion. Ce refus délie le soldat Ulysse de toute forme de filiation, sociale, familiale, amicale ou amoureuse, il se constitue, de par l'amnésie qui lui sert d'organisation, à l'extérieur de tout principe de refoulement, à l'extérieur même de toute administration du nom, du dénommé, il ne laisse rien derrière lui, nulle parole, nul indice. Ce refus quasi philosophique amène le soldat Ulysse à ne plus rien accepter de ce qui fondait autrefois sa conduite, les règles auxquelles il se soumettait, l'ordre qui était le sien, ce sur quoi reposait sa vie entière. À se refuser lui-même. À souhaiter l'éradication de sa propre nature. Ce pourquoi son aventure ne peut pas se confondre avec une *expérience* individuelle. […] L'oubli radical de soi n'est pas un acte d'intention, de volonté, il n'appartient pas à l'économie du temps, il est rébellion pure, et aussi bien une figure naturelle de l'absurde puisque dans cette rébellion, le sujet en vient à se rebeller contre lui-même, à désirer sa propre défaite. La condition du refus réflexif quand il procède d'un sacrifice, comme dans le cas du soldat Ulysse, c'est qu'on ne le perçoive pas en tant qu'il est un refus absolu. Pour cela il doit devenir insaisissable, injustifiable, catégorique jusqu'à faire disparaître la moindre trace de ce qui l'inspire.

Le Populaire

Nous avons déjà eu l'occasion, et à maintes reprises, d'indiquer dans ces colonnes les différents arguments, les différents faits qui apportent la preuve que le malheureux soldat Ulysse n'est autre que notre camarade Balthus

Albarède, instituteur à Banon, membre de la section SFIO de Manosque, qui, incorporé dans les rangs du 5e hussards, 4e compagnie, dès le mois de septembre 1914, fut de toutes les batailles livrées par son unité durant plus de quatre ans, fut blessé quelques jours avant l'Armistice, au cours des derniers combats de Cumières, avant d'être retrouvé, hagard, à la gare de l'Est et expédié pour amnésie dans un asile de la banlieue parisienne. La publication récente du rapport des nombreux experts chargés par les autorités militaires, sanitaires, d'une enquête en vue d'une éventuelle identification ne fait que confirmer que tout plaide en faveur de l'hypothèse Albarède : concordance de l'état signalétique du soldat Ulysse et de celui de Balthus Albarède, similitude des écritures, correspondance des âges, présence de traces anatomiques d'accidents, héréditaires ou non, signalées par la famille et les proches. En outre, le bilan anthropomorphique, chirurgical, psychiatrique et psychologique dressé par ces mêmes experts démontre qu'il ne saurait guère y avoir de place pour le doute quant à l'identité du soldat Ulysse.

Ajoutons que les médecins du Val-de-Grâce en charge de cette lamentable affaire seraient bien avisés d'établir au plus vite une vérité qui ne prête désormais plus à spéculation afin que le jeune Tobias Albarède, né peu après l'incorporation de Balthus Albarède, puisse faire reconnaître son statut de descendant de guerre et, partant, bénéficier des droits élémentaires qui en découlent.

Le Gaulois

En mars 1920, le ministère des Pensions, désireux de retrouver la famille d'un aliéné frappé d'amnésie, transmettait sa photographie à la presse, en espérant que sa publication permettrait au malheureux d'être identifié par les siens qui depuis plusieurs années ne pouvaient pas même pleurer dans un cimetière en se souvenant du disparu puisqu'il ne reposait dans aucune tombe. Notre journal suggéra, en accord avec le ministère des Anciens Combattants, de procéder au tirage spécial d'une affiche reproduisant le portrait de l'aliéné et détaillant en légende son signalement. L'affiche fut donc apposée dans toutes les mairies de France, les bureaux de poste, mais aussi les rues, les gares. Le soldat Ulysse fut aussitôt reconnu par plus de trois cents familles qui, la raison gorgée d'espoir, finissaient par nommer l'innommable, par reconnaître l'inconnu. Personne, cependant, n'avait le pouvoir de satisfaire ces trois cents espérances. Il fallait trancher. Le colonel Milosz, un médecin-chef au Val-de-Grâce d'origine lituanienne, eut alors à cœur durant une longue année de recevoir les veuves, les mères affligées, les pères en pleurs, de les écouter lui expliquer que le soldat Ulysse était leur mari, leur fils, qu'il n'y avait aucun doute possible. Au terme de cet émouvant et cruel tournoi, il ne restait plus que deux disparus sans sépulture dont il semblait crédible qu'ils puissent être le soldat Ulysse : un instituteur socialiste, Balthus Albarède, et un professeur de mathématiques d'origine alsacienne, Charles Jost.

Quelques semaines plus tard, un membre éminent du collège de France qui avait fréquenté Charles Jost avant guerre fit savoir qu'il était tout à fait formel, le soldat

Ulysse s'appelait en réalité Charles Jost, était assistant de mathématiques à l'École polytechnique, avait été mobilisé aux premiers jours de la guerre en tant que sous-lieutenant au 5e régiment de hussards. La taille, la corpulence, le poids, la forme du crâne, des mains et même une tache dans le cou en forme de médaille, tout cela ne laissait que peu de place à l'incertitude.

Si d'aventure il était demeuré un léger doute, une amélioration partielle de son état révéla que le soldat Ulysse parlait anglais, possédait une culture classique, grecque et latine, aimait la poésie abstraite, Debussy et Kandinsky, une culture en tout point identique à celle que l'on est en droit d'attendre d'un polytechnicien, ce qu'est Charles Jost.

On tenta toutefois une bien curieuse expérience sur le malheureux Ulysse afin de confondre définitivement ceux qui niaient qu'il fût Jost. Sous le contrôle du professeur Briand, chef du service de psychiatrie militaire au Val-de-Grâce, un abcès de fixation fut provoqué en injectant dans la lèvre supérieure de l'aliéné une solution d'essence de térébenthine où baignaient des bacilles résistants en sorte que sous l'action de la fièvre disparaisse l'effet inhibiteur de l'amnésie et qu'il pût en conséquence se souvenir de son nom, de son passé, de sa famille. La technique pour le moins étrange avait pour principal avocat un médecin allemand, le docteur Friedman, particulièrement respecté dans le milieu hospitalier pour avoir été le principal collaborateur du professeur Koch. L'expérience, si elle ne permit pas de vérifier l'identité du soldat, servit du moins à s'assurer que, comme celle de Charles Jost, son épouse s'appelait Barbara, que son régiment était bien le 5e hussards, qu'il avait participé aux combats de la bataille de Cumières, là où on perdait sa trace durant l'été 1918.

Nous prions ici pour que les experts et les autorités ayant la responsabilité de rétablir le soldat inconnu dans la pleine jouissance de son identité ne s'enferment pas dans une querelle dont nous regrettons déjà qu'elle serve un objectif autre qu'humanitaire et ignore le martyre que le soldat Ulysse endure depuis plus de deux ans. Nous en appelons solennellement à l'honnêteté du ministre Maginot dont les faits d'armes suffisent à espérer qu'il saura trancher dans le sens de la vérité et non dans celui d'un opportunisme politique qui voudrait qu'un amnésique issu du peuple soit socialement plus présentable qu'un amnésique aux mains blanches, un intellectuel bourgeois, marié qui plus est avec l'héritière d'une honorable famille de juristes français, les Pradon-Vallancy.

CHAPITRE SEPTIÈME

I

— À quoi ressemble-t-il ? Faut-il en avoir peur ? Vous y croyez, vous, à cette histoire ?

Des taxis s'immobilisent les uns derrière les autres devant les hauts murs d'un hôtel particulier de la plaine Monceau.

— Les Jost, c'est de la bourgeoisie de robe ?

— Vous n'y êtes pas, ce sont les Pradon-Vallancy !

On note même, désuets et fragiles, quelques fiacres d'avant-guerre au milieu des automobiles.

— Rien n'est sûr, vous savez, des hypothèses pour l'instant, rien que des hypothèses ! On dit même qu'il pourrait y avoir un procès, vous vous rendez compte, un procès !

On entend des murmures, des exclamations, des rires. Soudain, portes qui claquent, coups de klaxon, des robes longues apparaissent sur le trottoir. Des fracs, des soutanes, des uniformes inondent la rue, se précipitent à la porte de l'hôtel particulier. Des dizaines de bristols ont été envoyés au Tout-Paris politique, littéraire, artistique, religieux, militaire. Depuis plusieurs semaines la rumeur s'est propagée. Salons, boulevards, travées d'église, couloirs de ministères, cours de caserne, salles de presse, ateliers d'usine, bistrots de banlieue, jusqu'au Bois, le long des allées cavalières, au bord de la Marne, à la terrasse des guinguettes, dans les clubs chics ou les réunions syndicales, jusqu'aux chaires religieuses ou universitaires – la république du ragot s'est levée en masse. Bourgeois aristocrate ouvrier paysan curé savant, nul n'a résisté à l'appel secret de la rumeur. Deux ans après l'Armistice la guerre se prolonge dans cette énigme qui sent la mort, la poudre, évoque le sacrifice héroïque des uns, consterne l'euphorie coupable des autres. Vivant ingrat, survivant amer, chacun veut voir le soldat perdu, le soldat abandonné, oublié de tous et d'abord de lui-même.

— Et cette photographie, vous l'avez vue dans *Le Gaulois* ?

— Mais n'était-ce pas plutôt dans une gare ?

— Comme c'est drôle ! Et cet air gentil, ce corps maigre et robuste ! Ce costume trop grand !

— Un universitaire, ça ? Je penche davantage pour le paysan instruit, pas vous ?

Certains salons envisageaient bien d'en faire leur attraction d'un soir mais l'un après l'autre y renonçaient – trop inquiétant, dangereux, subversif peut-être. C'est Mme H. qui s'est dévouée. Ça l'amusait d'être au centre de l'affaire, inviter le grand monde à croquer des petits-fours en contemplant le soldat Ulysse, boire du champagne en reniflant autour de lui un parfum de mystère. Milosz voit là une occasion de lever peut-être une partie du voile. Il y aura chez Mme H. des gens puissants, influents, pour sonder la théorie de l'instituteur paysan, celle concurrente du mathématicien, des éditorialistes, quelques gros bonnets du monde politique, un ministre ou deux… Il l'aime, le colonel, son blond mystère, ressent pour lui une affection authentique qui va très au-delà de la curiosité scientifique, ne veut pas l'abandonner sans savoir – s'en remettre au pragmatisme cynique de Briand. Dans les quelques salons qu'il fréquente encore, celui des H. en particulier, il n'a pas pu s'empêcher de s'étendre sur le cas du soldat Ulysse, briller un peu, troubler les jupons, bouleverser la crinoline, attirer l'attention des élégantes, quoi, en se disant que si ça pouvait servir ses ambitions, ça ne pouvait pas nuire à Ulysse. C'est aussi qu'il n'est pas insensible au charme de Mme H. – son envoûtante générosité. Celle-ci n'apprécie en effet de vivre qu'entourée d'une cour de jeunes artistes végétant aux crochets de la banque d'investissement dirigée par son très vieux mari. Bourses dons expositions… – elle aide qui elle aime. L'histoire de ce pauvre soldat que la guerre a dépouillé de lui-même l'a émue aux larmes. N'a-t-elle pas perdu un frère au Chemin des Dames, un cousin, des amis proches ? Sa douleur, son deuil avaient été sincères quoique brefs. Le noir me vieillit, non ? avait-elle demandé à son mari chaque matin durant quelques semaines. Elle était vite passée au gris perle puis au beige. Son entrain n'avait pas tardé à renaître, son exaltation naturelle. Qu'il ignore son nom, ses racines, passe encore ! Mais que cent familles le réclament en même temps, voyez-vous ça ? Nulle ne le reconnaît, toutes le rêvent. Ne pas être reconnu ! Atroce perspective pour cette mondaine. Je ne le souhaiterais pas à ma pire ennemie ! Affaire fut faite. Ce serait chez elle que se résoudrait le mystère. Je m'y engage, colonel, vous verrez ! Averse de noms illustres. Henri Lebesgue sera là, je vous le promets, André Maginot j'espère… En retour Milosz s'est acheté des bottes, a pris rendez-vous avec son tailleur de l'école militaire afin de se faire couper un uniforme flambant neuf, en a profité pour lui demander de venir jusqu'au Val-de-Grâce prendre les mensurations d'Ulysse en sorte qu'une tenue décente lui soit confectionnée par le magasin d'intendance – chemise à haut col, veston, cravate.

II

Le soir de la réception une voiture Berliet s'avance vers vingt heures devant les grilles de l'hôpital du Val-de-Grâce – un reste des réquisitions de 14. Milosz patiente depuis plusieurs minutes sous les arcades en tenant Ulysse par le bras. Ils semblent tous les deux endimanchés, mal à l'aise, aussi timides l'un que l'autre, ne se regardent pas, ne se parlent pas. La semaine précédente n'a été que répétitions et conseils. Dans le bureau de Milosz, Ulysse réapprend les usages, les corrections élémentaires, les convenances, de l'utilisation d'une fourchette, d'un couteau au baisemain – mais aussi à ne pas parler trop fort, ne pas crier, ne pas s'exprimer avant d'y être invité, ne pas dévisager les femmes, ne pas grogner, ne pas tendre la main pour toucher ou le doigt pour désigner, ne pas recracher… Milosz lui fait recommencer chaque exercice jusqu'à ce qu'il soit satisfait du résultat. N'ayez crainte, je ne vous quitterai pas des yeux. Ulysse esquisse un sourire perplexe. Ne répondez qu'aux questions qui vous seront explicitement adressées, ne contredisez jamais vos interlocuteurs, ne prenez pas ombrage des regards qui seront pointés sur vous, ignorez-les, prenez votre temps… On y est, songe Milosz en s'engouffrant dans l'automobile à la suite d'Ulysse, on y est.

Durant le trajet Ulysse garde le visage collé contre la vitre, se passionne pour les ombres qui s'extraient du brouillard puis y disparaissent à nouveau. Il en suit des yeux une première, siffle une comptine particulière jusqu'à ce qu'une seconde ombre le distraie et qu'il décide en conséquence de changer de comptine comme si chaque silhouette méritait sa propre chanson. Comment fait-il pour en connaître un si grand nombre ? se demande Milosz qui n'en reconnaît aucune. Les inventerait-il ? Les traits d'Ulysse demeurent impassibles. Rien de lui ne frémit en dehors de la bouche. Parfois il se retourne pour vérifier que Milosz est toujours là, l'empoigne, le relâche, reprend son observation – provisoirement apaisé. Au coin de l'avenue Wagram et d'une impasse, sur une palissade, une vieille affiche délavée – Milosz demande au chauffeur de s'arrêter. En se penchant ouvre la porte du côté d'Ulysse, l'invite à regarder le panneau à la surface de quoi des cloques d'encre humide déforment le visage et le tronc d'un homme jeune, blond, glabre, un peu ahuri – au-dessous du portrait, en caractères italiques : *Si vous reconnaissez cet homme ou possédez des informations le concernant, contactez immédiatement l'hôpital du Val-de-Grâce ou signalez-vous à l'unité de gendarmerie ou au poste de police le plus proche de votre domicile.* Ulysse descend avec prudence, s'avance en s'assurant chaque minute de ce que Milosz n'en profite pas pour filer dans son dos, s'incline devant l'affiche jusqu'à toucher presque le papier détrempé, en examine les détails, déconcerté se redresse après avoir frôlé de ses doigts les contours du visage inconnu.

— *Who ? I ?*

Milosz prend la main d'Ulysse, reproduit sur son visage le même effleurement. Ulysse se laisse faire.

— Je suis beau, non ?

III

Le raffinement de l'hôtel particulier des H. débute dès les magnifiques vantaux de bois percés de deux portes étroites qui ouvrent sur une cour carrée. Ulysse est-il impressionné par la fortune qui se laisse ici deviner ? Les toilettes apprêtées des femmes, les vêtements élégants des hommes se pressant devant lui ? Milosz l'encourage tandis que, une modeste casquette à la main, il observe de loin les invités gravir les quelques marches qui montent vers le vestibule illuminé, hésite à les rejoindre en piétinant sous la flamme des torches qui éclairent la cour. Le médecin guette dans chacun de ses gestes le moindre indice d'une stupeur totale ou à l'inverse d'une certaine familiarité avec la distinction des lieux, indice qui pourrait faire pencher la balance d'un côté plutôt que de l'autre – Jost ? Albarède ? Bourgeois ? Paysan ? Cette opposition dans laquelle Milosz s'est réfugié à force de recoupements, de rapprochements hypothétiques, est loin d'avoir pour lui la fermeté rassurante d'une certitude – d'avoir rencontré Barbara Jost et Aurèle Bonnefoy ne lui a pas permis de trancher ni même d'affermir l'hypothèse. Une éventualité, oui, quelque chose de plausible mais qui vacille à la moindre occasion.

Dès qu'elle les aperçoit hésitant dans le vestibule – le médecin tend son képi, ses gants et son manteau à un domestique tandis qu'Ulysse veut conserver sa casquette à la main – Mme H. se précipite pour les accueillir.

— Colonel ! On n'attendait plus que vous pour commencer !

Elle s'adresse à lui d'une manière enjouée et cela ravit Milosz qui lui présente Ulysse, lequel grommelle un inaudible « Bonsoir » sans sourire, en tournant le dos à son hôtesse. Mme H. est suivie d'un groupe de curieux à l'allure artiste, des peintres, des poètes, des journalistes qui sont impatients de voir celui dont tout le monde parle – l'homme de l'affiche, l'inconnu amnésique, le soldat oublié. Ulysse écarquille des yeux inquiets devant eux qui se pressent contre lui, cherchent à le prendre par le bras, lui toucher la main. Il se tourne vers Milosz. Son regard est implorant. Légèrement en arrière le médecin lui emboîte le pas en tâchant de contenir l'excitation que provoque son apparition.

— Du calme, jeunes gens…

Mme H. a saisi Ulysse par le coude afin de pouvoir le diriger au milieu des invités sans toutefois l'effaroucher. L'assemblée s'ouvre devant eux. Les conversations s'interrompent au fur et à mesure de leur progression. Il ne subsiste plus que la rumeur mondaine de ceux qui dans les coins du vaste salon de réception n'ont pas compris que l'homme du jour était arrivé, que c'était lui, cet individu à l'allure modeste, mal habillé, au crâne jaune, ce fantôme qui serre nerveusement une casquette d'ouvrier entre ses mains, observe de loin les tables encombrées d'argenterie, couverts carafes bougeoirs, les lustres éblouissants, les draperies lourdes, lui qui ne sait où aller, se fie pour se mouvoir à travers la foule à cette femme raffinée qu'il ne connaît pas mais qui lui paraît dévouée. Et chacun de voir dans l'inconnu craintif qui s'avance à petits pas le frère, le cousin, le mari, l'ami, parfois le compagnon d'armes qui n'en est pas revenu. La guerre s'incarne soudain. Ils croyaient tous s'en être débarrassés en s'étourdissant dans les cafés de Montparnasse, à la Rotonde ou au Bœuf sur le Toit mais la voilà qui ressurgit devant eux – incongrue sous les lambris, sans la boue des champs de bataille collée aux talons, sans le sang, la peur, sans le fracas des obus. Une guerre nue, propre, bien élevée, présentable – un concept, quoi. Les invités sont gênés, toussent en souriant, se raclent la gorge en inclinant la tête à son passage, auraient presque honte d'être vivants devant lui qui pourtant n'est pas mort. Mme H. devine ce qu'elle n'a pas su anticiper – la curiosité submergée par la mauvaise conscience. La réussite de sa réception serait-elle menacée par l'étrange humilité d'Ulysse, sa troublante simplicité, ce parfum de cimetière, d'ossuaire qui lui colle au front ? Elle franchit les quelques mètres qui les séparent, elle et son héros, du salon d'apparat où sont disposées une quinzaine de tables, se précipite vers la plus grande, fait signe à Ulysse de s'asseoir à la place d'honneur, au centre, esquisse dans le même temps un geste discret à destination du majordome, un autre encore à destination d'une poignée de convives afin qu'ils la rejoignent aussitôt, des convives triés sur le volet qui auront la chance de pouvoir s'entretenir avec Ulysse – un inspecteur général de l'académie d'Aix-en-Provence, un célèbre professeur de mathématiques au Collège de France, un ministre, le gouverneur de Paris, leurs épouses. Madame H. n'attend pas longtemps pour imiter Ulysse qui, non sans s'être enquis de la présence de Milosz à ses côtés, s'est sagement assis sur la chaise qu'on lui a attribuée. Elle cherche à mettre le soldat à l'aise, flatte Milosz depuis qu'elle a remarqué la relation qui unit les deux hommes, s'inquiète des progrès de son protégé.

— Ne récupère-t-il pas un peu de mémoire ? Des noms, des sons ?

Le médecin regarde Ulysse avec affection avant de répondre.

— Non, rien de tel, pour l'instant, vous savez, il réapprend surtout à être des nôtres.

Les conversations s'égarent quelques minutes autour du Traité de Versailles, de la démission de Clemenceau, de Marcel Proust, mais on s'ennuie vite. Mme H. se penche vers Ulysse en effleurant Milosz de son épaule nue.

— J'ai demandé qu'on vous prépare pour le dessert un fondant d'abricot au romarin !

Ulysse la fixe sans la voir.

— Le romarin ? non ?

Le signal est lancé. Les questions fusent. Ils s'y mettent tous en même temps sauf le gouverneur Berdoulat, l'un des héros de la bataille de la Somme, qui l'observe d'un air méfiant comme s'il se demandait s'il ne s'agit pas là une fois encore d'un planqué simulateur, d'un déserteur devenu l'otage de son propre mensonge.

— Aimez-vous les enfants ?

— Qu'est-ce que vous pensez de la théorie du potentiel ? Des fonctions harmoniques ?

— Aimez-vous la lecture ? La poésie ?

Elles semblent vouloir qu'on les régale, les huiles. Une petite démonstration des miracles de la médecine militaire serait la bienvenue. Mais Milosz sait qu'Ulysse n'est pas en état de satisfaire leur curiosité, regrette déjà d'avoir cédé à la demande de Mme H. dont les mains ne cessent de se poser sur lui, poignet, avant-bras, avec des ardeurs caressantes. Les autres femmes de la table sont plus délicates avec Ulysse, se taisent. Un peu d'émoi se lit au fond de leurs yeux mouillés. Elles ont toutes à l'esprit le souvenir d'une silhouette chérie qu'elles n'ont pas revue depuis des années, ne reverront jamais, souhaiteraient qu'on lui fiche la paix, à ce malheureux. Une ou deux s'aventurent même à toucher le bras de leur conjoint afin de les inviter à plus de retenue. Mais ils sont en service commandé. Mme H. leur a dit qu'elle comptait sur eux pour résoudre l'énigme, que soit enfin tranchée la question de savoir si Ulysse est Balthus Albarède ou Charles Jost. Qu'on en finisse ! Les médecins sont des sots !

— L'intégrale de dimension finie, ça vous évoque quelque chose ? La différentiabilité de Fréchet ? Non, vraiment ?

Ulysse demeure muet, regarde le visage flétri du professeur au Collège de France, essaie de lui sourire.

— Fréchet ! Il a souri quand il a entendu le nom de Fréchet, n'est-ce pas ? L'extremum généralisé, jeune homme ?

Milosz s'agite sur sa chaise – trop de précipitation. Il redoute les réactions d'Ulysse, lui pose une main chaleureuse sur l'épaule afin de lui rappeler qu'il n'est pas seul, lui murmure de ne pas s'inquiéter, que malgré les apparences tous ces gens ne lui veulent que du bien.

— Fréchet, chuchote à présent Ulysse en hochant la tête, Fréchet… Fréchet, oui… Fréchet-Aure ! parvient-il à articuler au bout d'un moment.

— Quoi, Fréchet-Aure ? insiste le professeur, qui est cet Aure ?

L'inspecteur d'académie s'insère alors dans la conversation.

— Vous connaissez donc les Pyrénées ?

— Mais de quoi parlez-vous ? reprend le professeur, agacé.

— Les Pyrénées, l'Occitanie, Bagnères-de-Bigorre, les chefs-lieux, les préfectures, c'est le programme du cours élémentaire !

— Quel rapport avec le calcul différentiel ?

La confusion est à son comble. Le ministre qui n'a pas encore parlé s'en émeut, de sa petite voix fluette cherche à ramener le calme. Son genou lui fait mal à nouveau où deux petites olives de métal persistent à le torturer depuis six ans, même après qu'on l'a charcuté durant des mois pour les lui retirer.

— Vous avez tant souffert, mon ami, on ne vous sera jamais assez reconnaissant.

Le ministre pense au martyre de ses frères d'armes sur les Hauts de la Meuse. Chacun de refouler, honteux, la question qui une seconde auparavant lui grattait la langue, les épouses silencieuses de jeter à Ulysse des regards maternels. Il semble si désemparé, si fragile.

— Où allez-vous résider quand vous sortirez de l'hôpital ?

Mme H. fronce le nez.

— Chez lui, pardi !

Milosz se tourne vers elle. Il eût aimé qu'elle soit plus sensible.

— Chez lui ?

Il la découvre soudain – une oie, une jolie oie. Au même moment Henriette, la femme du général Berdoulat, chausse ses lunettes, sort un mince volume de sa pochette de soirée, l'ouvre à une page dont elle a préalablement replié le coin avec soin.

— Taisez-vous ! ordonne alors le gouverneur à la cantonade.

Henriette a une jolie voix – grave mais claire.

Dans la maison à l'ombre des roseaux
Barbo, songeuse, brodait sous les carreaux…

Ulysse tremble de tous ses membres. Les mains sur ses cuisses se crispent – la droite accrochée toujours à sa casquette. Il n'a pas touché à son assiette.

— Vous n'aimez pas ? Vous voulez que je vous fasse préparer autre chose ?

Barbo, où sont tes cheveux et tes mains
Et ton visage en présence du matin ?

Milosz ne quitte pas Ulysse des yeux, lequel paraît ému. Est-ce d'entendre le surnom de sa jeune femme Barbara ? Il bredouille. Sa bouche épouserait-elle les mots de Balthus Albarède ?

La maison est déserte, nul ne s'assied
Comme l'oubli, l'herbe envahit l'allée.

Milosz se lève, contourne la table, chuchote à l'oreille d'Henriette qui s'interrompt à peine pour l'écouter. Il revient s'asseoir à sa place, porte un verre de vin à ses lèvres sans lâcher Ulysse du regard.

Maintenant mes yeux sont clos et ma voix
Ne murmure plus les…

La voix d'Henriette tombe, se suspend, s'éteint. Le général qui a surpris le bref aparté de Milosz avec son épouse lève la main pour imposer le silence, en profite pour répéter le vers inachevé, en martèle les syllabes.

Maintenant mes yeux sont clos et ma voix
Ne murmure plus les… ?

Ulysse sursaute, s'écrie :
— Encore ! Encore !

Maintenant mes yeux sont clos et ma voix
Ne murmure plus les… ?

Le timbre de la voix du gouverneur, d'ordinaire impératif, est presque suppliant – un instituteur charitable encourageant son plus mauvais élève.

— Encore !

Ulysse hésite, souffre.

— Ne murmure plus, ne murmure plus…

Mme H. enfonce le clou.

— Alors ? Qu'est-ce que vous ne murmurez plus ?

Milosz soupire devant tant de bêtise. Ulysse se renfrogne. Le gouverneur et sa femme sont contrariés. L'occasion est passée. Dans la foulée, indifférente, de profil, les doigts posés sur l'avant-bras de Milosz, Mme H. – elle n'a pas conscience d'avoir nui à une entreprise qui aurait pu s'avérer déterminante – entreprend de faire au médecin le récit détaillé des séances de pose durant lesquelles le prince W., un jeune peintre russe de ses amis, effectuait récemment son portrait à la demande de son mari.

— Ne pas bouger pendant des heures, vous imaginez ? Une torture ! Et le prince refusait qu'un domestique me fasse la lecture, il ne fallait pas me distraire, me déconcentrer, vous pensez bien…

Nul ne fait plus attention à Ulysse qui s'est penché vers Henriette, des yeux lui demande la permission de lui emprunter le volume, s'en saisit, tourne les pages sans s'attarder longtemps sur aucune, respire l'odeur du papier puis referme le livre, le pose devant lui.

— Quel bourdon, je vous jure ! Quoi de pire que de se transformer en statue ?

Ulysse n'écoute pas Mme H. Il tend le petit fascicule de poésie à Henriette Berdoulat pour le lui rendre, cherche à croiser son regard. Il a confiance en cette femme austère aux beaux cheveux gris, lui sourit avec une douceur émouvante que personne ne surprend – sauf elle. La bouche d'Ulysse se fend. Henriette lit sur ses lèvres, l'entend dans un souffle.

— Ne murmure plus les mots d'autrefois…

Le visage à moitié dissimulé derrière un mouchoir qu'elle a saisi dans sa pochette après y avoir replacé le volume de poésie, elle lui retourne son sourire, semble soulagée – ses yeux parlent pour elle.

Maintenant mes yeux sont clos et ma voix
Ne murmure plus les mots d'autrefois.

L'opinion d'Henriette Berdoulat est faite. Elle n'ose plus dévisager Ulysse, se sent intimidée par ce qu'elle imagine de ses souffrances, résiste à l'idée que les ordres de son mari, parmi d'autres, sont à l'origine de cette obscurité dans quoi il se débat et se débattra longtemps encore. Elle tire sur la manche du gouverneur. Ses ongles griffent les cinq étoiles dorées comme si elle voulait les arracher.

— Il est tard, Pierre, allons-nous-en…

IV

Milosz n'a rien vu, rien entendu – ni Mme H. ni non plus les autres convives de la table principale qui se sont lassés d'observer Ulysse, lassés du mystère puisque le mystère tarde à s'éclaircir, lassés des interpellations faussement naïves, piégeuses.

— Ah, le prince W., quand on pense qu'il aurait pu se contenter d'être beau.

Bien qu'il en veuille à Mme H. pour sa sottise, la grossièreté dont elle vient de faire preuve avec Ulysse, Milosz est piqué – jalousie, orgueil. Lui qui ne sait ni peindre ni écrire sinon de piètres vers impubliables il déteste ces artistes en lavallière qui tournent autour d'elle, ce groupe de faux saltimbanques qui s'est approché d'eux à mesure que le dîner se prolongeait, que le vacarme frivole prospérait à la faveur des vins. L'un pose un coude distrait sur le dossier de la chaise de Mme H. Un autre tourne le dos à Milosz – qui voit son échine maigre secouée de rires. Ils ne sont attentifs, ces jolis parasites, qu'au spectacle de leur élégante bienfaitrice exhibant sa futilité, son ironie tandis qu'à un mètre d'elle Ulysse succombe à l'ennui en froissant sa casquette entre ses mains. Les mots d'autrefois...

— Vous l'auriez vu, ses doigts pleins de bagues, ses cheveux longs comme ceux d'une cartomancienne tzigane, son œil noir, son pinceau rageur ! Grands dieux, j'en avais peur !

Et de rire et de s'écrier. Le ministre et le professeur profitent du départ du gouverneur et de son épouse pour se rapprocher d'Ulysse, ne sont guère captivés par les confidences de leur hôtesse, se morfondent au milieu des jeunes écornifleurs sans jamais cesser d'observer le soldat que chacun s'est empressé d'oublier. Ils sont abattus – le ministre de ne pouvoir porter secours à Ulysse, lui rendre son identité, le protéger comme il n'a pas su le faire pour les hommes de sa section décimée tandis qu'il était blessé à la jambe, et le professeur de ne pas réussir à réveiller en lui cette excitation mathématique qui est toute sa vie, dont il n'imagine pas qu'elle puisse s'éteindre longtemps, même après avoir connu le feu, visité l'enfer.

Mme H. lève un bras – théâtrale. Un majordome accourt, poussant devant lui une sorte de chariot recouvert d'un drap. Elle se lève, fait quelques pas en direction du chariot, se saisit de l'un des bords du drap, tire dessus en le faisant claquer sur le parquet. Et soudain elle est là deux fois ! Allongée d'une part sur une méridienne, long cou et gorge blanche, pieds nus, immobile et rajeunie, et d'autre part debout, pommettes roses, cheveux flous, déhanchée, à côté du tableau.

— Moi !

Milosz est sous le charme du portrait, voudrait faire un commentaire intelligent, qu'elle le remarque enfin. Il cherche ses mots, de quoi se distinguer des autres, se dresse sur sa chaise.

Ulysse, le ministre et le professeur sont les seuls à ne pas se soucier de peinture, de prince russe. On dirait qu'ils tiennent un conciliabule mais un conciliabule silencieux. Le professeur prend les mains d'Ulysse entre les siennes, veut croiser son regard.

— On s'est déjà rencontrés, vous ne vous souvenez pas ? C'était dans la maison de campagne de Jacques Hadamard, en vallée de Chevreuse. Vous portiez une casquette comme celle-ci – il désigne la gapette à carreaux noirs et blancs qu'Ulysse n'a pas cessé de pétrir toute la soirée. Je me souviens que, Jacques et moi, on s'était moqués de vous à cause de cette casquette, elle vous donnait un air canaille que votre fiancée n'appréciait guère. Vous disiez que vous la teniez de votre père, y étiez attaché au point qu'il vous semblait qu'elle vous aidait à penser lorsque vous la revêtiez.

Le professeur a un sourire triste.

— Charles, vous ne vous souvenez de rien ?

Le ministre fronce les sourcils, estime que le professeur passe la mesure. C'est inutile de lui forcer la main ainsi.

— Vous ne devriez pas l'appeler Charles.

Le professeur sursaute.

— Monsieur le ministre, vous avez entendu l'inspecteur général tout à l'heure, vous l'avez entendu, n'est-ce pas ? Il ne lui forçait pas la main peut-être en lui suggérant chefs-lieux et cantons ? Fréchet-Aure ! Que sais-je encore ? Et la femme du gouverneur, alors ? Il y a un complot pro-Albarède, j'en ai la conviction…

Le ministre sourit.

— … Albarède, c'est un soldat du peuple quand Jost, c'est un lieutenant normalien marié à une Pradon-Vallancy.

Le professeur a une illumination, cherche Milosz des yeux, le déniche aux côtés de Mme H., courbé sur le portrait, les arêtes du nez frémissantes. Il s'empresse de le rejoindre, le tire par le bras.

— Colonel, savez-vous que Charles Jost jouait du piano et, d'après mes souvenirs, assez bien, du Debussy surtout ?

Le médecin soupire. Quelques gouttes de sueur perlent à son front. Il souffle, boit un verre d'eau, hoche la tête en jetant un œil sur Ulysse qu'il semble soudain redécouvrir. Son visage pâle reprend des couleurs. Il songe aux comptines.

— Pour prouver qu'on sait jouer, il suffit de jouer. En revanche pour prouver qu'on ne sait pas jouer, il n'est pas suffisant de ne pas jouer... C'est un problème logique, non ?

Le mathématicien ne répond pas au médecin, poursuit son intuition.

— Y a-t-il un piano, ici ?

Milosz part s'enquérir de l'existence d'un piano dans la demeure des H.

— Mais bien sûr, colonel, un magnifique Gaveau même ! Vous voulez nous jouer quelque chose ?

Déjà Mme H. se réjouit à l'idée d'un concert improvisé – et Milosz de la retenir avant qu'elle n'ameute les invités.

— Nous voudrions essayer quelque chose avec Ulysse.

Elle exige d'assister à l'événement.

— Je me ferai toute petite.

Milosz s'incline en songeant que la curiosité de Mme H. est à son image, futile et généreuse, lui demande en retour de l'aider à attirer Ulysse près du piano.

V

Milosz, le professeur et le ministre entendent bientôt Mme H. expliquer à Ulysse d'une voix caressante qu'elle aimerait lui montrer la salle de musique. Celui-ci se lève avec docilité, la suit jusqu'à une large pièce rotonde située dans un petit pavillon en bordure du jardin. Dans une lumière de cellier on distingue un piano, des pupitres à partitions, des étuis à violon, des archets aux mèches de crin découpées par le temps, une harpe dont les cordes pendent. Ulysse contemple cela sans marquer aucun étonnement ni désir spectaculaire de renouer avec ce qui, d'après le professeur, serait l'une de ses passions si d'aventure il était bien Charles Jost. Il s'intéresse davantage au jardin, à l'invitation de Mme H. consent à s'asseoir sur le tabouret du piano. Elle relève le couvercle de l'instrument avec l'aide de Milosz puis celui du clavier, retire l'étroit tapis de soie qui de la poussière protège l'ivoire et l'ébène des touches – et chacun de s'installer sur des chaises de concert disposées en demi-cercle dans le dos d'Ulysse. Celui-ci ne semble pas s'étonner de ce que Mme H. et les trois hommes se soient éloignés de lui comme pour assister à un récital, pose sa casquette à l'extrémité droite du clavier, du côté des notes les plus aiguës, effleure, caresse sans appuyer. Le professeur croit remarquer une certaine simplicité dans les gestes – un naturel de bon aloi.

— Ne dirait-on pas qu'il recouvre là une habitude, qu'il reprend ses marques ?

Comme pour lui répondre Ulysse se décide, d'un doigt hésitant de la main gauche enfonce une touche, une seconde, sa voisine, la voisine de sa voisine. Son autre main se lève, s'étire du pouce à l'auriculaire. Il plaque un premier accord plus clair qui hésite, se dérobe, se mélange au timbre sombre des basses. C'est lent, profond, un peu menaçant.

— *Jimbo's Lullaby ! Children's Corner !*

Le professeur exulte.

— Je vous l'avais bien dit, colonel !

Milosz ne connaît pas le morceau de Debussy – comment pourrait-il le reconnaître ? – mais ce qu'il entend le surprend néanmoins. Ce n'est en aucune manière le bruit confusément musical que produirait un enfant frappant les touches d'un instrument au hasard. Tremblant, indécis, dissonant, oui – à l'évidence Ulysse n'est pas virtuose mais il n'est pas non plus néophyte.

— Je vous dis que c'est Charles Jost ! Il n'y a plus aucun doute ! Le choix du *Children's Corner* de Debussy est une signature, un message qu'il nous fait parvenir du fond de sa nuit.

Mme H. est émue, heureuse. Ses yeux étincellent.

— Ne vous l'avais-je pas promis, colonel ?

Le ministre, lui, ne sait quoi penser, est impressionné par la démonstration, demeure cependant prudent. La femme du gouverneur Berdoulat ne semblait-elle pas, elle aussi, sûre de son fait en lui soumettant les vers de Balthus Albarède ? Le médecin s'approche d'Ulysse, se penche vers lui.

— Qu'est-ce que vous jouez là, mon ami ?

Est-il vraiment nécessaire que le colonel soit aussi patelin ? s'inquiète le ministre. Ulysse interrompt la course de ses mains sur le clavier, les suspend en l'air comme s'il était un pantin dont on venait de tirer soudain les ficelles, les secoue, regarde Milosz avec candeur – bouche ouverte, sourire figé.

— Dodo, l'enfant do, dodo, l'enfant do…

Ça l'amuse de répéter « Dodo, l'enfant do ». Ses yeux bleus s'agitent au fond des orbites – joie, embarras ? Milosz triomphe.

— Je crains qu'il ne s'agisse que d'une comptine, professeur ! Une vulgaire comptine ! Pareille à celles qu'il sifflait dans la voiture, il y a deux heures à peine, en suivant les passants sur les trottoirs ! Vous l'auriez vu, mon ami…

Il hausse les épaules.

— C'est une coïncidence, un hasard, que Debussy l'ait utilisée comme motif pour l'une de ses compositions. Je ne crois pas qu'on puisse se prononcer de façon définitive. Les instituteurs connaissent souvent un grand nombre de chansons populaires qu'ils destinent à leurs élèves.

Mme H., qui ne veut pas être privée de la publicité avantageuse que son concours dans la résolution de l'énigme ne manquerait pas le cas échéant de lui apporter, intervient pour soutenir le professeur. Elle se verrait bien remerciée dans une note de bas de page d'un essai de psychiatrie militaire ou d'histoire des mathématiques.

— Vous ergotez, colonel, Albarède jouait peut-être de l'accordéon mais sûrement pas du piano !

Le ministre est perplexe, ne veut pas prendre parti, de par son expérience du feu, ses fonctions officielles se sent en charge de tous ceux qui ont abandonné une fraction d'eux-mêmes sur les champs de bataille. Que dire alors de ceux qui y ont tout perdu, dont il ne reste rien, ni passé ni nom ? Il souffre pour Ulysse, s'interroge à propos de sa propre famille, sa femme, ses deux filles, se demande ce qu'il serait advenu s'il était rentré du front la tête en capilotade plutôt que le genou brisé, amnésique radical, incapable de reconnaître quiconque, pas plus les autres que lui-même. Il n'a pas encore parlé à Ulysse, souhaiterait l'approcher, déplore que les trois autres l'enserrent aussi étroitement. Mme H. est assise à ses côtés sur la banquette. Le médecin et le mathématicien sont accoudés au cadre de l'instrument. Le ministre les entend débattre comme si l'objet de leur controverse n'était pas à un mètre d'eux. Il est frappé par cette désinvolture, choqué par le comportement de Milosz censé être son unique soutien, son protecteur, par celui, léger, de Mme H., celui, agressif, du professeur.

— Vous avez vu ses ongles ? Je suis formel, ce sont les mêmes que ceux du malheureux Jost !

Le ministre s'immisce à grand-peine dans la discussion, écoute les arguments de l'un, de l'autre, arguments qui semblent tirer de leur répétition l'essentiel de leur force, laquelle s'accompagne d'une déplaisante amplification du volume sonore. Les deux hommes ne se parlent plus vraiment, tonnent, fulminent, aboient sous les yeux tantôt amusés, tantôt angoissés de Mme H.

— Enfin, professeur, il ne savait pas du tout qui était Fréchet mais en revanche situait parfaitement Fréchet-Aure, un chef-lieu minuscule, il n'a aucune référence mathématique, ne connaît aucun théorème mais des dizaines de comptines ! Ne dirait-on pas là la science d'un instituteur ?

— Certes, colonel, mais quand il joue du piano, c'est du Debussy qui lui vient sous les doigts, il a les mains de

Jost, une tache de vin dans le cou, un port bourgeois ! En outre je le reconnais, moi qui l'ai vu avant guerre, que vous faut-il de plus ? Le physique c'est objectif !

— Les mains, la tache au cou soit, encore qu'il s'agirait plutôt d'une cicatrice, vous le reconnaissez, c'est un fait, mais d'autres ont reconnu Albarède aussi bien, les cheveux blonds, la corpulence, une marque au flanc. La guerre transforme les individus, vous savez, la souffrance nivelle les différences, ramène à l'essentiel, l'unité de l'homme. Debussy, oui, mais ne paraissait-il pas tout à l'heure sensible aux vers d'Albarède ?

— N'est-ce pas plutôt qu'il a survolé le poème en feuilletant le petit volume de la générale, suggère Mme H., ou alors l'évocation du prénom de sa femme qui l'a ému ?

D'où vient que Milosz penche pour Albarède ? Esprit de contradiction ? Conviction, intuition ? Serait-il socialiste ? Pendant ce temps-là Ulysse regarde devant lui, tient à nouveau sa casquette entre ses mains nerveuses, paraît inquiet, mal à l'aise – sur le départ. Nul ne prête attention à lui, ne remarque qu'il se lève, se dirige vers les fenêtres du pavillon, en entrouvre une par laquelle il se glisse, rejoint le jardin, s'enfonce dans la nuit.

VI

Il faut un certain vacarme venu de la terrasse du salon pour soustraire le ministre, le professeur, Mme H. et Milosz à leur agitation polémique, les convaincre de se soucier non de l'énigme elle-même mais de son sujet – le soldat Ulysse qui a disparu de la salle de musique par une fenêtre, s'est enfui dans le jardin d'où proviennent à présent des cris.

— Là ! Je le vois !

Des silhouettes traversent les pelouses en courant, s'égarent dans les bosquets. On entend des clameurs, des éclats de voix – des rires aussi.

— C'est affreux ! s'exclame Mme H. en s'éventant furieusement avec une partition, c'est affreux !

En s'approchant des vitres elle découvre que les épouses de ses invités se sont réfugiées derrière les croisées du salon tandis que leurs maris papillonnent au milieu des plates-bandes – une battue en souliers vernis.

— Ne le laissez pas partir ! Il est dangereux !

Milosz bouscule Mme H., se précipite. Dangereux ? Faut-il qu'ils soient idiots ! Les talons des bottes de Milosz crissent sur le gravier. Il s'élance au-devant des domestiques en perruque et chemise à jabot qui mènent la chasse – rabatteurs au service des bourgeois, des notables accourus ce soir au cirque pour apercevoir le monstre. Le spectacle atteint maintenant son apogée. Par la manche Milosz essaie de retenir un individu en smoking dont le revers est plein de médailles qui patauge près du bassin en vociférant d'une voix exaltée.

— Il est là ! On le tient, le sauvage !

Le ministre a rejoint l'inspecteur d'académie. Ils observent de loin la scène, en silence, aux côtés de Mme H. qui s'efforce de faire croire que tout cela était prévu – un divertissement, en somme. Quelques invités se sont saisis de torches, fouillent le jardin en balayant sa pénombre de leurs brandons, cueillent bientôt la veste d'Ulysse accrochée à une branche, plus loin dans un buisson sa cravate puis sa casquette, ses chaussures – jeu de piste. Milosz a compris. Ça ne finira jamais. Un attroupement s'est formé autour d'un arbre. Les torches illuminent ses feuillages en sorte qu'on discerne par en dessous un pied nu qui pend.

HÔPITAL MILITAIRE
DU VAL-DE-GRÂCE

227, RUE SAINT-JACQUES
PARIS, 5ÈME ARRONDISSEMENT

PARIS, le 05 mai 1921

SERVICE DE SANTÉ DES ARMÉES

N° DU CARNET 49
N° DU FEUILLET 59
2e ARMÉE
20e CORPS D'ARMÉE
/ DIVISION UNITÉ SANITAIRE : amb. 5/13

BULLETIN MODÈLE 46 C
POUR SORTIE OU DÉCÈS

DATES :
1° DE L'ENTRÉE
04.09.19
2° DE LA SORTIE
06.05.21

NOM : Ulysse (usage provisoire)
PRÉNOMS : /

CORPS : 5e régiment de hussards

SECTEUR POSTAL
54

COMPAGNIE / N° MATRICULE : 1604502 (provisoire)

RENSEIGNEMENTS CONCERNANT LA BLESSURE OU LA MALADIE

CIRCONSTANCE DE L'ACCIDENT combats, côte 304
DATE ET LIEU 23.08.18, Cumières (Meuse)
NATURE DE L'AGENT VULNÉRANT choc commotionnel, amnésie
SIÈGE DE LA BLESSURE OU DE LA MALADIE INITIALE /

DIAGNOSTIC DE SORTIE :
Traumatisme non résolu.
Inhibition psychique avec suractivité imaginative.
Recouvrement relatif des facultés référentielles.

Le Médecin traitant,

(Signature)

Oscar Milosz
Médecin-colonel
Service de Psychiatrie

CHAPITRE HUITIÈME

I

Arc-bouté au-dessus de la margelle, Aurèle se saisit du seau plein d'eau qu'il vient de remonter du puits. Il le pose à ses pieds, se redresse, s'essuie le front dans son coude, plisse les yeux. Le soleil est haut qui lui brûle le regard. Il distingue une vague odeur de melon pourri, le relent lourd de toutes sortes de jus suintés par les murs. Il n'a pas oublié ceux qu'on attendait au car de midi – le car qui part vers dix heures de la gare de Manosque, juste après l'arrivée du train de nuit en provenance de Paris. Tout à l'heure, derrière la haie, trois ombres ont passé. Deux hommes, une femme, qui tournaient le dos au village – égarés ? Dans sa poitrine son cœur a bondi. Sa bouche s'est ouverte. Il a observé Argos, le griffon de Balthus, qui dormait en ronflant, guetté un jappement qui n'est pas venu, compté les secondes, les minutes. Il distingue à présent le bruit d'une conversation. Pour la première fois depuis bien des années, accompagné de ses enfants, de sa femme, Adrien Jost s'est déplacé jusqu'à la ferme Bonnefoy. Les deux familles boivent ensemble du vin frais pour patienter. Les jumeaux jouent en silence avec une pelote de laine tombée du rouet. Aurèle reconnaît la voix de sa mère, celles du patriarche, d'Adrien, et même les petits cris joyeux de Tobias, le fils de Balthus, qui se mêlent à la rumeur. Il ne manque que son père, décédé en février et sa sœur Barbara demeurée à l'étage qui ne sort plus guère de sa chambre depuis que le maire l'a informée de la visite du médecin-colonel Milosz.

II

Midi a sonné depuis longtemps déjà. La bouteille est vide qui luit sur la table tandis qu'un rayon de soleil la traverse. La conversation fléchit. Les enfants s'agitent. Le doute se faufile dans la torpeur comme une vipère entre deux pierres.

— Ils ne viendront plus, suggère le patriarche.

Aurèle guette sur le seuil, hésite soudain.

— Barbo, viens voir !

La jeune femme traîne les pieds, se déplace en étirant ses épaules vers l'arrière comme si son corps se refusait, résistait à cette rencontre que pourtant tous ici attendent, comme si elle s'était volontairement alentie pour différer le moment de la confrontation, prolonger l'espérance, remettre la déception à plus tard – le plus tard possible. Aurèle l'observe qui s'avance. Elle le force à s'effacer devant elle, à se mettre de profil pour, tête haute, pieds nus, franchir la porte, gagner au centre de la cour le terre-plein herbu et s'y tenir comme offerte déjà à ceux qui approchent dans le chemin. Au-delà de la haie, en retrait du portail, on n'aperçoit encore, qui dansent au-dessus des pointes des lauriers, qu'un képi à liseré bordeaux, un chapeau cloche d'un vert tendre et un crâne ras comme celui d'un bagnard. Les trois silhouettes soulèvent un nuage de poussière dont on imagine qu'il blanchit les bottines des deux hommes, saupoudre la robe de la femme.

Pour accueillir les visiteurs, ils sont maintenant tous sortis de la maison – le patriarche Bonnefoy en tête, le catogan impeccable, les bessons dans ses jambes, Adrien et sa femme, la mère de Barbo en retrait. Aurèle a rejoint sa sœur sur la petite terrasse, la tient dans ses bras comme pour l'empêcher de vaciller. Adrien met une main en visière pour discerner malgré la lumière de midi le cortège qui à présent n'est plus qu'à quelques mètres d'eux. Argos aboie soudain. Sa gueule s'ouvre sur de petits crocs pointus entre lesquels s'étirent des filets argentés de salive. Ils font halte – le soldat Ulysse au milieu, Barbara Jost à gauche et Milosz à droite.

— Non !

— Mets le café sur le poêle, ordonne le patriarche, sans qu'on sache à qui il s'adresse.

Barbo a porté une main à sa bouche dès après qu'elle a crié. Chacun fixe l'homme au crâne ras qui, lui, ne bronche pas, regarde autour de lui en souriant, ne se soucie nullement du chien qu'Aurèle se dépêche d'enfermer. Barbara Jost, elle, est à l'évidence effrayée, se pelotonne dans son mantelet comme s'il faisait froid.

Le colonel Milosz allume une cigarette, paraît s'amuser de la situation.

— Bonjour Aurèle, je suis heureux de vous revoir. Peut-on entrer ?

III

Barbo s'est réfugiée dans un coin de la salle, entre la cheminée et la porte, ne quitte pas Ulysse des yeux, le trouve bouffi, lourd et livide à la fois, n'aime pas cette graisse tout en blancheurs mobiles, au bas des joues, aux poignets, aux chevilles. Ce n'est pas son Balthus qui est assis là, un étrange foulard autour du cou, non ce n'est pas son Balthus sur qui veillent cette jeune femme élégante et cet officier imposant. Ce n'est pas lui. Un étranger, on dirait un étranger. La mère de Barbo sort de belles tasses, les emplit de café bouillant. Aurèle propose du sucre, un cendrier au médecin. Le bruit des objets qu'on manipule absorbe le silence que nul ne cherche à interrompre. C'est des « Merci » et des « Je vous en prie » en guise de conversation. Barbara Jost s'enquiert de l'âge des jumeaux, du prénom de l'enfant qui gazouille dans les bras du patriarche, lequel cherche sa petite-fille du regard.

— Elle est où, Barbo ?

— Je suis là, dit Barbo, en sortant de la pénombre.

Milosz la dévisage avec dans les yeux une vraie douceur qui surprend Barbara Jost. Elle ressent un pincement au cœur, s'inquiète de n'avoir jamais inspiré au médecin autant d'humanité, songe que la beauté de

Barbo est une beauté primitive, naturelle, plus naturelle en tout cas que la sienne. Pour percer elle n'a besoin de rien, de peu. Suffisent quelques bracelets de cuir noués autour des poignets, unc chaîne si fine qu'on la distingue à peine tandis qu'elle se dégage du feuillage noir des cheveux, ondule en travers du cou. Une constellation de fines ridules lui dessine sous l'œil droit comme une étoile. Ses lèvres sont roses, charnues et quand une émotion la prend – ainsi lorsque Milosz s'adresse à elle – le tubercule déjà ourlé enfle davantage, la bouche tressaille sous l'afflux de vie. L'idée vient qu'elle attend qu'on l'embrasse. En découvrant son visage clair, franc, Barbara rêve de poser un doigt sur cette fossette pâle, le philtrum, qui la captive, entre le nez et les lèvres de Barbo, concave comme le lit d'un ruisseau, d'une apparence douce, si délicate qu'elle voudrait être la main d'Ulysse pour la frôler, la main d'Ulysse encore pour toucher ce corps souple sous la chemise, sonder seins, ventre et cuisses. Mais pourquoi diable être venue ici? Pourquoi avoir accepté de les accompagner? Elle se dit qu'elle est aussi troublée que Milosz, s'en étonne, s'en exaspère. Tandis qu'elle fixe Ulysse sans plus se soucier des autres, pas plus du médecin que de Barbara, Barbo a dans le regard une sorte de tremblement touchant qu'on imagine inspiré par l'accumulation de toutes ces choses qu'elle a tues durant l'absence de son mari – une congestion d'épreuves intimes qui n'attend que d'être purgée. Pourtant elle hésite, ouvre les lèvres, esquisse un mot, le retient, se tait encore sans qu'on devine si cette hésitation provient de ce qu'elle a reconnu Balthus ou au contraire de ce qu'elle ne l'a pas reconnu.

— Souhaitez-vous qu'on vous laisse un instant avec lui ?

Milosz se lève malgré le geste d'agacement de Barbara – un haussement d'épaules. Elle ne se souvient pas d'avoir eu la possibilité de s'entretenir avec Ulysse en tête à tête, se demande pourquoi Milosz couve autant Barbo, favorise aussi ouvertement l'hypothèse Albarède. Ils sont maintenant debout, ont tous obéi à l'homme en uniforme dont les bottes, le maintien, les médailles à la poitrine les impressionnent malgré eux. Gênés ils se raclent la gorge, se regardent en silence puis se précipitent dehors. Le patriarche veut en profiter pour s'entretenir avec Milosz avant que ne le fasse Adrien Jost – on ne sait pas ce qu'il peut dire, celui-là. Il use de son grand âge afin d'exiger des égards, invite Adrien à lui amener une chaise tandis qu'il exagère sa fatigue en claudiquant jusqu'à la porte, tordu sur sa canne d'un bois aussi noueux que ses doigts, gagne ainsi quelques secondes dans ce qu'il pense être une course. Les jumeaux escortés de leur mère s'élancent jusqu'au puits – y jettent des cailloux pour en évaluer la profondeur. Barbo retient sa mère lorsqu'elle veut se saisir de Tobias, l'emmener avec elle dans la cour.

— Non !

IV

Pieds à plat, genoux écartés, entre eux la canne sur le pommeau de laquelle s'appuient ses mains enflées – le patriarche tire le colonel Milosz par la manche.

— C'est moi qui l'ai capturé, votre soldat Ulysse. Pas très loin d'ici, dans le vallon des Bourets, au fond d'une forêt. Il a fallu l'enfumer, il se laissait pas prendre, pardi ! Et impossible de le remettre du premier coup, on aurait dit un singe, ça oui, salingue mais salingue, le Balthus !

La voix est basse, tremblante. Il tousse pour se dégager la gorge.

— Ce qui lui est arrivé avant, vous en avez idée ? Il a dit quelque chose ?

— Non, rien de précis, répond Milosz sur un ton qu'il espère compatissant. On n'est sûr de rien, vous savez, pas plus qu'il soit Balthus Albarède que Charles Jost. Peut-être qu'il est un autre encore. Sûrement même…

Milosz allume une nouvelle cigarette sans regarder le vieil homme, évite de croiser ses yeux mouillés, se rappelle soudain son enfance lituanienne, la honte de son identité incertaine en arrivant avec ses parents à Paris, celle d'être d'une inquiétante étrangeté pour ses camarades d'école, ses voisins – russe pour les uns, juif pour les autres, familier pour personne.

— Tous autant qu'on est, on passe notre vie à chercher une maison, un foyer. Parfois on ne trouve pas, on cherche longtemps, longtemps on erre…

Le patriarche sourit.

— Pour moi, c'est du charabia, tout ça ! C'est vous le savant, moi je suis un paysan. À chacun son champ.

Puis comme se ravisant :

— Vous pensez qu'il pourrait avoir déserté ?

Le vieillard se fouille la tête d'un ongle jaune. Sa face qu'on dirait façonnée dans l'écorce d'un vieux tronc se plisse d'incrédulité.

— Pour être tout à fait honnête, on n'était pas ravis que Barbo nous ramène un instituteur ! Un teston chez les Bonnefoy, du jamais-vu, va ! Et pas d'ici en plus. Paraît même qu'il faisait le poète... Tu parles d'un mirliton ! Un de la ville, quoi, avec des manières de barbeau, des mains et peut-être aussi des frayeurs de bonne femme... Vous avez vu son foulard ? Mais maintenant, il y a le pitchou, ça change la donne.

Il crache par terre, remue la poussière avec le bout de son pied. La discussion est close – il a dit ce qu'il avait à dire.

V

Le temps est lourd, tout en miel. Adrien et Barbara Jost s'approchent du patriarche en même temps. Elle se sert de son chapeau replié comme d'un éventail pour rafraîchir son visage. Adrien tremble sur ses jambes comme s'il avait bu trop de vin. Le patriarche contemple Barbara des pieds à la tête, fronce les yeux – deux fentes jaunes par où s'écoule un regard mauvais.

— La dernière fois qu'on l'a vu au village, votre Charles, c'était bien avant le mariage... Ils sont d'en haut, les Jost, d'Alsace, moitié de Boches.

Il crache à nouveau, s'essuie la bouche avec le dessus de la main – en prenant son temps. Gestes lents. Et d'ajouter en guise de conclusion, l'œil ailleurs – faussement las :

— Que serait-il venu faire ici ?

VI

Barbo tire une chaise, s'assoit à côté d'Ulysse, l'enfant sur les genoux en sorte qu'il puisse le contempler de près.

— Tu te souviens, ta dernière permission ? En juillet ?

Ulysse tourne le dos, est attiré par la fenêtre. À travers la vitre grise de poussière ses grands yeux bleus cherchent à atteindre le ciel pur, blanchi de chaleur. S'échapper encore une fois ? Rien ne trahit qu'il reconnaisse les lieux, ni non plus Barbo – pas l'ombre d'une émotion. Il étale ses mains sur ses genoux, plaque ses paumes puis écarte les doigts afin d'empoigner ses rotules comme s'il désirait les préparer à quelque effort imminent, les guider à l'instant de s'élancer.

— Tu veux voir Sinon ?

Il sourit.

— *Otherwise…*

L'ongle est d'abord craintif qui effleure le menton d'Ulysse, une joue, l'arête du nez, une arcade sourcilière, une tempe puis s'enhardit sur le front, se libère sur le désert aride du crâne. Le contact se fait caresse. En l'attouchant Barbo regarde le visage glabre avec avidité. Du détail d'une paupière, de l'ovale du pavillon d'une oreille, du galbe d'une narine, de tout cela jaillissent des images d'autrefois qu'elle déchiffre comme autant de photographies de leur album intime – premiers baisers, noces, étreintes, serments près de la fontaine de vérité. Promets-moi, reviens-moi… Sur le front paisible d'Ulysse, trop paisible, pense-t-elle, glissent aussi des évocations insolites de choses si sombres qu'elle ne sait pas les désembrouiller mais qui l'inquiètent sans toutefois la retenir, des choses neuves qu'elle ne veut pas connaître en réalité, tout un panorama de douleurs qui sans doute se rappellent à lui plusieurs fois par jour. Elle voit ses lèvres tressaillir, ses yeux bondir, ses joues grelotter. Un soupir embarrassant sa gorge déborde soudain de sa bouche.

Le regard d'Ulysse se pose sur Tobias, s'éclaire. Barbo sent la morsure du bonheur qui la déchire à nouveau, se demande si la vie pourrait reprendre comme elle était avant. Promets-moi, reviens-moi... Il se penche vers l'enfant, le renifle en fermant les yeux. Elle résiste à l'envie de caresser son crâne ras, de s'aventurer une fois encore sur l'envers nu de ses boucles blondes qu'elle aimait tant prendre entre ses doigts quand il se couchait sur elle, la prenait en gémissant de désir – et son souvenir de remonter maintenant le cours du temps, des années écoulées sans lui. En ondes lentes, du bout de ses doigts jusqu'à la fourche de ses cuisses, son corps ressuscite. L'attente serait donc finie, fini le renoncement ? Il a fallu un geste – ce geste vers leur enfant. Une seconde elle envisage de lui raconter le démobilisé de la Saint-Sylvestre. C'était deux jours après qu'on lui avait annoncé qu'il était mort. Le démobilisé l'avait volée, violée, poussée sur une banquette, écorchée. Tu sais, je t'en voulais, Balthus, tu m'avais promis de revenir, je rêvais de ton ventre, c'était toi soudain qui vivais en moi, toi que mes mains imploraient, c'était ta bouche qui me fouillait, ta jambe qui m'ouvrait. Déjà en moi, sous les langes, Tobias enflait, nul ne le savait encore. J'ai cru devenir folle – cette semence en moi comme pour profaner notre enfant, le souiller de honte. Mais la confidence est impossible, se recroqueville entre ses dents. Les mots ne franchissent pas les lèvres de Barbo. D'autres à leur place se proposent.

— Il faut que je te dise, Balthus, tu dois savoir. Il y a eu un moment où j'ai douté, douté de toi, de ton retour malgré ta promesse.

Ulysse soulève le col du maillot de Tobias, glisse un doigt entre ses omoplates, le chatouille.

— Un soir d'hiver, ose Barbo, quand tout le monde était endormi dans la maison, je suis allée chercher le réchaud à alcool, une bouteille d'eau-de-vie et le vieux bocal dans lequel mon père rangeait la poudre pour les rats. J'ai ramené une courge musquée du potager. Je l'ai hachée en étouffant le bruit du couteau dans une serviette. Avec tout ça j'ai fabriqué une pâte épaisse que j'ai chauffée sur le réchaud pour confectionner un emplâtre. Puis je suis remontée dans ma chambre. Je me suis allongée, j'ai relevé ma chemise après avoir déchiré un linge pour m'en faire comme une ceinture, j'ai posé l'emplâtre brûlant sur mon ventre, j'ai noué le linge par-dessus, un gros nœud serré. Et j'ai attendu.

Ulysse sourit. Il découvre le rire limpide de l'enfant se tortillant sous ses caresses, manquant de tomber des genoux de sa mère, se raccrochant, buste fléchi vers lui, tendant ses petites mains et s'amusant à esquiver les tentatives timides de l'homme pour les lui saisir.

— Tu ne peux pas imaginer, Balthus, reprend-elle sans prêter attention à l'espèce de jeu qui occupe à présent Tobias et Ulysse, tu ne peux pas imaginer la puissance de ce feu qui peu à peu me dévorait, qui semblait transpercer de moi la peau pour dessous consumer mes organes, embraser les profondeurs de mon ventre. Je serrais les dents, soufflais, on aurait dit une vache qui met bas. Je ne pouvais pas crier. Il ne fallait pas alerter Aurèle qui dormait juste à côté. J'ai hoqueté, craché, vomi, ma bouche était aussi sèche que la terre des Ocres. Il y avait sur ma table de nuit un bol d'où montait une effroyable odeur de fenouil et d'absinthe. Je me suis forcée à y porter les lèvres quand une vague m'a soudain soulevée, secouée des pieds à la tête. J'ai fait tomber le bol qui s'est alors brisé sur le sol et ça a réveillé Aurèle, il a aussitôt accouru, une chandelle à la main. Le linge qui maintenait l'emplâtre avait glissé entre mes jambes, le nœud s'en était défait, il était plein de sang. Je n'ai pas eu le temps de le cacher sous l'oreiller, j'étais trop soucieuse de ne rien laisser paraître à mon frère du spasme qui me déchirait en deux. Avant l'aube j'ai allumé ma bougie, la douleur avait presque disparu, ma chemise puait, toute trempée de mes sueurs, de mes vomissures. Je me suis levée, déshabillée, lavée. La peau de mon ventre était recouverte de croûtes rouges, on aurait dit que sous chacune d'entre elles une mante affamée s'affairait de toutes ses mandibules. J'ai posé mes mains dessus pour conjurer les diablotins de ne plus me faire souffrir et c'est alors pour la première fois que j'ai senti bouger Tobias…

Tobias est maintenant las d'être cloué sur les genoux de Barbo, captif entre ses bras, las d'agripper de ses menottes les longs doigts minces de l'individu étrange à qui sa mère s'adresse. Il veut bouger, rejoindre les bessons au bord du puits, courir après Argos.

— Avec mes mains, oui, je percevais des vibrations sourdes comme des bulles d'air qui auraient éclaté sous ma peau. Mon ventre était devenu pareil au fût d'un tambour et chaque vibration me confrontait à mon propre blasphème, chaque remous me disait que j'étais une criminelle, que j'avais cédé à un mystérieux désir d'avilissement. J'avais peur de moi, Balthus, si peur. Je sentais cet enfant, notre enfant, qui frappait à la porte de mon corps, qui luttait, qui résistait avec ses faibles moyens au vertige qui m'avait saisie et la honte me submergeait, plus violente encore que la douleur. Était-ce l'annonce de ta mort qui avait libéré en moi ce besoin animal de cendres ? Pardonne-moi, Balthus, pardonne-moi…

VII

Milosz sort un mouchoir de sa poche, hoche la tête autant pour se frotter la nuque à la base de quoi, sous le col empesé de l'uniforme, il devine la présence d'un peu de sueur, que pour se donner une contenance devant Aurèle et le pauvre Adrien Jost, face défaite, traits tendus sur l'os, bouche étroite offensée par la faim de tout – amour, destin… –, Adrien qui de son haleine chargée de vin bredouille qu'il n'est pas certain, ne peut pas être certain, mais tout de même, ce visage pâle, ce regard, ces yeux si bleus.

— Et sa femme, qu'est-ce qu'elle dit ?

Le médecin a trop chaud sous le drap de sa vareuse, observe Barbara Jost qui s'est défaite de son manteau afin de se pencher sur le puits, occuper les bessons qui chahutent tandis que leur mère s'impatiente, comparer le son des pierres qui chutent dans l'eau en fonction de leur taille, organiser un tournoi d'échos qui les ravit – sa silhouette élégante, sa taille fine, ses épaules graciles, ses cheveux blonds décoiffés par le vent qui s'est levé. Il est incapable de savoir ce qui l'attire soudain en elle. Son courage d'être venue jusque-là contre l'avis de sa famille ? Sa douceur durant le voyage avec Ulysse qui demeurait néanmoins indifférent à tous ses efforts ? Sa jeunesse volontaire, énergique, et ce qu'elle représente à ses yeux, cette énergie – le futur du monde, la modernité naissante, l'œuvre virtuose de la vie ? Plus Nausicaa que Pénélope… Il se souvient d'une phrase de Nietzsche. *Il faut se séparer de la vie comme Ulysse de Nausicaa – en la bénissant plutôt qu'en étant amoureux d'elle.* Barbara est à peine plus vieille que le siècle. Il aimerait lui dire que quand bien même Ulysse serait Charles elle mérite mieux en guise de compagnon que ce spectre béat, insondable, qui ne reviendra jamais de Troie. Il est persuadé que sa vie sera plus douce si elle ne sait pas qui il est vraiment. Il se retourne pour apercevoir Barbo, Ulysse et l'enfant. Réfugiés dans la pénombre de la maison ils paraissent porter ensemble le poids de cette heure lourde de chaleur – tous les trois rassemblés comme dans un tableau par l'embrasure de la porte qui dresse autour d'eux une sorte de châssis. Ils font tellement corps avec le lieu, au même titre que la table, les chaises ou le crucifix suspendu au-dessus de la cheminée, que le regard de Milosz en est bientôt tout imprégné. De la même façon qu'en admirant le soleil l'œil conserve longtemps la trace de son éblouissement le médecin ne cesse plus à présent de les voir en surimpression quoi qu'il contemple – un arbre, la cour de la ferme, la haie de lauriers, Barbara, le patriarche. Il veut se convaincre que cette trilogie charnelle de l'espérance, le pèrc, la mère et l'enfant, est pour le soldat Ulysse comme le rivage espéré de son Ithaque.

VIII

— Tobias !

Ulysse prononce son nom à l'instant où, de s'être débattu jusqu'aux premières larmes, l'enfant bascule au bas des genoux de sa mère. Cette fois le gamin se déploie, est tout entier devant l'homme qui vient de le nommer, se redresse pour lui présenter les bourgeons de son corps, là où d'ici peu il se prolongera, s'allongera, sera aussi grand, aussi fort que lui – front yeux bouche poings bras et jambes.

— Une fierté d'arbre, souffle Barbo qui ne peut s'empêcher d'admirer son fils tandis qu'il défie Ulysse du regard.

Le soldat est ému par ce gros fruit qui danse à ses pieds en le provoquant. La vie est devant lui, touchante et féroce à la fois. Il semble moins lointain, plus présent, comme si la hardiesse de Tobias buvait sa souffrance. Barbo a pâli en entendant pour la première fois la voix d'Ulysse – tant pâli qu'il n'y a plus de couleur qu'au fond de ses yeux. Elle aimerait poser sa tête sur cette épaule ronde, sentir l'odeur de ce cou robuste, une odeur qu'elle imagine gorgée de mémoire.

— Balthus...

Soudain Ulysse s'empare de l'enfant sans ménagement. Son visage a retrouvé sa tranquillité inquiétante mais ses yeux trahissent une agitation intérieure qu'il ne semble pas vouloir maîtriser. Il lui courbe la tête comme s'il envisageait de le saigner – les gestes d'un tueur de cochon. Barbo s'affole, renverse sa chaise, s'agrippe à lui afin qu'il lâche Tobias mais n'y parvient pas. C'est que les bras du soldat sont massifs, ses mains vastes, puissantes, même si les doigts qui étreignent maintenant la nuque de Tobias sont aussi fins que ceux d'une femme – cinq longs pinceaux au bout d'un manche de pioche. Il est jeune encore, Ulysse. Du sang écaille ses joues, les racines des poils ras de sa barbe en sont tout roussis. La force semble goutter de lui comme de l'huile au bout de la vis d'un pressoir.

— *Angelus!*

Barbo crie, court chercher le médecin, Adrien, Aurèle pour le ceinturer, libérer Tobias.

L'enfant ne pleure plus. Il a cédé sous l'exigence de la main d'Ulysse, ne se cambre plus. Sa nuque fragile se donne. Ils se ruent tous ensemble dans la cuisine – même les jumeaux, même les femmes. Milosz se précipite en frappant dans ses mains comme s'il voulait chasser un chien errant, se saisit de la main du soldat qui est devenue blanche à force de serrer le cou du gamin.

— Vous êtes devenu fou!

— *Who?*

Ulysse, toujours assis, immobile, regarde sa main comme si elle n'était pas à lui puis l'enfant, et Milosz, à nouveau sa main, l'enfant, Barbo... plusieurs fois. Une putain d'araignée tissant sa toile, pense Aurèle entre les jambes de qui s'est réfugié Tobias. Le jeune homme, lui, sait, croit savoir mais ne dira rien. Celui qui se tient devant lui, hébété, pensif, avec son pantalon trop épais d'un velours usé, sa veste étriquée et ce foulard si voyant, son crâne tout en bosses, cette expression d'absence dont il est difficile de déterminer si c'est la profondeur ou le vide qui l'ouvrage – oui, Aurèle, il sait.

— *Who ?*

Quand il se décide enfin à sortir de sa stupéfaction Ulysse se penche vers le sol, avec ses ongles racle la terre entre deux tomettes brisées afin d'en lever une poussière brune, l'écrase entre ses doigts comme on le fait d'une grappe de raisin pour, avant les vendanges, en libérer l'arôme, la porte à son nez ainsi moulue, la respire puis souffle dans sa paume pour la faire disparaître. Au creux de sa main ne reste qu'un disque de cendres pourpres qu'il montre alors à ceux qui l'entourent. Barbo comprend soudain, attire à elle Tobias qui vient se blottir dans ses bras, lui caresse les cheveux, les peigne à rebours jusqu'à ce qu'apparaisse cela qui tache sa nuque.

— *Angelus ! Angelus,* s'exclame Ulysse, *Angelus dei,* l'ange pétri des mains de Dieu, *Angelus meus,* l'ange est mien, l'ange est nôtre, sa peau, son sang, l'ange est nôtre !

Il semble à présent se détendre, se signe en dénouant le foulard qu'il glisse dans la poche de sa veste puis s'agenouille devant la chaise. Des larmes lui montent aux yeux tandis qu'il ouvre le premier bouton de sa chemise, en rabat le col, incline la tête avec une lenteur de condamné jusqu'à ce que son menton heurte sa poitrine – et attend. Chacun d'observer alors la marque rouge qui lui éclabousse le cou – au même endroit, la même que celle de Tobias.

Composition : IGS-CP à L'Isle-d'Espagnac (16)
Achevé d'imprimer
par CPI Firmin-Didot
à Mesnil-sur-l'Estrée, en mars 2022
Dépôt légal : mars 2022
Numéro d'imprimeur : 169248

ISBN : 978-2-07-297310-9/Imprimé en France

431380